KB253087

THE RECORD OF RETURNER
현중 귀환록

FUSION FANTASTIC STORY
푸른 하늘 장편 소설

천중 귀환록 4

푸른 하늘 장편 소설

초판 1쇄 찍은 날 § 2012년 1월 18일
초판 1쇄 펴낸 날 § 2012년 1월 25일

지은이 § 푸른 하늘
펴낸이 § 서경석

편집부장 § 권태완
편집책임 § 박우진

펴낸곳 § 도서출판 청어람
등록번호 § 제1081-1-89호
등록일자 § 1999. 5. 31
어람번호 § 제1-1322호

주소 § 경기도 부천시 원미구 심곡2동 163-2 서경B/D 3F (우) 420-822
전화 § 032-656-4452 팩스 § 032-656-4453
http://www.chungeoram.com
E-mail § chungeoram@chungeoram.com

ISBN 978-89-251-2753-8 04810
ISBN 978-89-251-2696-8 (세트)

THE RECORD OF RETURNER

현중 귀환록

4

인어

푸른 하늘 장편 소설

FUSION FANTASTIC STORY

CONTENTS

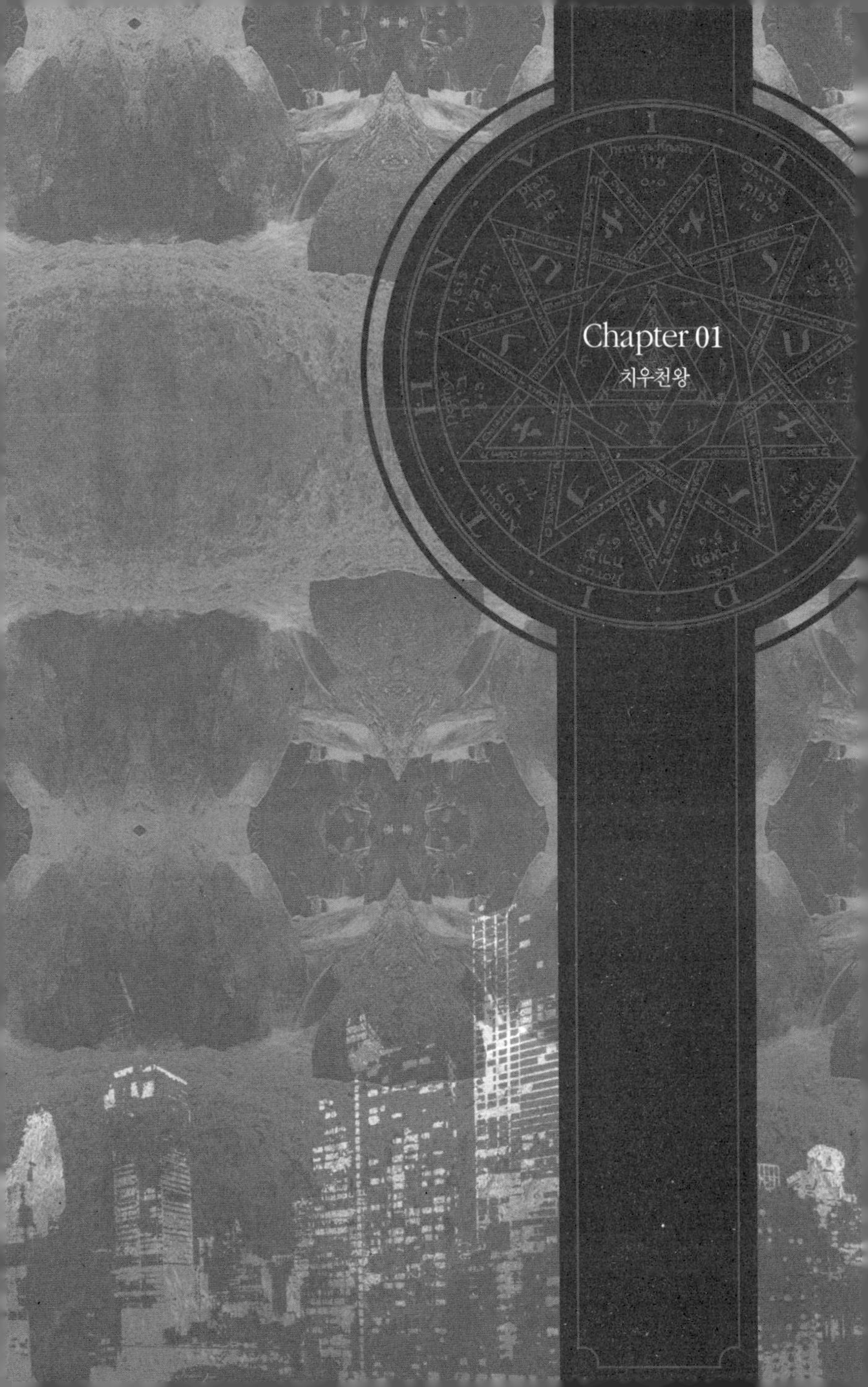

Chapter 01
치우천왕

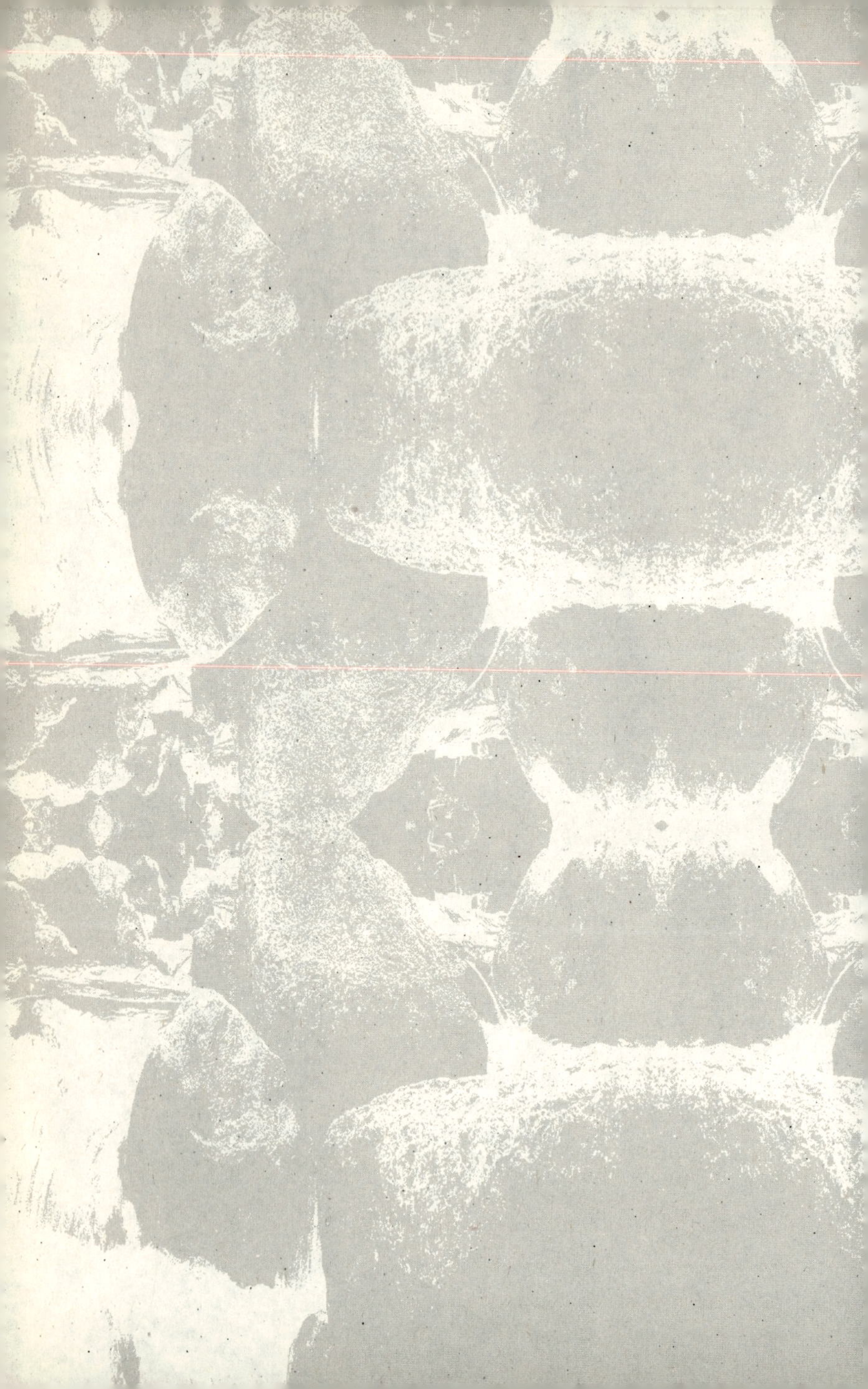

　차원자가 자신을 찾아올 것을 전혀 예상하지 못한 현중은 당황했다. 반면, 차원자는 웃으면서 현중의 곁으로 다가오더니 현중의 손목을 살며시 잡았다.

　"현중, 너를 찾아 지구 전체를 뒤지고 다녔어. 정말… 어떻게 그렇게 존재감을 꽁꽁 감추고 다닐 수 있는 건지 궁금하다. 조금 전 마나의 역류가 없었다면 정말 현중을 영영 찾을 수 없었을지도 몰라."

　마치 친한 친구처럼 미소를 지으면서 현중에게 다가오는데 그는 왠지 반갑지가 않았다.

차원자는 차원을 넘어 다니면서 각 차원에 존재하는 문명과 정보를 공유하고 발전시키는 게 존재의 이유라고 드래곤 로드인 발리스터에게서 들은 적이 있다.

그런 차원자가 현중을 찾아다녔다? 이해가 가지 않는 것이다.

"왜 나를 찾아다닌 거죠?"

"그거야 볼일이 있으니까. 그보다 나와 잠시 가볼 데가 있어."

스르륵.

현중의 축지법과 다른 방식으로 갑자기 사라진 차원자는 현중의 옆에 나타나더니 현중이 어떻게 대처하기도 전에 바로 현중의 손목을 잡았다. 그러자 현중의 눈앞 풍경이 순식간에 바뀌었다.

"이건……?"

"경험이 있으니 알겠지?"

"네. 차원의 통로군요."

이미 지구로 올 때 차원의 통로를 경험했던 현중은 지금 자신이 있는 곳이 어딘지 단번에 눈치챘다. 그런데 지금 현중의 눈에 보이는 차원의 통로는 지구로 올 때 보았던 단순한 어둠 속의 공간이 아니라, 검은 마나의 기류가 사방으로 꼬여서 마치 하나의 관처럼 통로를 만든 모습이었다.

"그리고 차원의 통로가 조금 확실하게 보일 테지? 마나의 눈을 가지게 되었으니까."

차원자가 현중을 찾을 수 있었던 이유도 바로 현중이 마나의 눈을 각성하면서 퍼뜨린 막대한 마나의 폭풍으로 인해서였다. 애당초 엄청난 능력을 가진 현중이 그렇게 죽은 듯 조용하게 지낼 것이라고 예상치 못한 차원자는 현중을 찾느라 정말 지구를 이 잡듯이 뒤지고 다니다가 우연히 현중이 마나의 눈을 각성하면서 찾게 된 것이다.

"마치 마나로 만들어진 튜브관 속을 걸어가는 느낌이군요."

"빙고~ 정확하게 봤어. 우주는 모두 마나로 이루어진 곳이야. 그리고 차원의 마나를 보고 다룰 수 있는 것은 오직 허락받은 차원자뿐이거든."

"……?"

순간 현중이 차원자의 말에 걸음을 멈추고 조용히 바라보자 차원자도 씨익 웃었다.

"차원자로서 가장 기본적인 자질인 마나의 눈을 각성한 걸 축하해."

짝짝짝!

그냥 장난치듯 손뼉을 치면서 축하해 준 차원자는 현중에게 다가오더니,

"하지만 이건 가장 기본적인 자질을 각성했을 뿐이니까 김 칫국 마시지 말고 우선 가자. 네가 꼭 필요한 일이 생겼거 든."

순간 현중은 자신이 차원자가 되는 건 아닌지 생각했다가 차원자의 말을 듣고는 그냥 속으로 웃어버렸다. 그럼 그렇지. 자신이 차원자가 될 이유가 없었기에 머릿속에서 지워 버렸 다.

그리고 차원자를 따라 이동한 곳은 자그마한 방 안이었다.

"이곳은?"

"모든 차원자가 모이는 곳. 차원자의 쉼터. 차원자가 태어 나고 다시 마나의 품으로 돌아가는 곳."

"……."

의미심장한 이야기를 하던 차원자는 방 안에 있는 여섯 개 의 문 중에서 가장 오른쪽 문 앞으로 가서 열고는 현중을 향 해 손짓했다.

"들어와. 이곳에 현중이 필요한 이유가 있으니까."

차원자의 부름에 방문을 지나 안으로 들어오니 어둠뿐이 었다.

칠흑보다 더 어두운 어둠이 현중의 시야를 가로막았다. 바 로 옆에 있을 차원자도 보이지 않을 만큼 철저하게 어둠 속에 놓인 현중이었지만 표정은 여유롭기만 했다.

그도 그럴 것이, 어둠 속이지만 현중의 눈은 이미 마나를 볼 수 있는 능력을 각성한 상태라 자유롭지만 일정한 규칙을 가진 듯 움직이는 마나가 그 속에서도 보이는 것이다.

"훗."

그런 현중의 모습에 차원자도 대충 그럴 줄 알았다는 듯 여유롭게 서 있다가,

짝!

가볍게 손뼉을 쳤다.

촤아아~

차원자의 박수 소리가 끝나자마자 어둠 속 깊은 곳에서 희미한 빛 하나가 점 모양으로 생기더니 점점 더 현중의 곁으로 다가오면서 밝기를 더해갔다.

"……?"

아무것도 보이지 않는 어둠 속에서 밝은 빛 하나가 나타나자 현중도 관심을 보이며 집중했다. 그 빛은 점점 더 커지는데, 자세히 보니 커지는 게 아니라 현중에게 점점 더 가까이 다가오고 있는 것이었다.

그리고 완전히 현중의 눈앞까지 다가왔을 때 환한 빛은 사그라졌고, 현중과 차원자를 비출 만큼의 밝기로 줄어들었다. 현중은 그런 것보다 바로 눈앞에 있는 빛의 정체에 시선을 돌릴 수가 없었다.

“사람이군요.”

“사람? 후훗. 사람이라고 부를 수 있을까? 차원자는 인간의 모습을 하고 있지만 인간이 아닌 존재야. 그리고 저것도 차원자였지. 그러니 정확하게 사람은 아니지.”

“차원자라…….”

빛 때문에 확실하게 보이진 않지만 몸의 윤곽으로 봐서는 젊은 여성 같았다. 늘씬한 다리에 팔과 다리를 모아서 웅크리고 있지만 늘씬한 몸매는 감출 수가 없는 모습이었다.

“이것 때문에 널 부른 게 아니야. 핵심은 이거지.”

짝!

다시 차원자가 박수를 한 번 치자,

화악~!

주변이 금세 밝아지면서 어둠은 흔적조차 없이 사라지고 구름 위에 서 있는 듯한 착각을 일으키는 공간으로 변했다.

그리고 보인 것은 방금 보았던 차원자였던 빛, 그 주변에 여러 가지 색의 구슬이 마치 지구 주변을 도는 달처럼 여인의 몸을 일정 거리 이상 떨어져 천천히 돌고 있었다.

“뭔가 느껴지는 게 있지?”

차원자도 현중이 빛나는 구슬에 관심을 보이자 한마디 거들었고, 현중도 고개를 끄덕였다.

뭔가 알 수는 없지만 친근하면서도 거부하고 싶은 기분이

드는 이상한 기운이었다.

딱 한 가지로 꼬집어 말할 수 없는 기운 때문에 오히려 더욱 관심이 생겼다.

"차원석이야."

"차원석?"

"그래. 차원자로 운명을 받는 순간 저 돌 중 하나가 차원자와 공명을 하면서 차원을 넘나드는 능력을 가질 수 있지. 모두 열 개의 차원석이 존재하지."

"열 개?"

현중은 색이 각기 다르기에 금방 차원석의 숫자를 알아챘지만 아무리 세어봐도 차원자가 말한 열 개는 아니었다. 모두 일곱 개인 것이다. 지구에서 자주 보던 빨주노초파남보의 무지개색이라 쉽게 파악할 수 있었다.

"알아, 모자라다는 것을. 지금 없는 세 개의 차원석 중에서 두 개는 소멸했어. 그리고 하나는 도난당했지."

"……?"

순간 현중은 고개를 갸웃거렸다. 차원자의 능력을 가진 자만이 드나들 수 있는 공간에 있는 차원석을 훔쳐 갔다면? 그건 차원자뿐이다.

"알아, 네가 무슨 생각 하는지. 그래, 차원석을 훔쳐 간 것은 가장 최근 1,000년 전에 차원자로 임명받은 녀석이야. 그리고 최초의 배신자이지."

"……."

　무슨 뜻으로 이런 말을 자신에게 해주는지 아직 확실하게 짐작을 하지 못하는 현중은 대답 대신 차원자만 물끄러미 바라봤다.

"너에게 부탁하고 싶은 건 도난당한 차원석을 찾아달라는 거야."

"…제가요?"

"응. 너밖에 없으니까."

"왜 저죠?"

"그가 강력하게 너를 추천했거든."

"……?"

　순간 현중은 차원자의 입에서 나온 말에 고개를 갸웃거렸다. 자신이 알고 있는 차원자는 오직 한 명, 지금 눈앞에 있는 존재뿐인데 누가 자신을 추천한단 말인가?

"너도 알고 있지? 카일라제."

"……!!"

　순간 익숙하면서도 듣기만 해도 기분이 더러워지는 카일라제의 이름이 나오자 현중의 인상이 보기 좋게 찡그려졌다.

"후후훗, 역시나 그의 말대로 이름을 듣자마자 싫은 표정이군."

"그가 왜 나를 추천했죠?"

대류의 주신이라면 충분히 차원자와 이야기를 소통할 수 있을 것이다. 자신을 지구로 돌려보낼 때도 차원자가 오지 않았던가? 그것만 봐도 지금 현중의 눈앞에 있는 차원자와 주신 카일라제는 서로 아는 사이 같았다. 거기다 강력하게 현중을 추천했다니 기분이 순식간에 더러워졌다.

"카일라제가 아니라도 현중 너밖에 차원석을 찾아올 수 있는 인물이 없기도 하니까 내가 받아들인 거야. 너무 싫은 티 내지 말아줬으면 좋겠어."

"우선 이유는 들어보죠."

지구로 돌려보내 준 차원자다.

무조건 싫다고 할 수도 없는 입장에 있는 현중은 우선 이야기라도 들어보자는 생각에 말했다. 그럴 줄 알았다는 듯 차원자는 웃었다.

"신농의 후예인 치우, 아니, 치우천왕이라면 현중이 이해하기 빠르겠지?"

"……?"

갑자기 치우천왕이 나오자 현중이 집중하기 시작했다.

"가장 최근에 차원자로 임명되었고 차원석을 훔친 존재가 바로 신농의 후예인 치우, 간단하게 말하면 치우천왕이야. 현중 네가 익히고 있는 무공을 만든 존재이자 전쟁의 신으로 지내다가 차원자로 선택받았지."

"…설마……."

"차원자는 절대로 거짓을 말하지 않아. 차원자도 신에 가까운 초월자야. 언령의 힘이 가지는 무게는 누구보다 잘 알고 있어."

현중이 놀라서 그냥 한 말에 차원자는 차갑게 대답했다.

특히나 신의 반열에 오른 녀석들은 자신의 말에 의문을 가지는 것에 극도로 민감한 반응을 보였다. 물론 그만큼 자존심이 강하다는 것도 되니까 이해는 하지만 역시나 그런 성격까지 싫은 건 어쩔 수 없었다.

"우리도 이유를 몰라.. 어째서, 무엇 때문에, 무슨 목적으로 자신과 공명하는 차원석을 버려두고 굳이 열 번째인 어둠의 차원석을 가져갔는지 말야."

"……."

잠시 생각을 정리하는 현중은 차원자의 말을 들으면서도 머릿속이 복잡했다.

"현중."

"듣고 있습니다."

"넌 마나와 마법이 판을 치는 대륙에 왜 치우천황무가 있는지 궁금하지 않아?"

"……?"

오래전에 처음 치우천황무를 배울 때 한번 궁금해서 드래곤 로드인 발리스터에게 물어본 적이 있긴 하다. 하지만 발리스터는 자신도 모른다고 했다. 선대부터 내려온 것 중에 치우천황무가 있었다는 것이다. 누가, 언제 가져왔는지, 썼는지도 전혀 모르고 있었다.

드래곤도 언령 마법을 사용하는 존재이기에 절대로 거짓이 있을 수가 없었다. 그렇기에 현중은 그냥 그렇게 넘겼다. 그때는 우선 살아남는 게 급선무였고, 어쩔 수 없이 기억 속에서 차츰 잊혀졌다.

그런데 지금 차원자의 입에서 다시금 치우천황무가 나온 것이다.

"현중 네가 처음으로 대륙에 넘어간 지구의 인간이라고 생각하는 건 아니겠지?"

"설마……?"

"그래, 너보다 훨씬 먼저 대륙으로 가서 마족과 전쟁을 종결시킨 존재, 그가 바로 치우천왕이야. 그리고 그때 대륙에서 마법을 배울 수 없는 이계의 인간이던 치우는 치우천황무를 만들어냈어. 그리고 5년 만에 마계까지 쳐들어가서 마왕을 무릎 꿇리고 항복을 받아낸 존재이지."

"…5년."

자신은 20년이라는 시간이 걸렸다. 물론 어떻게 해야 할지 몰라서 좀 갈팡질팡하기도 했고, 인연이 생기면서 어쩔 수 없이 늦어진 것도 있고, 오로지 전쟁에서 마족만 잡아 죽이다 보니 마족들이 현중을 피해 다녀서 더더욱 시간이 걸리기도 했다.

하지만 정말 20년의 시간이 걸린 이유는 바로 현중이 대륙을 여행하는 게 마음에 들었기 때문이다. 그래서 알게 모르게 대륙에서 지내는 시간을 늘려왔었다.

하지만 과연 자신이 전력으로 마족을 상대했다고 해도 5년 만에 가능할까? 마계까지 쳐들어가서 마왕의 무릎을 꿇렸다는 차원자의 말에 현중은 한순간 간담이 서늘했다.

"강하군요."

현중의 많은 뜻을 축약한 듯한 한마디에 차원자도 웃으면서 고개를 끄덕였다.

"강해. 강력한 힘만 놓고 본다면 주신 카일라제도 가지고 놀 정도로 강력한 존재지. 그리고 지구로 돌아온 그는 전쟁의 신이라는 명칭을 얻을 만큼 혁혁한 공을 세웠지. 그럼 이해가 되지? 왜 치우천왕이 그렇게 강한지."

끄덕.

지금 자신도 현재 지구에서 대적할 존재가 없다고 생각했다.

물론 인공적으로 마나석을 만들고 단전을 무슨 공장에서

찍어내듯 하는 녀석들이 있지만 크게 위협을 느끼진 못했다. 하지만 상대가 치우천왕이라면 이야기는 180도 달라진다.

현중이 가지고 있는 무공의 원류이자 창시한 종사다. 한마디로 현중이 아무리 강하고 날고뛴다고 해도 치우천왕한테는 새 발의 피에 불과한 것이다.

거기다 차원자는 지금 그 치우천왕이 가져간 차원석을 가져와 달라고 한다.

어쩐지 카일라제 이름이 나올 때부터 뭔가 기분이 더럽다고 생각했는데 역시나 카일라제와 연관되면 결코 좋게 끝나는 경우가 없었다.

"왜 현중만이 유일하다고 했는지 이해되지?"

"하지만 차라리 차원자께서 직접 찾으면 되지 않나요?"

현중이 하기 싫은 표정을 노골적으로 드러내면서 한마디 툭 던졌다.

"차원자는 초월한 존재. 초월하지 않는 존재의 일에 직접 관여할 수가 없어. 이건 차원의 신 카오스의 절대적인 규칙이야. 즉, 지구는 우주 전체에서 보면 그저 이제 막 우주로 발을 디디는 하류 문명에 불과해. 도저히 내가 관여할 수 없는 문제야. 거기다 치우천왕이 가져간 차원석이 가장 큰 문제야. 어둠의 차원석은 다른 차원석보다 힘은 약하고 스스로 주인을 정하지 않았기에 모르고 있는 차원자들도 있지만 쓰기에

따라서는 지금 이곳에 있는 모든 차원석을 압도하고도 남을
만큼 엄청난 에너지를 숨기고 있거든."

"간단하게 설명해 주세요."

이상하게 말을 길게 하는 것이 왠지 거슬린 현중이 말을 자
르면서 한마디 던지자 차원자가 싱긋 웃었다.

"그냥 간단하게 말하면 소멸, 어둠의 마나석을 이용하면
블랙홀을 만들 수 있어. 원하는 어디에서든지. 쉽게 설명하면
치우천왕이 마음만 먹으면 지금 당장 지구 바로 옆에 블랙홀
을 만들 수도 있다는 말이야. 어때?"

흠칫!

한순간 지구 바로 옆에 블랙홀이 생긴다는 말에 현중은 소
름이 돋았다.

빛까지 빨아들인다는 어둠의 구멍이 바로 블랙홀이다. 그
리고 한번 빨아들인 것은 소멸한다고 알려진 것이 바로 블랙
홀이기도 했다. 그런데 그런 블랙홀을 만들 수 있는 차원석이
존재한다는 말을 듣자 현중도 소름이 돋을 수밖에 없었다.

아무리 차원자가 신의 반열에 오른 존재라지만 이건 상상
을 벗어난 능력이 아닌가?

"뭐, 솔직히 말하자면 나도 어둠의 차원석이 없어지고 나
서야 그런 능력이 있다는 것을 카오스님의 신탁으로 알게 되
었지만 말야. 아무튼 위험해."

"그렇군요."

현중도 차원자의 위험하다는 말에 공감은 했지만 그렇기에 더더욱 왜 자신이 해야 하는지 이해할 수가 없었다.

"하지만 아무리 초월적이 존재들이 관여할 수 없다지만 이미 차원자의 반열에 오른 치우천왕이 사건을 일으킨 이상 차원자들이 나서는 게 맞다고 생각됩니다만."

"…에휴, 그건 너희 인간들의 사고방식일 뿐이야. 솔직하게 말해줄까? 사실 치우천왕이 가져간 어둠의 차원석은 카오스나 우리가 볼 때는 소멸해 버려도 크게 상관없어."

"……?"

꼭 구해달라고 하더니 갑자기 완전 다른 말을 하는 차원자의 모습에 현중이 이상한 반응을 보이자,

"이야기를 끝까지 들어봐. 우선 치우천왕이 어둠의 차원석을 이용해서 뭘 하는지는 그건 철저하게 치우천왕의 몫이야. 그 책임도 모두 치우천왕의 몫이고. 즉, 카오스님이나 우리 다른 차원자들은 끼어들 수가 없어. 간단하게 말해볼까? 신이 무슨 일을 하려고 해. 그런데 다른 신이 보기에 그게 좀 보기 안 좋다고 하지 말라고 할 수 있어?"

"……."

무슨 말인지 도통 이해하기 힘든 현중이었다.

"그냥 간단하게 너희 인간들이 말하는 노아의 방주의 핵심

이 되는 지구 대홍수는 신이 일으킨 거야. 그런데 그건 생명을 담당하는 신이 보기에는 절대로 해서는 안 되는 일이지. 안 그래?"

"그렇군요."

"하지만 대홍수는 일어났어. 그리고 최소 종족만 살아남았지. 그것과 같은 거라고 생각하면 돼. 즉, 치우천왕이 하는 일은 다른 차원자들이 끼어들 수가 없어. 아직 아무것도 하지 않았으니까 말이야. 그리고 무슨 일이든 그 후의 책임도 모두 치우천왕이 져야 해. 그게 바로 신의 반열에 오른 존재들이란 거지."

"한마디로 신의 반열에 오른 존재로 인정받은 치우천왕이 뭔가 사건을 일으키고 그 대가도 모두 치우천왕이 받는다는 거군요. 다른 신들은 신이라는 이유로 간섭할 수 없구요."

"……뭐 완전히 이해한 건 아니지만 신도 서로 상관관계가 있고 절대로 간섭할 수 없는 게 있는 법이야. 오히려 신이기에 절대로 그 규칙을 어겨서는 안 되지. 인간의 시선으로 보기에는 정말 말도 안 되는 억지일지 모르지만 그런 억지가 신과 신의 반열에 오른 존재들을 움직이는 기본 룰이야. 좋든 싫든 룰은 따라야 하고 언령의 힘을 사용하는 우리들 같은 경우에는 무조건 따라야 하거든."

"……"

완전 억지였다.

현중이 아무리 생각해도 억지에 불과했다. 그저 모든 걸 현중에게 떠넘기려는 억지스러운 논리 같았지만 그렇다고 틀렸다고 딱 부러지게 말할 수도 없었다.

자신도 운명이란 것을 느끼게 되었고, 일반 인간들 사이에서 보면 거의 신에 가까운 능력을 지니지 않았는가? 대륙에서 지존의 자리에 있으면서 그 가진 힘 때문에 말도 안 되는 억지에 가까운 고집이나 생각을 고수한 적도 있다. 현재도 최소한 조용히 산다는 자신의 고집을 꺾지 않으려고 최근까지 노력한 적이 있기에 차원자의 말이 억지라고 생각하면서도 가슴으로는 이미 이해하고 있었다.

"아무튼 치우천왕이 어둠의 차원석으로 뭘 하려는지는 아무도 몰라. 신의 반열에 오른 존재의 생각을 같은 신이라고 해도 짐작하지 못해. 그만큼 활동 반경이 넓은 것도 있지만 결코 자신의 사리사욕만을 위해서 움직인다고 생각할 수도 없으니까."

"결국 제가 해야 된다는 거군요."

좋든 싫든 현중이 치우천왕에게서 어둠의 차원석을 가져와야 된다는 말이 되었다.

이건 처음부터 선택의 여지가 없는, 무조건적으로 현중이 해야만 하는 일이었던 것이다. 차원자가 그렇게 현중을 찾아

헤매면서 지구를 이 잡듯 뒤지고 다닌 이유이기도 했다.

"빙고~"

하지만 현중이 누군가? 시간을 마음대로 움직일 수 있는 차원자보다는 어릴지 몰라도 산전수전 공중전까지 겪은 현중이 아닌가? 분명히 차원자가 지금 거짓말을 하고 있진 않지만 앞뒤가 안 맞고 말이 정리되지 않는 것이다.

'숨기는 게 있어, 분명히. 그리고……'

그리고 이상하게 차원자의 말에서 어둠의 차원석을 꼭 찾아야 한다는 느낌은 들지 않았다. 오히려 현중의 뇌리에 카일라제가 스치듯 생각나면서, 어쩌면 치우천왕과 어둠의 차원석을 찾아야 하는 것은 차원자가 아니라 혹시 카일라제가 아닐까 하는 생각이 든 것이다.

"한 가지만 물어보죠. 혹시 카일라제가 저를 추천하면서 다른 말을 하진 않던가요?"

"아니. 너를 추천하기만 했어."

차원자의 대답을 들은 현중은 직감적으로 거짓말은 아니라고 확신했다. 어차피 거짓말 자체를 못하는 존재이니까. 하지만 숨기는 게 있는 건 확실했다.

"좋아요. 받아들이죠. 어차피 지구가 위험한 것은 변하지 않으니까요."

"잘 생각했어."

누가 봐도 억지로 현중에게 선택의 여지가 없도록 만든 것이 확실했다. 현중에게 무조건 맡기기 위해 차원의 공간으로 데리고 왔음이 확실시된 것은 마지막 현중이 받아들이겠다고 했을 때 차원자가 떠올린 미소 때문이었다.

다시 차원의 터널을 지나 돌아온 현중은 더 이상 볼일 없다는 듯 떠나 버리는 차원자를 보면서 잠시 생각해 봤다.

"뭘까. 무슨 이유로 카일라제가 치우천왕과 어둠의 차원석을 찾으려고 하는 걸까."

이미 차원자는 그저 카일라제의 부탁을 들어주는 존재로밖에 보이지 않았다.

생각을 살짝만 비틀어 보면 사라진 어둠의 차원석을 필요로 하는 게 차원자가 아니라 카일라제라고 생각하자, 카일라제가 너무나도 수상할 수밖에 없었다.

이미 더 이상 자신과 볼일이 없는 카일라제가 굳이 그를 추천했다는 것부터 그렇고, 이상하게 스스로 나서지 않으려고 하는 차원자의 태도가 노골적으로 눈에 띈 것이다.

말장난 같은 신의 룰과 규칙을 꺼내면서까지 현중에게 떠밀려고 하는 모든 것에 의심이 들자, 오히려 치우천왕이 왜 어둠의 차원석을 훔쳐야 했는지가 가장 중심이 된다는 것을 깨달았다.

"결국… 모든 열쇠는 치우천왕이 가지고 있다는 말이군."

좋든 싫든 지구의 위험성과 치우천왕에 대해서 알게 된 이상 현중으로서 모른 체할 수도 없었다. 이유야 어찌 되었든 치우천왕은 현중에게 스승이나 마찬가지였고, 치우천황무의 계승자가 현중이 아닌가. 모르면 모르겠지만 알게 된 이상 이제 치우천왕을 찾아야 했다.

하지만 이번 일의 원흉은 직감적으로 차원자가 아니라 카일라제라는 것을 막연히 느끼고 있는 현중이었다.

"크크큭, 나를 상대로 또다시 장난치려는 건가. 카일라제, 좋아. 이번에는 나도 받아들이지. 알게 된 이상 만나고 싶거든, 나도."

몸을 돌려 맥라렌으로 걸어가던 현중의 머릿속에는 지금 치우천왕을 어떻게 찾아야 할지 그것만이 머릿속이 가득했다. 상대는 신의 반열에 올라 있는 존재다. 통상적으로 사람 찾는 식으로 찾는 건 불가능하다는 결론만 나오는 중이지만 그래도 계속 뭔가 궁리를 해야만 했다.

맥라렌에 돌아와 운전석에 앉은 상태에서도 궁리는 끊이지 않았다. 뭔가 고민하듯 하늘을 보면서, 이젠 보통 사람들처럼 그냥 푸른 하늘이 아니라 바람을 따라 움직이는 마나를 보면서 고민했지만, 결국 결론은 한 가지밖에 없었다.

"상대가 찾기 힘들다면 찾아오도록 하면 되는 거지."

가능하면 조용히 드래곤이 유희를 하듯 세상을 살아가고

싶은 마음이었는데 역시나 주머니 안의 송곳처럼 결국 세상은 현중을 드러나게 만드는 것이다.

신의 반열에 오른 존재를 찾는다는 것 자체가 말도 안 되는 것이기에 현중이 취할 수 있는 방법은 오직 하나, 찾아오게 만드는 수밖에 없었다.

그 어디에 숨을 죽이고 있더라도 현중의 이름을 들을 수 있도록 말이다.

"테른."

―네, 마스터.

현중의 부름이 끝나기가 무섭게 기다렸다는 듯 맥라렌의 뒷좌석에 모습을 드러낸 테른은 영혼의 연결로 현중의 심정을 느끼고 있는 중이었다.

"세상이 얼마나 넓은지 궁금하구나."

―대륙과 비교해도 손색이 없을 것입니다.

"그렇겠지. 대륙에 비해 손색이 없지. 테른."

―네, 마스터.

"60억이 넘는 지구의 인류에게 내 이름을 각인시키는 데 얼마나 걸릴까?"

테른은 현중이 정말 완전히 마음먹었다는 것을 눈치채고는 나름 생각을 했다. 하지만 인터넷이라는 무시무시한 인프라를 가지고 있는 지구의 정보 전달 속도를 생각하면 솔직히 쉽게 단정을 내리기 힘들었다.

—마스터께서 원하는 시간에 그렇게 되도록 할 것입니다.

"후훗, 내가 원하는 시간이라……. 그래, 천천히 시작해 보자구. 조바심내면서 움직인다고 뭔가 해결책이 있는 것도 아니니까 말야."

솔직히 전 세계를 상대로 싸움을 걸까도 잠깐 생각했던 현중이지만 역시나 그건 좀 아니라는 생각에 관두었다.

우선 재미가 없다. 전 세계를 상대로 싸운다 치고, 결과는 당연히 현중이 이기는 것이다.

그런데 그 후에는? 세계를 지배할 생각도 없는 현중이 치우천왕을 찾겠다고 전 세계를 상대로 싸움을 걸어서 정복해 봐야 결국은 자신의 발목을 잡는 결과밖에 되지 않는다.

이미 대륙에서 경험하지 않았던가? 황제라는 것에 묶여 5년을 서류와 씨름하면서 하루에도 수백 번 제국의 황실을 날려버릴까 고민한 적이 한두 번이 아니다.

권력도 필요한 사람에게나 매력적인 것이지, 현중에게 권력은 오히려 귀찮은 것 중 1순위에 지나지 않는 것이다.

"테른, 대동그룹을 세계 서열 10위 안의 그룹으로 만들면 제법 유명해지겠지?"

이제 와서 뭔가 새로 만든다거나 하는 것은 어리석은 짓이고, 현중도 그런 귀찮은 짓을 사서 할 필요가 없었다. 당연히 자연스럽게 현중의 시선은 대동그룹으로 향했는데, 테른은 의외로 고개를 끄덕였다.

—생각보다 대동그룹이 허술한 곳은 아닙니다. 하지만 대동그룹을 완전히 마스터의 것으로 만들어서 손에 쥐고 무언가 만드시려면 꼭 해야만 하는 일이 있습니다.

"꼭 해야만 하는 일?"

—대동그룹의 지분 15%를 가지고 있는 중국 통천문, 그리고 30%를 가지고 있는 일본의 마후무라 재단이 나중에 걸림돌이 될 가망성이 높습니다.

"통천문? 마후무라?"

현중이 처음 듣는다는 듯 물어보자 테른의 설명이 이어졌다.

대동그룹이 급성장을 이룬 데는 모두 다 이유가 있었다. 중국과 일본의 자본을 끌어들여 10년 만에 중소기업에서 제계 50위의 그룹을 일궈낸 것이다.

그것의 증거가 바로 디스플레이 기술이었다.

대동그룹이 대동전자를 설립한 1980년에 휴대폰 액정과 여러 가지 디스플레이 패널을 만들어내면서 순식간에 천산전자를 위협할 만큼 급성장을 이뤄낸 것이다.

그런데 사실 그것이 전부 다 일본의 후니전자와 관련이 있는 마후무라 재단에서 대동전자에 투자하면서 기술도 일부분 같이 넘겨주었던 것이다.

　이미 한국의 천산전자보다 20년은 앞서 있다고 평가를 받는 후니전자의 액정 패널기술을 제공받은 대동전자가 순식간에 성장한 것은 당연했고, 세계에서는 힌강의 기적이라는 소리까지 나올 정도로 눈부신 발전을 한 기업으로 대통령 훈장까지 받은 기록이 있다.

　그런데 테른이 알아본 대동그룹의 핵심인 대동전자는 정말 웃긴 구조를 가지고 있었다. 기술은 일본의 후니전자 것을 가져왔고 부품의 생산은 중국 통천문의 지배하에 있는 상하이에서 생산해서 국내로 부품을 들여왔다. 국내 공장에서는 들여온 부품을 재조립해서 완제품을 출시하는 구조였다. 즉, 대동전자의 기술은 일본 것, 제품 생산은 중국 것으로 국내에서 뭔가 하는 것이 전혀 없는 빈껍데기 구조를 가지고 있는 것이다.

　물론 중국의 싼 인건비와 외국 자본을 유치하기 위한 중국 정부의 공격적 마케팅으로 인해 이미 여러 세계 굴지의 그룹에서도 중국에 공장을 가지고 있는 편이긴 하다. 하지만 대동전자처럼 뭔가 비정상적인 구조를 가진 곳은 아직 없었다.

　"대동전자, 국내 기업이 맞긴 한지 궁금해지는군. 크크큭."

　테른의 설명으로 대동전자의 구조를 듣고 나니 웃음밖에 나오지 않았다.

　거기다 더 웃긴 사실을 테른이 말하는데,

―패널 핵심 기술은 모두 일본의 후니전자에서 파견 식으로 사람이 나와서 일하고 있고, 아직 대동전자에 꼭 필요한 정보는 넘기지 않고 있습니다.

"…철저하게 이용당하는 거군. 대동그룹 전체가 말야. 크크큭."

한마디로 후니전자의 중간 하청업체 같은 구조의 중심에 대동전자가 있는 형국이었다.

그리고 실제로 대동전자에서 생산한 액정 패널의 80%를 후니전자에서 수입해 가고 있는데, 그 가격이 일본 국내에서 생산한 액정 패널보다 오히려 10% 싼 가격이라는 사실을 들었을 때 현중은 더 이상 생각할 것도 없었다.

"손이 많이 가는군."

―그래도 맨땅에 삽질하는 것보다는 빠를 것입니다.

"그렇겠지. 집에나 가자. 정리해야 할 것도 많으니까."

갑작스럽게 알게 된 치우천왕의 일도 그렇고, 덕분에 자신을 드러내야 하는 일도 그냥 짠 하면 다 되는 일이 아니었다. 그에 관한 철저한 계획을 세울 생각으로 집으로 가려고 하는 현중의 맥라렌 곁으로 누군가 다가오는 게 느껴졌다.

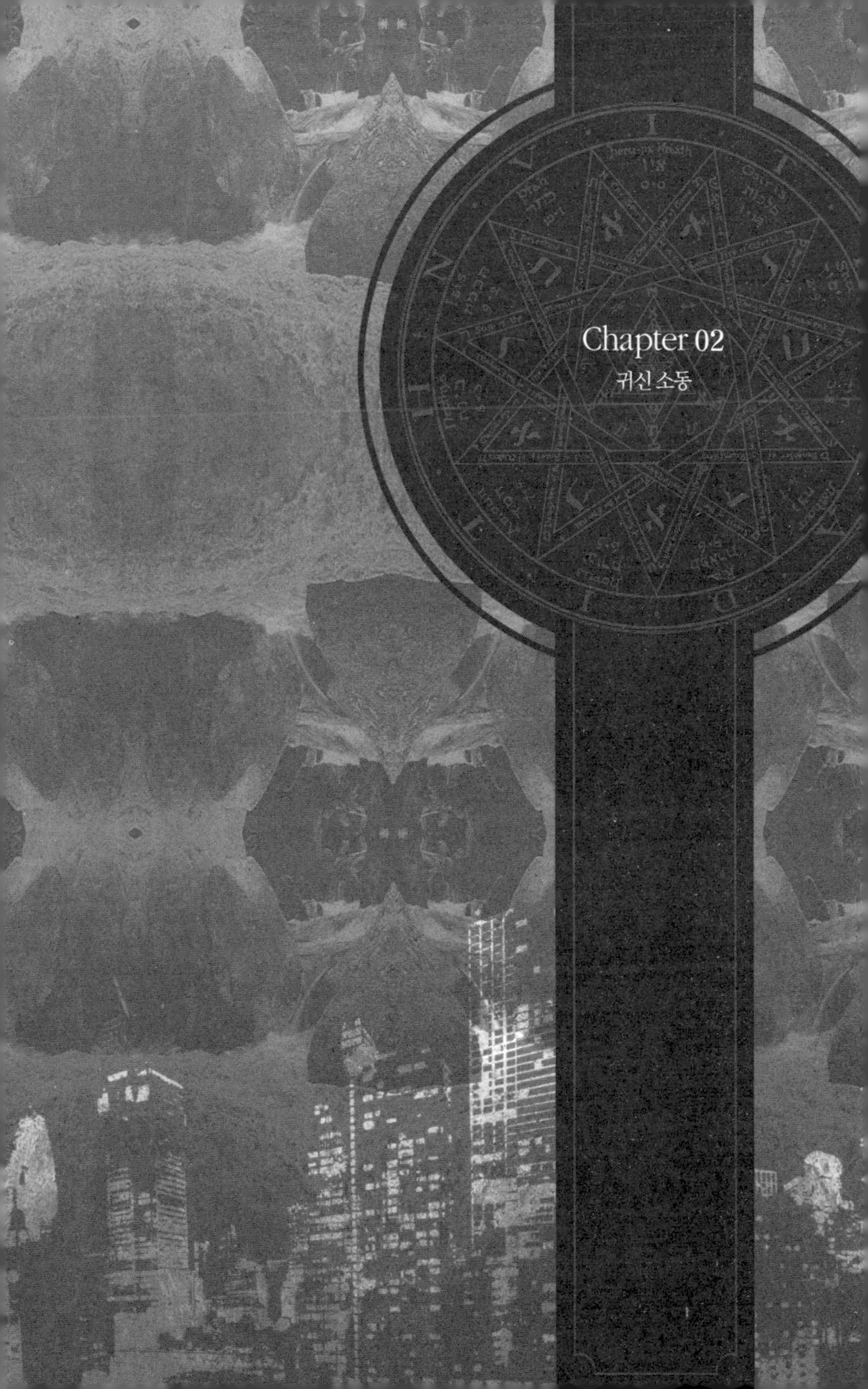
Chapter 02
귀신 소동

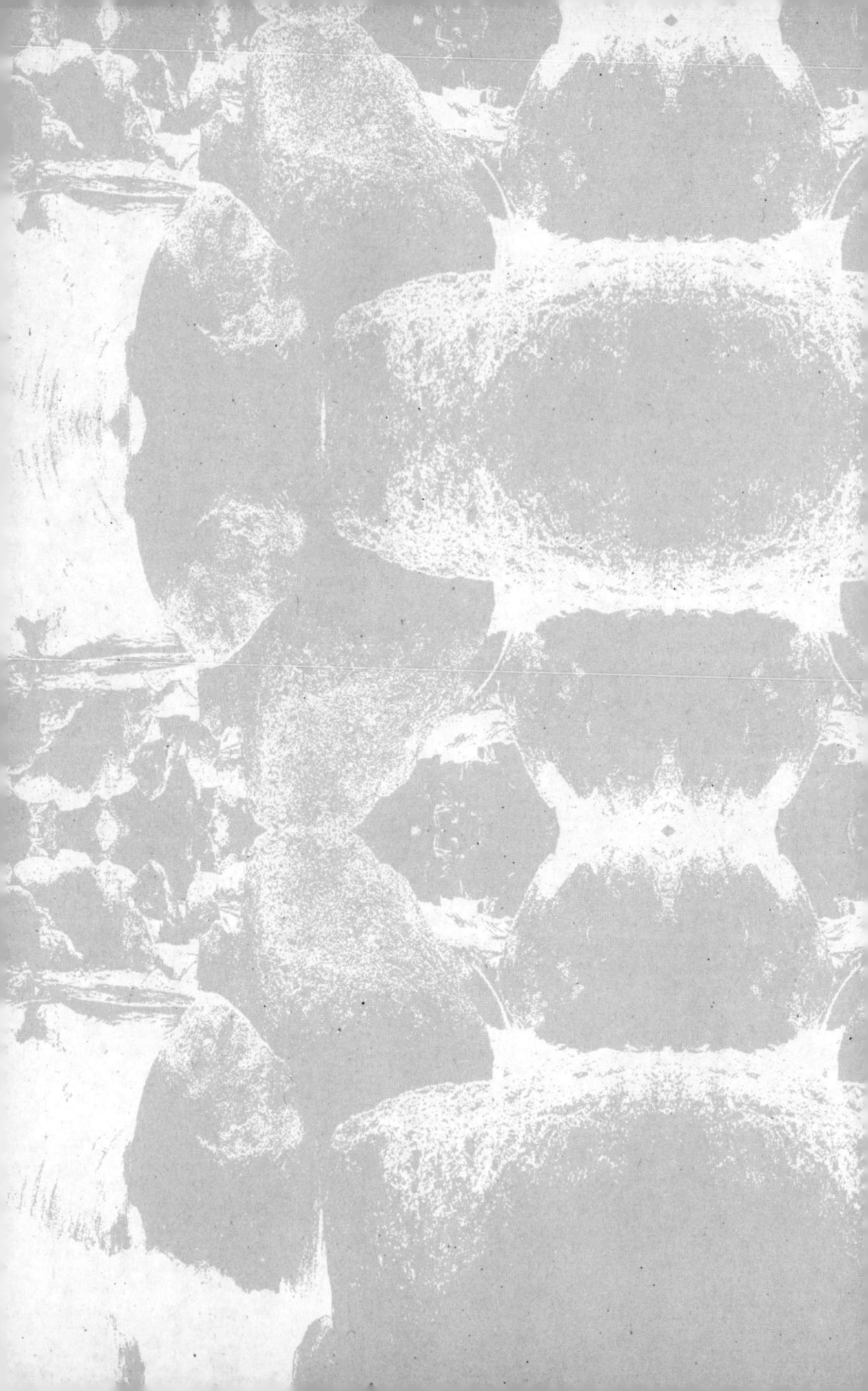

칙.

맥라렌의 시동을 끄고 현중이 고개를 돌리자 활짝 웃는 얼굴로 창문에 얼굴을 들이미는 과대표가 보였다.

똑똑~

친근하게 창문을 몇 번 두드리는 모습에 현중은 피식 웃으면서 창문을 내렸다.

"현중 선배, 이제 집에 가는 거예요?"

"그래. 웬일이야?"

"헤헤헤, 뭐 꼭 볼일이 있어야 선배한테 오나요?"

"그래?"

씨익~

현중은 이미 과대표의 눈동자를 통해 천심통으로 왜 자신에게 왔는지 모두 알고 있었다. 그래도 태연히 너스레를 떠는 모습을 보니 왠지 나이에 맞지 않게 과대표가 귀여워 보이기도 했다.

물론 과대표가 징그러운 성인 남자이기에 아주 잠깐만 그런 생각이 들 뿐이다.

"말해봐. 할 말이 뭔지."

"헤헤헤, 역시 선배는 눈치가 빨라요. 선배, 그게… 어려운 부탁은 아닌데… 음…….."

말을 질질 끄는 모습에 현중이 오히려 먼저 말했다.

"내 차를 빌리고 싶다고?"

"헉!!"

과대표는 정확하게 자신이 할 말을 콕 집어서 말하는 현중에게 놀랐는지 몇 걸음 떨어졌다가 다시 다가왔다.

"현중 선배~ 무슨 신 내림 받았어요? 완전 족집게네. 와우!"

감탄사를 터뜨리는 과대표의 모습에 관심도 없는 현중은,

"네가 빌리고 싶은 건 아닌 것 같은데, 누구야?"

이미 현중은 어떤 일로 자신의 맥라렌을 빌리고 싶어하는

지 잘 알고 있기에 최대한 모른 척해야 했다. 하지만 과대표의 성격상 바로 말을 하지 않을 것이 뻔하기에 현중이 대화를 이끌어가는 이상한 모습이 되어버렸다.

"쩝. 뭐 이미 눈치채셨으니 다 말할게요. 사실은 제 사촌형이 잡지나 광고 촬영할 때 소품을 준비하는 일을 하거든요? 이번에 뮤직비디오 하나 찍는데 고용주 쪽에서 어디서 선배 맥라렌 F1 소문을 들었는지 꼭 광고에 넣고 싶다고 해서요. 거절해도 상관없지만 제 얼굴을 봐서라도 한번 만나보기라도 해주세요. 선배~ 제발 부탁해요~"

마누라와 차는 자식에게도 빌려주는 게 아니라는 말이 있을 정도로 차를 아끼는 게 남자다. 그런데 특히나 국내에 한 대뿐이고 가격만 25억짜리 차를 빌려달라고 하는 것은 솔직히 무리한 부탁임을 과대표도 잘 알고 있었다.

하지만 사촌형의 부탁도 있고 자신도 힘들 때 도움을 받은 적이 있기에 최소한 현중과 만나게만 해줘도 자신의 할 일을 다 한 것이었다. 그래서 죽는 시늉을 하면서 부탁하는 것이다.

"흠."

현중은 일부러 고민하는 척하자 애가 달은 과대표는,

"선배, 어차피 보험도 들었을 텐데 혹시라도 긁히는 사고라도 나면 이번 기회에 보험금이라도 왕창 받아내 버리세요. 네?"

"보험? 나 그런 거 안 들었는데?"

"네?"

전혀 뜻밖의 말에 과대표가 놀라서 물어보자 현중은 오히려 자동차 보험을 꼭 들어야 하는 건가 하는 마음이 들었다.

"…설마… 선배, 맥라렌 이거 보험에 들지 않았어요?"

전혀 예상치 못한 문제였기에 과대표가 당황했다. 설마 25억짜리 차를 보험을 들지 않았을 리가 없기에 그냥 웃자고 한 말인데 다큐로 대답이 돌아온 것이다.

몇 억짜리 람보르기니도 보험에 들어서 타고 다니는 게 기본 중의 기본이다. 그렇기에 당연히 국내 한 대뿐인 차라서 보험에 들었을 것이라고 예상했던 것이다.

"응. 그거 꼭 들어야 해?"

황당한 듯 놀라는 과대표와 달리 현중에게는 굳이 보험을 들어야 할 이유가 없었다.

이미 테른의 마법으로 탱크와 정면충돌해도 흠집 하나 생기지 않을 만큼 완벽하게 마법 부여가 이루어져 있는 상태다. 겨우 학교 오가는 게 주 사용 목적이고 가끔 시 외곽으로 나갈 뿐인 현중에게 맥라렌은 그저 타고 다니는 자동차 그 이상도 이하도 아니었다.

N대학교에는 현중이 주말마다 맥라렌으로 전국의 미녀를

꾀어서 광란의 밤을 보낸다는 루머가 무성했지만 정작 현중은 관심도 없었다.

"…선배, 정말 강심장이네요. 그거 긁히기만 해도 수리비가 몇 백은 기본으로 나올 텐데……."

맥라렌은 일반 자동차와 달리 다른 도료를 쓰기에 혹시라도 아주 미세한 접촉사고라도 나 긁히는 상처를 입게 되면 자동차의 도색을 완전히 새로 해야 하는 차였다. 즉, 비싼 차 중에서도 톱클래스에 있는 차가 바로 맥라렌 F1이다.

"훗, 안 긁히면 되지."

별것 아닌 것처럼 말하는 현중의 말에 과대표는,

"…선배… 선배는 남자이십니다."

뭐가 남자라고 말하는 건지 뜻은 알 수 없지만 과대표는 엄지손가락을 치켜 올리면서 현중에게 말없는 존경의 눈빛을 보냈다.

"그보다 만날 날짜는?"

현중이 역시나 부탁하러 온 과대표보다 먼저 나서서 물어보자 뒷머리를 긁적이던 과대표는,

"그게 가능하면 빠른 게 좋은지라……. 선배가 바쁘지 않으면 오늘이라도 괜찮은데, 어떠세요?"

"오늘?"

원래 광고라는 게 시간 싸움인지라 분초를 다투는 경우가

많았다.

"뭐 특별하게 할 일은 없는데……."

"감사합니다~ 선배~"

고개를 90도로 숙이면서 감격에 겨워하는 과대표의 모습에 현중은 저 녀석은 분명히 사회생활 잘할 녀석이라는 생각이 들었다. 본래 사회생활은 저렇게 오버하면서도 적당히 상대의 기분을 좋게 해주는 요령이 필요한 법이다. 물론 현중은 절대로 저렇게 못한다. 그럴 필요도 없지만 그러기에는 이미 현중의 자아와 능력이 너무 강했기 때문이다.

"그리고 선배, 혹시… 소개팅 때문에 화나신 건 아니죠?"

"응? 소개팅? 아니 왜?"

"저… 그게… 설마 천유화가 그날 소개팅 끝나고 바로 미국으로 날아갈 줄은 몰랐거든요. 정말이에요. 그래서 기껏 선배에게 나오라고 했는데 그렇게 찢어졌다는 이야기는 나중에 들었어요."

소개팅에 그렇게 나와 달라고 난리 쳐서 정작 소개팅을 했는데, 상대가 끝나자마자 바로 미국으로 가버렸다는 이야기를 들은 과대표는 현중 보기가 미안해서 한동안 그의 눈치만 살폈다. 하지만 평소와 별다를 게 없는 현중의 행동에 이제야 부탁도 할 겸 겸사겸사 온 것이었다.

"상관없어. 어차피 별 생각 없었으니까."

“헤헤헤, 선배는 역시 쿨하시네요.”

추켜세우는 과대표의 말에 현중은 그냥 말없이 씨익 웃고 말았다.

“잠시만요.”

곧바로 휴대폰을 꺼낸 과대표는 어딘가로 전화를 걸더니 곧바로 약속을 잡았다.

“사촌형이 이곳으로 온다고 하는데 가까운 카페에서 기다릴까요? 제가 커피 쏠게요.”

어지간히 급했는지 바로 온다는 말에 현중은 맥라렌에서 내려 학교 앞 카페로 갔다. 과대표와 더치커피를 한 잔씩 마시면서 대략 10분쯤 기다렸을까?

딸랑~!

헌칠한 키에 뿔테안경을 쓴 건장한 남자가 들어오자 과대표는 곧바로 일어나 아는 척했다.

“원진 형, 여기야.”

과대표의 소개로 간단하게 서로 인사만 한 원진은 곧바로 현중을 보고는 놀랐다.

“소문 이상이군요.”

“……?”

뜬금없이 소문 이상이라고 말하는 원진의 말에 현중이 궁금함을 표하자 원진은 너스레를 떨었다.

"스포츠카 동아리에서 소문이 자자한 분이라서 어떤 남자일까 궁금했는데 이거 실제로 보니 카페에 있는 사진은 명함도 못 내밀겠군요."

"카페요?"

금시초문인 현중이 되묻자 원진은 자신이 어떻게 현중의 맥라렌을 알고 있는지 설명했다. 웃기게도 국내에서 가장 회원 수가 많은 스포츠카 동호회 카페에서 우연히 현중이 신호를 기다리면서 찍힌 맥라렌 F1 사진을 보게 되었다는 것이다.

그리고 곧 자신의 모든 인맥을 동원해서 현중이 N대 학생이라는 것까지 알아낸 원진은 곧바로 사촌동생이 N대 학생인 것을 기억하고는 수소문해서 이렇게 자리를 만들었다는 것이다.

그런데 더 웃긴 것은 현중도 모르게 국내의 스포츠카를 몰고 좋아하는 사람들 사이에서 이미 현중은 유명인사라는 사실이었다.

솔직히 25억짜리 차를 타고 다니는데 조용할 리는 없지만 맥라렌을 자주 타고 다니지 않는 현중의 움직임을 생각하면 유명세가 비정상적으로 빨리 퍼진 것이다.

"어떻습니까? 뮤직비디오에 차를 하루 대여해 주시면 정해진 것은 아니지만 맥라렌 정도면 500만 원 정도 대여비를 드리고 서비스로 점검까지 해서 드릴 수 있습니다."

"와우~ 차 하루 빌리는데 500만 원씩이나 해요?"

과대표는 설마 차 하루 빌리는데 그 정도 돈을 받는다는 것에 제법 놀라는 눈치였지만 맥라렌의 희귀성을 생각하면 500만 원은 그리 많은 돈이 아니었다. 특히나 고용주가 이미 현중의 맥라렌에 완전히 꽂혀 버려서 맥라렌이 아니면 안 된다고 하는 바람에 이런 가격이 매겨진 것이다.

하지만 실제로 제법 희귀한 차는 하루 빌리는데 1~200만 원 정도는 주는 편이었다.

"차를 저희가 촬영하는 장소까지 가져오시면 현중 씨가 지켜보는 앞에서 모든 촬영이 이루어집니다. 그리고 혹시나 몰라 손해보험도 이미 들어 있으니, 그럴 일은 없겠지만 약간의 흠집이나 파손이 있어도 모두 새것으로 저희가 보상해 드리니 걱정하지 마세요."

요즘 노래 홍보를 위하여 뮤직비디오는 거의 필수로 찍는다. 음반 작업에 버금갈 만큼 뮤직비디오에도 돈을 많이 투자하기에 가능한 일이지, 옛날 같으면 어림도 없었다.

특히나 얼굴 없는 가수로 데뷔해서 뮤직비디오의 드라마 같은 설정으로 초대박을 친 진성모라는 가수가 대세가 되고 나서는 뮤직비디오는 하나의 작품으로 변해가고 있었다. 가수들이 나와서 춤추고 노래하며 팬서비스의 일환이었던 시절과는 다르기에, 공격적인 마케팅이 강한 편이었다.

“제가 학생이라 평일에는 저녁때와 주말만 됩니다.”

현중이 거의 승낙하는 쪽으로 얘기하자 원진은 혹시나 현중이 마음이 바뀔까 봐 곧비로 고개를 끄덕였다.

“그럼 오늘이 목요일이니 토요일에 제가 연락드리겠습니다. 아니면 연락을 주세요.”

원진은 자신의 품에서 명함을 하나 꺼내서 현중에게 주었는데, 명함에 소품팀장 주원진이라고 쓰여 있었다.

“네, 그럼 그때 다시 뵙죠.”

생각보다 현중이 쉽게 승낙하는 바람에 몇 분 만에 끝난 원진은 곧바로 바쁜 일이 있다면서 일어서서는 나가 버렸다. 그러자 현중 옆에 앉아 있던 과대표가 초롱초롱한 눈빛으로 현중을 보면서,

“선배~ 저도 같이 가면 안 돼요?”

“응?”

“저도 그 뮤직비디오라는 거 보고 싶기도 하고, 헤헤헤, 맥라렌을 한번 타보고 싶기도 하구요.”

한마디로 자신을 태워서 뮤직비디오 촬영하는 곳까지 가자는 말이다.

N대 학생 중에 현중의 맥라렌을 탄 학생은 현재 농구부 매니저가 유일했다. 그만큼 맥라렌이 아직은 신비에 싸여 있는 것이다. 거기다 과대표의 성격상 이런 기회를 놓칠 리가 없

었다.

뮤직비디오면 당연히 배우나 가수가 나올 것이 뻔하기 때문에 최대한 현중에게 들러붙으려고 하는데, 현중은 가만히 생각해 보니 혼자 가봐야 촬영하는 동안에는 내내 기다려야 하기에 별 상관 없겠다 싶어서 고개를 끄덕였다. 원진이 과대표의 사촌형이라는 것도 어느 정도 작용을 했다.

"그러든지."

"고맙습니다, 선배~ 선배는 정말~ 대범하십니다."

과대표는 되지도 않는 아부를 떨면서 현중에게 다시 한 번 감사의 인사를 했다.

카운터에서 계산을 치르는 과대표의 옆에 서 있던 현중은 문득 카운터의 직원에게 눈을 돌렸다.

일순 평범한 외양과는 달리, 현중의 눈에 붉은 빛의 오라가 희미하게 피어오르는 것이 보인 것이다.

'장인의 오라? 의외로 지구에도 장인이 많은 건가? 별일이군.'

대륙에서도 드워프 외의 인간 장인은 다섯 손가락 안에 꼽을 만큼 극소수에 불과했다. 그런데 지구에서 벌써 퍼션에 이어서 또 장인의 기질을 가진 남자를 본 것이다.

"실례합니다."

"네?"

갑자기 현중이 말을 걸자 카페 직원은 현중을 똑바로 쳐다 보았다. 현중은 그 짧은 순간 천심통으로 직원을 살펴봤다. 그리고 씨익 웃으면서,

"지금 가진 꿈 이뤄질 겁니다."

"네에? 그게 무슨……?"

뜬금없이 파이팅을 하는 듯 한마디 남긴 현중은 씨익 웃으면서 카페를 나가 버렸고, 과대표도 그런 현중을 따라 나서면서 어색하게 웃더니 고개를 살짝 숙였다.

"수고하세요."

"아, 네, 안녕히 가세요."

직원은 뭔가 이상한 사람을 봤다는 생각에 고개를 갸웃했지만 왠지 힘이 나는 듯한 느낌을 받았다.

"가진 꿈이라……. 훗, 뭐 어차피 젊음이 내 유일한 무기인데 뭐가 겁나겠어. 그래, 까짓것, 한번 부딪쳐 보는 거지."

그동안 계속 뭔가 일이 안 풀리는 듯했는데 방금 현중의 말에 이상하게 힘이 나는 것이다.

한편 카페를 나온 과대표는 뜬금없는 현중의 행동에 궁금했는지 물었다.

"선배, 갑자기 무슨 말을 한 거예요?"

"응? 아, 그런 게 있어."

"…쩝."

대수롭지 않게 말하는 현중의 행동에 과대표는 더 이상 물어보기가 그래서 입을 다물었다.

그렇게 현중은 과대표와 헤어져 집으로 돌아갔다.

*　　　*　　　*

쾅!!

"지금 뭐라고 했나?"

대동전자의 사장으로 있는 한명희는 느닷없는 소식에 탁자가 부서지도록 주먹을 내려쳤다.

"그게… 저번 달부터 생산한 차세대 액정 패널을 장착한 제품이 계속 반품되고 있습니다."

"뭐? 출시한 지 한 달밖에 안 된 신제품이 반품되다니? 그게 무슨 말이야?"

"그게 말씀드리기가… 참……."

이상하게 말을 아끼는 비서의 말에 답답한지 재촉했다.

"어서 말해봐!"

한명희의 불호령이 떨어지고 나서야 비서는 결국 입을 열었는데, 말을 들은 한명희는 혹시나 자신이 잘못 들은 게 아닌지 다시 확인해야 했다

"방금 뭐라고 했나?"

“그게… 이번 후니전자의 신기술을 받아서 생산한 차세대 액정 패널을 장착한 전 제품에서 귀신이 나온다고…….”

“지금 장난하나? 지금 2001년이네, 2001년! 21세기가 시작된 마당에 뭐 귀신이 나와? 장난해, 지금!!”

결국 전혀 예상치 못한 상황에 애꿎은 비서만 죽어나고 있었다.

하지만 그것도 잠시, 비서는 품에서 CD 한 장을 꺼내 노트북에 넣더니 동영상을 보여주었는데 그걸 본 한명희는 더욱 기가 차서 할 말을 잃어버렸다.

“이게 지금 말이 된다고 생각하나?”

“저도… 그게 참… 뭐라고 말씀드리기가……. 이렇게 동영상으로 이미 인터넷에 퍼져 있는 상태라 후니전자 쪽에서는 전량 리콜을 생각하고 있다고 전해왔습니다.”

“뭐? 리콜?”

그 말에 한명희는 뒷목을 잡고 쓰러질 뻔했다.

지금 생산한 차세대 액정 패널은 기존의 액정 패널보다 진보된 기술로, 햇빛 속에서도 볼 수 있고 무엇보다 선명도가 기존 액정의 다섯 배나 높은 것으로 이미 대대적으로 선전을 했다. 국내에서는 물론 외국에서도 선주문이 많이 들어와 있는 상태였다.

물론 후니전자의 기술을 받았기에 먼저 후니전자에 납품

을 한 것인데, 납품한 지 한 달 만에 이런 청천벽력 같은 소식
이 전해져 온 것이다.

이미 인터넷상에서는 후니전자의 최신 제품인 LCD TV와
게임기 등, 이번에 대동전자의 신액정 패널을 장착한 전 제품
이 저녁 6시만 되면 저절로 꺼지고, 기이한 소리가 들리고, 심
하면 이미 죽은 지인이 액정 패널에 보이는 경우까지 있다는
이야기가 돌고 있었다.

그리고 그걸 동영상으로 찍어서 인터넷상에 올린 사람도
이미 수천 명에 이르고 있었다.

"누가 이따위 것을 믿는단 말인가!!"

한명희는 도저히 납득할 수 없는 상황에 이를 갈면서 비서
를 노려봤지만 오히려 비서는 다른 CD를 꺼내 노트북에 넣고
는 말했다.

"이건 저희 조사팀이 기록한 영상입니다."

"우리 조사팀이?"

"네, 사장님. 우선… 보고 판단하십시오.."

비서의 말에 한명희는 다시 인터넷에 떠도는 저화질의 캠
화면이 아닌 고화질의 기록용 영상을 자세히 보면서 한참 동
안 말이 없었다.

대략 30분 정도의 기록 영상을 보고 난 뒤 한명희는 그대로
노트북 액정을 잡고는 닫아버렸다.

“이게…사실인가?”

“네, 사장님.”

비서도 방금 것을 보고 한명희가 이런 반응을 보일 것이라고 예상했다.

CD에 기록된 영상은 이랬다. 우선 새로 출시한 대화면 LCD TV를 작동시킨다. 그리고 저녁 6시까지 기다리면, 잘 작동되던 TV가 갑자기 꺼지고 켜지고를 반복하더니, 곧 기괴한 울음소리가 사방에 울려 퍼지기 시작한다. 화면에서는 커다란 손톱을 가진 정체를 알 수 없는 팔이 튀어나왔다가 사라지기도 한다. 그러한 장면이 계속해서 이어졌다.

한명희도 설마 이 정도일 줄은 몰랐기에 놀랐다. 대동전자 조사팀이 이런 것을 일부러 조작할 이유가 없기에 사실이라고 판단해야 하지만 지금 이 시대에 귀신이라니? 납득이 쉽게 될 리가 없었다.

한편 한명희에게 귀신 때문에 보고가 들어갈 무렵, 이미 인터넷상에서는 대동전자에서 출시한 신제품 액정 패널을 사용하는 모든 제품에서 귀신이 나온다는 소문이 퍼질 대로 퍼진 상태였다.

어떤 사람은 호기심에 사고, 어떤 사람은 정말 귀신이 나오는지 궁금해서 샀다. 하지만 그 결과 모두 하루 만에 반품 신청을 하고 꿈에라도 나올까 무서운 듯 도망치듯 사라지는 사람이 한둘이 아니었다.

결국 다음날 신문에 대동전자 액정에서 귀신이 나타났다는 제목으로 기사가 실렸고, 심지어 9시 뉴스에 주요 뉴스로 다뤄질 만큼 국가적인 망신도 이런 망신이 없었다.

결국 대동그룹 차원에서 대대적으로 고위 간부들이 모조리 저녁 5시에 퇴근도 미루고 모였다.

"오늘 이렇게 모인 이유를 다들 알 거라 생각이 드는데, 다른 의견이 있다면 말해보도록."

하주혁이 가장 상석에서 한마디 하자 다들 저마다 서로의 눈치만 봤다.

"험험, 그럼 제가 한 말씀 드리겠습니다."

그래도 인척관계가 있는 최태식이 먼저 나서면서 입을 떼자 모든 시선이 그에게 집중되었다. 최태식은 슬쩍 곁눈질로 한명회를 바라보면서 씨익 웃었다. 현재 귀신 사태에서 가장 곤란한 건 한명회 대동전자 사장이었다.

당연히 그와 적대관계인 최태식은 지금이 기회라고 생각한 것이다.

"우선 제가 알아보고 작성한 보고서를 봐주셨으면 합니다."

최태식은 미리 준비한 보고서를 각각 한 부씩 나눠 주고는 설명을 시작했다.

"우선 이번 신제품으로 나온 액정 패널에서 저희들이 생각하지 못한 문제점이 있다는 것을 발견했습니다. 그건 바로 전자파입니다."

"전자파?"

"전자파라……."

다들 최태식의 말에 뭔가 깨달은 듯 동조를 하기 시작하고, 그런 분위기는 최태식에게 힘을 실어주었다.

"우선 전자파란 다들 어느 정도 아시다시피 강도가 강할 경우 환청이나 환영이 보이는 경우도 있다고 합니다."

쾅!!

"말도 안 됩니다!"

한명희는 최태식의 말에 강력히 부인하면서 한마디 했지만 하주혁의 눈빛 한 번에 다시 입을 다물어야 했다.

"험험, 그럼 다시 말씀드리겠습니다. 이번 최신 액정은 신기술입니다. 물론 기술의 80%는 후니전자에서 제공을 받았지만 만드는 것은 저희 대동전자에서 만들었습니다. 그런데 전자파가 일반 패널 액정에서 나오는 것보다 세 배에서, 심할 경우 열 배까지 강하게 뿜어져 나오는 것이 포착되었습니다."

그때부터 최태식의 설명은 계속 이어졌고, 보고서에는 모든 것이 전자파 때문이라는 식으로 치장되어 있었다. 하지만 한명회는 오히려 그런 최태식을 보면서 이를 갈았다.

'간사한 놈! 아예 나를 무능한 사람으로 만들 작정을 했구만. 치잇.'

한명회도 전자파가 신형에서 조금 더 많이 나온다는 사실은 알고 있었다. 하지만 후니전자와 공동으로 실험을 해서 인체에 전혀 무해하다는 판정을 받은 상태였다. 그렇기에 생각하고 있지도 않던 것을 최태식이 갑자기 끄집어낸 것이다.

이건 한명회 입장에서는 완전히 모함을 넘어서 억지를 부리고 있는 걸로밖에 보이지 않았다.

"한명회 사장의 생각은 어떤가?"

모든 설명이 끝나고 의기양양하게 자리에 앉는 최태식과 달리 찌푸린 얼굴의 한명회를 바라보던 하주혁이 한마디 하자, 그제야 한명회는 입을 열었다.

"우선 최태식 이사의 보고서는 모두 엉터리입니다. 이미 후니전자와 전자파에 대해서는 모두 실험을 마치고 안전성을 검증 받은 상황입니다."

"훗!"

오히려 최태식은 그런 한명회의 말에 코웃음을 쳤다. 인터넷 동영상과 조사 결과가 이미 모든 것을 말해주고 있는데, 지금 한명회의 말은 이곳의 간부는커녕 하주혁의 마음조차 돌리기 힘들다는 것을 최태식이 잘 알고 있기 때문이었다.

현재 최태식은 궁지에 몰려 있었다. 믿었던 최강식이 현중에 의해 병신에다 바보가 되어 더 이상 회사 경영이 어렵다는 판단 아래 완전히 후계자 명단에서 빠져 버린 상태다.

그런데 오히려 유력 후계자였던 최강석이 빠져 버리자 한명희 대동전자 사장이 강력하게 다음 그룹 후계자로 떠오른 것이다.

한명희가 후계자로 떠오를수록 최태식은 궁지에 몰렸고, 이러다 정말 한명희가 그룹을 이어받게 되면 최태식이 한순간에 쫓겨나는 것은 일도 아니었다.

그러다 이번 귀신 사건이 발생했고, 어떡하든 전자파로 억지 보고서라도 만들어 한명희를 몰아붙여야 했다.

거기다 최태식이 웃는 데는 다른 이유도 있었다.

"그럼 제가 이번에 전자파 때문에 귀신이 보인다는 것을 증명해 보이겠습니다."

짝!

한명희의 반박이 끝나자 최태식이 기다렸다는 듯 가볍게 손뼉을 쳤다. 그러자 전 간부가 오늘 직접 확인해 보기로 했던 액정 패널 쪽으로 들러붙었다.

부하 직원들이 액정 패널에 보호 액정을 설치하더니 각자 간부들에게 안경을 지급했다. 무슨 위성 안테나 같은 장비까지 회의장에 들이고는 순식간에 사람들이 빠져나가자 최태식이 자리에서 일어섰다.

"지금 나눠 드린 것은 전자파 차단 필터를 사용한 특수 안경입니다. 그리고 오늘 루머의 진실을 확인하기 위해 신형 액정 패널 앞에 붙인 것은 전자파 차단 보호 패널입니다. 거기다 확실히 하기 위해 마지막으로 앞에 보이는 저 기계는 전자파를 100% 상쇄시켜 버리는 것으로, 미국 NASA에서 사용하는 것과 같은 제품을 제가 특별히 빌려왔습니다."

"오~"

"흠~"

전 간부가 설마 최태식이 이렇게까지 준비했을 줄은 몰랐는지 감탄을 했다. 하주혁도 철저하게 전자파라는 단정을 하고 준비한 최태식을 바라보는 눈빛이 살짝 변해 있었다. 이렇게까지 준비를 했다는 것은 뛰어나진 못해도 무능하지도 않았던 최태식이 뭔가 믿는 구석이 있다는 것이다.

그와 반대로 설마 최태식이 이렇게 철저하게 할 줄은 몰랐던 한명희는 죽을 맛이었다.

만약에 정말 전자파 때문이라면 오늘 전 간부가 모인 이 자리에서 귀신 소동이 일어나지 않아야 한다. 그렇게 되면 한명희는 하주혁 회장의 눈 밖으로 날 가망성이 높았고, 반대로 최태식을 다시 보게 될 것이다.

아니러니하게도 한명희에게는 소문대로 귀신이 나타나야 하는 상황이 벌어진 것이다.

"우선 귀신 루머를 확인해 본 결과, 저녁 6시부터 나타났다는 말이 많지만 밤 9시 이후에 99% 확률로 귀신을 봤다는 사람이 많은 관계로 확인은 밤 9시에 하는 것으로 할까 하는데, 여러 간부님들의 의견을 어떠십니까?"

최태식은 지금 어깨에 힘이 잔뜩 들어간 상태였다. 약간 주눅이 들어 있던 평소의 모습이 아닌 당당한 발표 자세, 거기다 간부들까지 아우르는 모습에 하주혁도 최태식을 살짝 다시 보기 시작했다.

그동안 최태식의 아들인 최강석이나 라이벌인 한명희가 너무나도 뛰어나기에 가려져 있을 뿐이지 최태식도 기회가 되면 얼마든지 자신의 존재를 알릴 수 있는 사람이었던 것이다.

그리고 최태식에게 그런 기회가 이번 귀신 루머였다.

모든 간부들은 갑자기 당당해진 최태식의 모습에 동조하면서 순식간에 지금 회의장의 실세가 누구인지 눈치만으로도 알아챘다. 그룹의 임원이 그냥 되는 게 아니다. 반은 눈치로 된다고 해도 과언이 아닌 자리였다. 당연히 아주 짧은 회의라도 흐름이 있는 법이다.

그리고 오늘 흐름을 좌우하는 사람은 바로 최태식인 것을 그들이 모를 리가 없었다.

"좋습니다."

아직 시간이 있으니 간만에 임원들끼리 저녁을 먹기로 만장일치됐다. 이 기회에 환심을 사려는 최태식은 미리 봐둔 곳에서 자신이 저녁을 사기로 하면서 분위기를 모두 자신 쪽으로 끌어들이는 데 성공했다.

비즈니스는 눈치와 머리싸움이라고 한다. 그리고 적지만 필연적으로 10% 정도는 운도 따라줘야 했다. 보기에는 10% 확률이 적어 보이지만 때에 따라서 그 10% 확률로 인해서 시작도 못해보고 무너지는 게 바로 비즈니스였다.

그렇게 모두가 식사를 하기 위해 나간 회의장은 조용하기만 했다.

스윽.

─전자파라……. 웃기는 짓을 하는군.

모든 임원이 사라진 회의장에 모습을 드러낸 테른은 최태식이 가져다 놓은 전자파 차단 장치를 한번 보고는 씨익 웃었다.

─과학이라……. 참 신기하면서도 재미있는 학문이야. 크크큭.

지구에 와서 테른이 가장 많이 놀라면서도 호기심을 자극받은 것이 바로 과학이라는 것이었다. 처음에는 연금술의 발전형이라고 생각했지만 지구의 과학은 연금술과 시작은 같을지 모르지만 결과는 완전히 종류가 달랐다. 눈에 보이지도 않는 전자파와 같은 여러 가지 증거를 바탕으로 발전한 과학은 마계의 머리라 불리는 테른의 지식을 아직도 다 채우지 못할 만큼 엄청 방대한 양이었다.

그렇지만 환상마법진으로 생겨난 환상을 전자파라는 것으로 몰아붙이는 모습은 테른이 보기에는 웃기기만 했다.

스르륵.

회의장 한쪽 벽에 걸려 있는, 이번에 새로 출시한 신형 액정 패널을 사용한 초대형 LCD 모니터를 보고는 테른의 입가에 미소가 번졌다.

―크기가 큰 만큼 어둠의 마력이 제법 많이 스며들었군.

저번에 테른이 액정 패널 적재 창고에서 마법진을 펼친 것은 단 하나, 어둠의 마나가 힘을 발휘할 수 있는 밤만 되면 액정에서 보는 사람이 가장 두려워하는 것이 보이는 환상마법진이었다.

영구적인 마법 부여가 아니라 겨우 3개월 정도 지속되는 것이지만, 실제 현재 지구에서 가전제품, 특히나 액정이 달린 것은 하루에 최소 열 번 이상은 보는 게 기본이다.

특히 대동전자에서 납품받아서 후니전자가 생산한 제품의 대부분이 TV, 휴대용 게임기 등 최소 하루에 한 번 이상, 주로 저녁 시간 때 많이 보는 것이기에 테른의 마법은 즉각 효과를 발휘한 것이다.

─이제 시작이지. 안 그래? 크크큭.

아무리 발버둥 쳐도 테른의 손아귀 위에 놓인 상태다. 회의장 구석으로 몸을 옮긴 테른은 조용히 커튼의 그늘 속으로 동화되면서 모습을 감췄다.

테른이 어둠 속에 모습을 숨기자 회의장의 문이 열리면서 여직원이 들어왔다. 그녀가 간단하게 청소를 하고 나서 나간 지 얼마 되지 않아 임원들이 모두 들어왔다.

"허허허, 최태식 이사님을 다시 보는 계기가 되는군요."

임원들은 모두 오늘 보여준 평소와 다른 최태식의 모습에 제법 놀라면서도 최강석이 괜히 후계자 자리에 오른 게 아니라는 듯 말했다. 호랑이한테서는 호랑이가 태어나듯 최태식이 그동안 때를 만나지 못해서 드러나지 못했을 뿐이라는 식으로 말하는 것을 보니 식사하면서 얼마나 임원들을 구워삶았는지 안 봐도 뻔했다.

하지만 단 한 명만은 그런 최태식이 곱게 보일 리가 없었다.

'흥! 그것도 잠시뿐이지. 비겁하게 인척의 백으로 이사 자리에 겨우 붙어 있는 녀석이 설치는 꼴하고는.'

한명회는 오늘 하루 종일 최태식이 그렇게 꼴 보기 싫을 수가 없었다. 하는 짓 하나하나가 시비를 걸고, 식사 도중에도 노골적으로 자신을 무시하는 모습까지 보였다.

그러다 보니 한명희는 지금 회의장에 앉는 순간까지도 차라리 귀신이 나타나서 저 잘난 체하며 설치는 최태식이 당황하는 얼굴을 보고 싶은 마음뿐이었다.

한명희도 사업 수완은 좋은 편이지만 역시나 대동그룹의 후계자가 걸려 있다 보니 감정적으로 변할 수밖에 없었다.

"시작하지."

하주혁도 최태식의 변화가 싫지 않은 듯 평소의 냉랭한 모습에서 조금은 부드러워진 말투로 말했다.

"네, 회장님."

하주혁까지 자신을 달리 본다고 확실하게 느낀 최태식은 양손에 힘을 주면서 일어서더니 회의를 주관했다. 비즈니스는 시시때때로 변하고 언제 어떻게 말하느냐에 따라서 주도권이 움직이는 전쟁터다. 최태식에게 이번 기회는 절호의 기회일 수도 있었고 아니면 나락으로 떨어질 수도 있는 갈림길인 셈이다.

최태식이 그걸 모를 리가 없었다. 돌파구를 찾고 있던 최태식은 아예 단단히 마음먹고 준비했다. 그와 반대로 한명희는 갑작스럽게 터진 귀신 루머 때문에 대처는커녕 보고서를 보기에도 바쁘게 움직이다가 불려왔으니 이미 결과는 뻔했다.

씨익~

앞으로 걸어나가면서 한명희와 눈이 마주치자 최태식은 일부러 입술을 씰룩거렸다. 누가 봐도 비웃는 것이 확실했지만 한명희만 볼 수 있는 웃음이었다.

"그럼 지금 시각 정확하게 9시입니다. 시작하게."

최태식이 옆에 서 있는 직원에게 말하자 직원은 곧장 회의실의 전등을 모두 끄고 문제의 신형 액정 패널 모니터에 전원을 켰다. 특별하게 성능을 보자고 한 게 아니기 때문에 모니터에 나타나는 영상은 대동그룹 광고 영상이었다.

딸각!

최태식은 모니터에 전원이 들어오자 곧바로 전자파 차단 기계를 작동시켰고, 임원들도 모두 약속이나 한 듯 최태식이 나눠 준 전자파 차단 안경을 썼다.

그렇게 대동전자 신형 액정 패널에 귀신이 씌었다는 소문의 진상을 임원 모두가 한자리에 모여서 직접 확인하는 회의가 시작된 것이다.

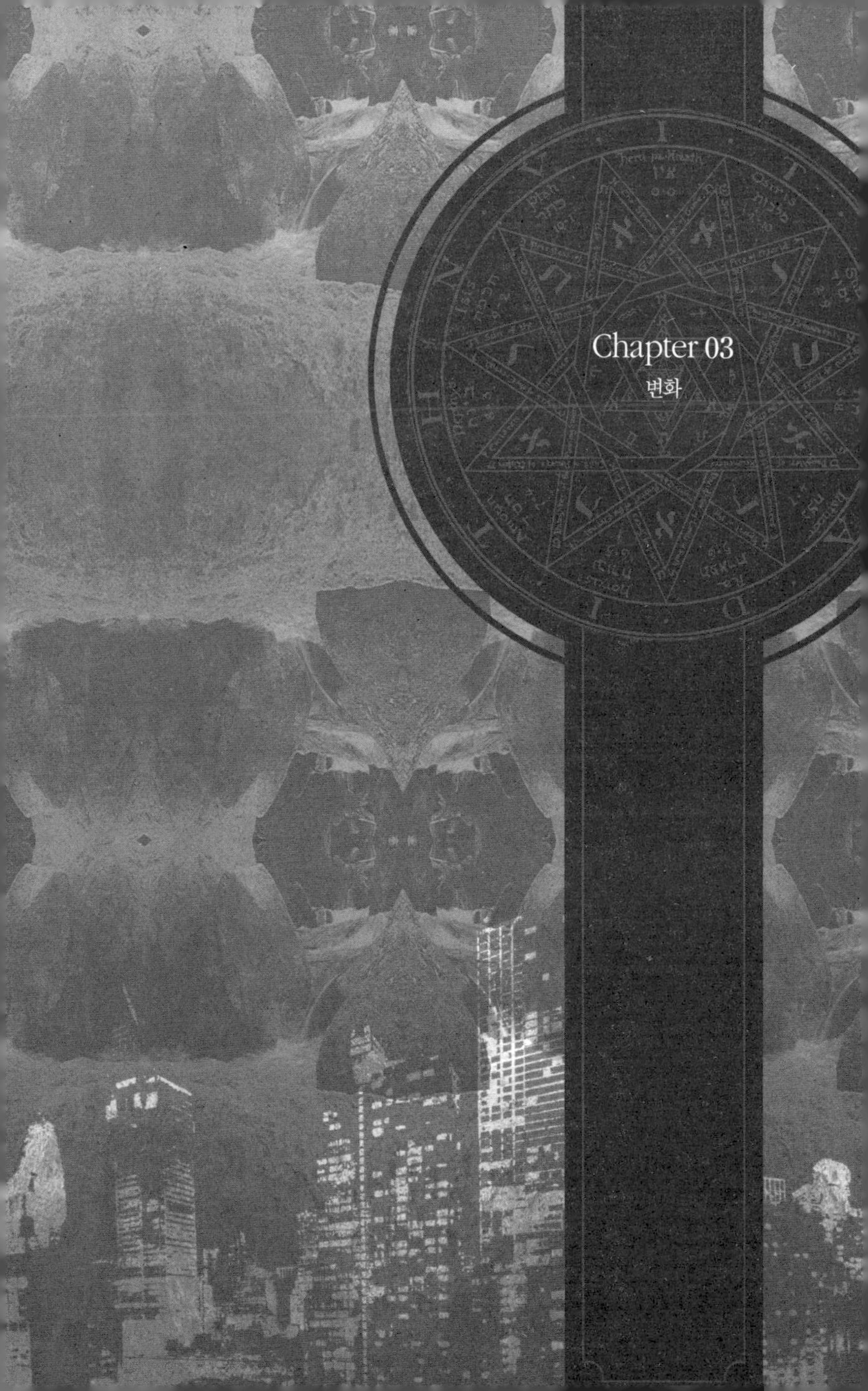

Chapter 03
변화

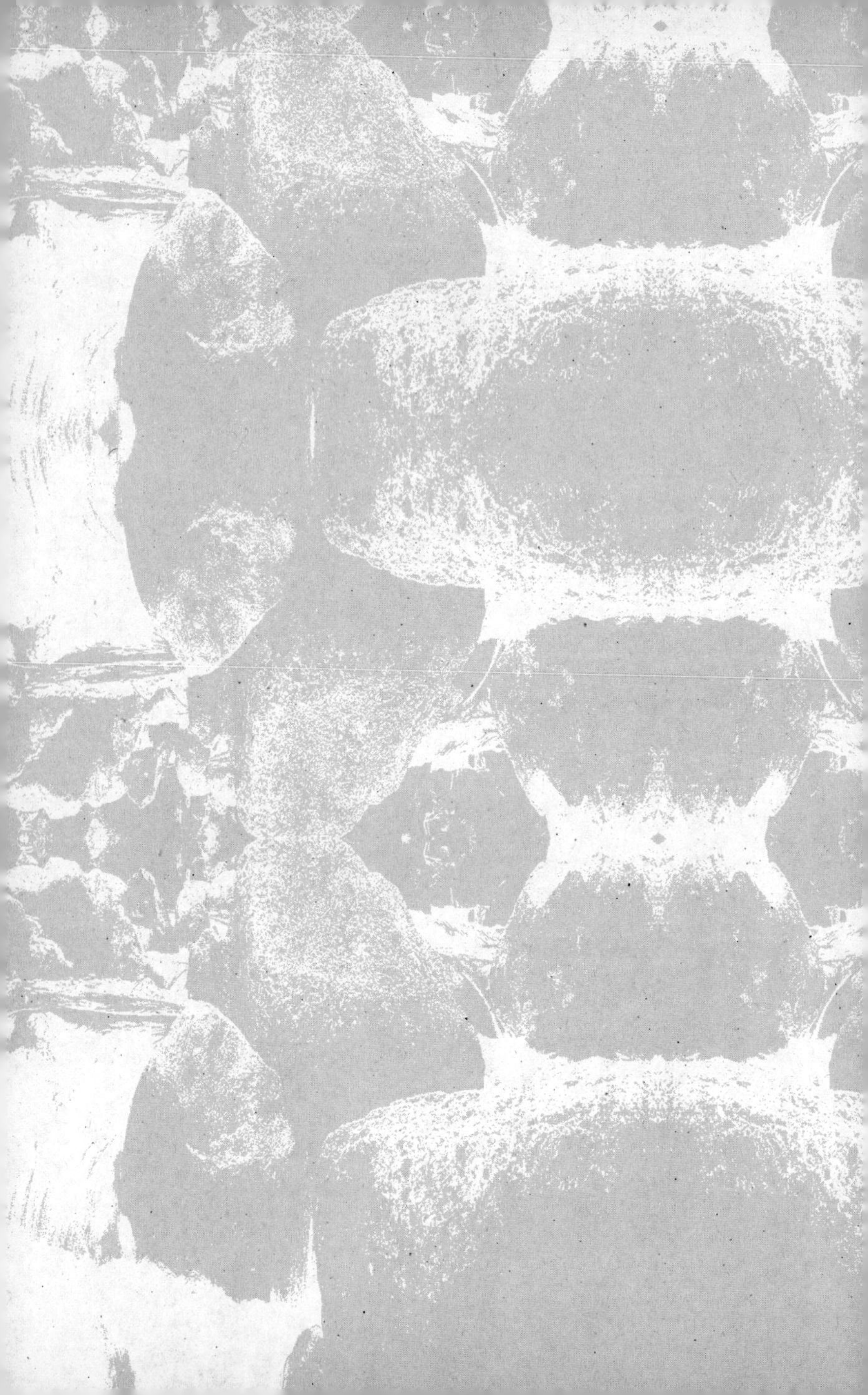

"이번 회의가 그 귀신 소동 확인하는 거라며?"

"쉿!"

회의장 밖에서 대기하고 있는 직원 네 명은 서로 지금 하고 있는 회의 내용 때문에 수다 떨기에 바빴다. 물론 눈치는 보지만 현재 밤 9시이고 다른 직원들은 모두 퇴근한 상태라 수다는 멈출 줄을 몰랐다.

"그보다 이번에 최태식 이사님이 완전 달라졌다며?"

"응. 내가 회장님 비서라서 가까이에서 봤는데 뭔가 단단히 준비한 듯하더라고. 놀랐어."

"에이, 그래도 거기서 거기지. 사람이 갑자기 바뀔 리가 있나."

이미 회사 내에서도 최태식 이사라면 낙하산의 대표적인 인물로 소문이 파다해서 모르는 사람이 없었다. 거기다 뭔가 실적을 크게 올린 것도 없고 오히려 본사 부장급보다 실무 능력이 떨어진다고 평가 받고 있는 인물이 최태식이었다.

그러다 보니 오늘 같은 갑작스런 변화는 직원들에게도 화제거리였다.

그렇게 직원들이 밖에서 수다를 떨면서 회의가 얼른 끝나서 퇴근하기만을 기다리는데, 한 5분쯤 지났을까?

"크아아아아아!!"

벌컥!!

회의장 문이 거칠게 열리면서 최태식 이사가 튀어나오더니 뒤도 돌아보지 않고 그대로 비상계단으로 뛰어가 버렸다. 그런데 최태식뿐만이 아니었다. 최태식을 시작으로 임원들이 하나둘씩 쫓기듯 회의장을 뛰어나오더니 곧장 비상계단으로 사라져 버린 것이다.

"뭐지?"

밖에서 대기하고 있던 직원들은 모두 무슨 영문인치 몰라서 어리둥절한 상황에 하주혁 회장의 비서는 임원들 중에서 하주혁 회장이 아직 나오지 않았다는 것을 알아챘다. 곧장 회

의장으로 한 걸음 들어서는 순간,

"협!!"

비서는 무조건 하주혁 회장을 찾아 두리번거리다 아직 앉아 있는 그를 찾았다. 그런데 비서의 눈에 보인 것은 하주혁 회장을 감싸고 있는 새하얀 것이 그를 마치 묶고 있는 듯한 모습이었다. 거기다 커다란 눈구멍을 돌리다 비서와 눈이 딱 마주친 것이다.

후덜덜, 후덜덜.

그것이 무엇인지 비서는 알지 못했다. 하지만 본능적으로 알았다.

"귀, 귀, 귀신이다!!"

비서는 그대로 줄행랑을 쳐 버렸다. 갑작스런 비서의 반응에 궁금해하던 남은 직원들도 회의장 안을 들여다보곤 기겁을 하고는 똑같이 비상계단으로 도망쳐 버렸다.

회의장에는 소문대로 귀신이 나왔다. 만약 누군가 제정신으로 LCD TV 전원을 껐으면 귀신은 사라졌을 텐데, 임원들은 너무 당황한 나머지 그대로 도망쳐 버리고 말았다. 결국 회의장에 남아 있던 것은 하주혁뿐이었다.

그리고 모두 사라진 회의장에서 어둠 속에 몸을 숨기고 있던 테른이 하주혁의 뒤에 모습을 드러냈다.

―크크크크, 웃기는군, 정말.

"……!"

하주혁은 갑자기 뒤에서 들리는 목소리에 천천히 고개를 돌렸지만 보이진 않았다.

─하주혁, 그래도 버티다니 제법이군.

"이… 목소리는……."

하주혁은 자신이 처음 듣는 목소리라는 것을 깨달았다. 하지만 자신을 아래로 보는 듯한 말투에서 직감적으로 이번 귀신 소동의 주범이라는 것을 알아챘다.

그리고 천천히 발걸음 소리가 하주혁의 귀에 들리면서 어두운 그림자가 나타났을 때, 테른은 하주혁의 정면에 서 있었다.

딱!

테른이 가볍게 손가락을 튕기자, 회의장을 떠다니면서 모든 임원을 공포에 빠져들게 했던 귀신들이 거짓말처럼 사라져 버렸다.

"이… 건……! "

하주혁도 그런 능력에 감탄하면서도 테른의 얼굴을 보자 누군지 바로 떠올렸다.

"너, 너는… 현중이라는 녀석의……."

─쉿!

테른은 손가락을 입가에 대면서 조용히 하라는 표시를

했다.

하지만 하주혁이 그걸 따를 리가 없었다.

"닥쳐라! 나에게 이러는 이유가 뭐냐!"

히죽~

테른은 질문에 애초에 대답할 생각이 없는 듯 조용히 회의장을 한번 둘러보고는 하주혁을 다시 바라봤다.

—충직한 부하를 두셨군.

"…크음."

한순간에 하주혁이 입을 닫아버릴 수밖에 없는 테른의 말이었다.

귀신이 나타나자마자 가장 먼저 도망친 녀석이 바로 최태식이었다. 그리고 다른 임원들은 약속이나 한 듯 회의장을 뛰쳐 나가 버렸고, 한명희도 도망간 임원들 사이에 섞여 나갔는지 하주혁이 정신을 차렸을 때는 이미 회의장에는 아무도 없었다.

—하주혁, 이건 시작이야.

테른의 달콤하게 하주혁의 귓가에 속삭였다. 하지만 하주혁에게는 공포와 함께 분노를 일으키는 목소리였다.

으드득.

노구이지만 눈빛에서 진한 살기를 뿜어낸 하주혁은 분한 마음 때문인지 이를 갈았다. 하지만 그런 것도 테른에게는 아무 소용이 없었다. 오히려 하주혁이 흥분하고 원망하고 화를 낼수록 테른에게는 좋은 일이었다.

인간의 마이너스 에너지를 좋아하는 마족인 테른은 오히려 하주혁이 분노할수록 기분 좋을 뿐이다.

—마스터께서 너에게서 대동그룹을 거두기로 한 이상 자비는 없다. 천천히 즐기도록 해. 건드려서는 안 되는 존재를 건드린 대가를 말야. 크크크크크.

웃음을 남기면서 하주혁이 보는 앞에서 어둠 속에 녹아들 듯 테른이 사라졌다. 조용해진 회의장에는 분노에 온몸을 떨고 있는 하주혁만 남았다.

"도대체… 저놈은… 그리고 김현중이라는 놈은 어떤 놈인 거야. 도대체 어떤 존재이길래……."

인간이라고는 생각되지 않는 능력. 지금 대동그룹을 위협하고 있는 귀신 루머의 주범이 현중이란 것을 알게 된 것은 다행이지만 그게 전부였다.

인간 같지도 않는 능력을 가진 테른을 직접 두 번이나 겪어본 하주혁은 도저히 어떻게 해볼 방법이 생각나지 않았다.

거기다 귀신을 불러내는 능력은 상대해 볼 의지마저 꺾어 버리고 있었다.

"죽여야 해. 김현중을 죽여야 내가 산다."

하주혁의 머릿속에는 김현중을 죽이지 않으면 자신이 가

진 모든 것을 잃으리라는 확신이 들었다. 그리고 김현중을 죽이겠다고 마음먹은 이상 하주혁은 분노로 눈동자는 불타고 있지만 입술은 굳게 다문 채 생각했다.

잠시 후 생각이 끝났는지 품에서 휴대폰을 꺼내더니,

"서 부장, 나다. 김현중이라는 녀석을 이 세상에서 지워 버려야겠다. 그래, 알아보도록. 그리고 전에 나에게 말했던 그들의 힘을 빌려야 한다면, 허락한다."

딸각!

간단하게 용건만 말한 하주혁은 휴대폰을 품 안에 넣으면서 방금 테른이 사라진 자리를 무섭게 노려보았다. 이미 그에게 조금 전의 공포는 더 이상 찾아볼 수 없었고, 오직 현중을 죽여야 한다는 맹목적인 목적만 남아 있었다.

*   *   *

한편 이렇게 테른이 대동그룹을 일부러 흔들고 있는 이때 현중은 여전히 학교를 나와서 수업에 열중하고 있었다.

하지만 그것도 잠시일 뿐, 수업이 끝나자 이선정이 찾아왔다.

"현중 선배~"

"응?"

가방을 챙겨 들고 집으로 돌아가려던 현중은 몸매가 드러나는 티셔츠, 짧은 반바지에 레깅스를 입은 이선정이 웃는 얼굴로 친한 척하며 다가오자 직감적으로 골치 아픈 일이 생길 것 같은 느낌이 들어 얼굴을 찡그렸다.

"어머? 저 같은 귀여운 여자가 일부러 찾아왔는데 얼굴을 찡그리시다니 실례예요~"

분명 이선정은 N대학 안에서도 열 손가락 안에 들어가는 미인이다. 특유의 발랄함과 털털함, 거기다 화장을 거의 하지 않는 습관 때문에 건강미인으로 제법 인기가 높았고, 특히나 운동부 쪽의 절대적인 지지를 받고 있었다.

하지만 그건 그들 사정이고 현중에게는 귀찮은 사람일 뿐이었다. 다만 N대를 다니는 현중이 아는 여자 중에 손가락 안에 들어가는 사람이라 노골적으로 거부하지 않았는데 그게 실수였다.

"선배, 바빠요?"

"바쁩니다."

냉정하게 딱 잘라 말하는 현중의 말에 이선정은 웃으면서 현중의 앞에 서더니,

"바쁘더라도 잠시 시간 내서 저랑 어디 좀 가주세요."

이미 현중은 천심통으로 이선정이 무슨 목적으로 자기에게 다가왔는지 알아냈기에 귀찮음을 피하기 위해 노골적으로

싫은 티를 팍팍 냈다.

하지만 이선정도 이 정도에 물러날 성격이 아니었다.

"솔직히 말할게요. 저의 아빠가 현중 선배를 보고 싶어해요."

잘못 들으면 현중과 이선정이 사귀는데 이선정의 부모님이 남친인 현중을 보고싶어한다는 것 같다. 하지만 다행인지 강의실에서 이미 사람들이 거의 빠져나가 이선정의 말을 들은 사람은 없었다.

"나를 농구부에 그렇게 끌어들이고 싶은 건가요?"

현중도 노골적으로 목적을 알고 있다는 것을 말하자 이선정은 당황하거나 놀라지도 않으면서 웃는 얼굴로,

"솔직히 그 실력 아깝지 않아요? 현역 농구부원을 완전 바보로 만들어 버리는 실력을 왜 그냥 버리는 거예요?"

이선정도 직접 봤기에 현중이 어떤 실력을 가지고 있는지 너무나 잘 알고 있었다. 하지만 여자의 직감인지 모르지만 현중의 실력은 그게 전부가 아니라는 느낌을 받았다.

"관심없으니까요. 그리고 농구선수로 먹고살아야 할 만큼 궁핍하지도 않구요."

대학 졸업반의 남학생이 가장 관심있어하는 것은 당연히 취직이었다. 취직은 곧 돈과 연결되는 것으로 스포츠 선수라면 당연히 관심이 있어야 했다.

N대 농구부 코치가 탐낼 만큼 실력이 출중하다면 성공은 당연했지만 현중이 그런 것을 해야 할 만큼 돈이 없는 것도 아니었고 오히려 써도 써도 매일 불어나는 돈을 감당하기 힘들었다.

그리고 무엇보다 스포츠 선수를 해서는 현중이 목표로 하는 계획과 맞지 않았다.

치우천왕을 찾기 위해 자신을 드러내기로 한 이상 스포츠 선수로는 한계가 있을 게 뻔하니까 말이다. 그러니 이선정의 그 어떤 사탕발림에도 꿈쩍도 하지 않는 것이다.

"현중 선배, 오랜만이군요."

이선정과 잠시 실랑이 중인 현중의 뒤에서 느끼한 목소리가 들렸다. 현중은 목소리만으로도 누군지 알았다.

"웬일이지, 회장이 이곳까지?"

학생회장인 김주현이었다.

그런데 고개를 돌린 현중의 얼굴을 본 김주현은 살짝 당황하면서 자세히 살펴보다가,

"흠……."

뭔가 맘에 안 드는 듯 인상이 구겨지더니 곧 몸을 돌려 강의실을 나가 버렸다.

씨익~

김주현이 왜 저러는지 알고 있는 현중은 웃었고, 이선정은

잠시 영문을 모르는 듯 의아해하는 얼굴이었다. 하지만 곧바로 다시 현중을 귀찮게 하기 시작했다.

신문부 부장처럼 완전 막무가내로 밀어붙이는 무식한 점은 없지만 어쩌면 이선정이 그쪽보다 더 무서운 사람일지도 모른다고 현중은 생각했다. 어느 정도 친분을 만들고 나서 다가와, 아무것도 아닌 것처럼 부탁하는 이선정의 고단수 수법에 현중은 이미 말려들었다.

결국 현중은 귀찮다는 듯 이선정을 살짝 옆으로 밀면서 강의실을 나가 버렸다.

"선배~! 현중 선배~!"

이선정도 쉽지 않을 것이라고 생각했는지 현중의 뒤를 따르면서 계속 그냥 농구부에 잠시 들르기만 하면 된다는 식으로 말했다. 깜찍하지만 시커먼 속을 다 아는 현중이 넘어갈 리 만무했다.

그런데 강의실을 나와서 내려가는 계단으로 몸을 돌리는 순간 현중은 또 걸음을 멈춰야 했다.

"흠……."

농구부 유니폼을 입은 큰 키의 선수 다섯 명을 보면서 현중은 나직하게 한숨을 내뱉었다. 그리고 뒤이어 겨우 따라온 이선정이 농구부원과 현중 사이에 끼어들더니,

"농구부 주전이 이곳에 어쩐 일이에요? 연습 안 해요?"

느낌상 뭔가 안 좋은 것을 느꼈는지 이선정이 막아섰다. 하지만 가장 앞에 있던 녀석이 이선정을 살며시 손으로 밀치면서,

"매니저는 빠져 봐. 잠시 현중 선배에게 볼일이 있으니까."

아직 군대를 다녀오지 않은 농구부원은 같은 4학년이라도 현중보다 어렸다. 군대를 다녀온 남학생은 전통적으로 선배 대접을 해주기 때문에 농구부원도 현중을 선배라고 부르긴 했지만 눈빛이나 말투는 오히려 도전적으로 느껴지기에 충분했다.

이선정도 갑자기 농구부 주전들이 찾아올 것은 몰랐는지 약간 당황하는 눈빛이었다.

"현중 선배, 소문을 들어보니 코치님이 홀딱 반했다고 하던데요?"

"……"

별로 대답을 해야 할 필요성을 느끼지 못한 현중은 조용히 농구부원을 바라봤다. 키가 비슷하다 보니 올려다보거나 하는 일은 없었다. 하지만 상대적으로 운동으로 다져진 농구부 주전들은 근육의 크기 때문인지 현중이 약간 왜소해 보이기까지 했다.

현중이 대답을 하지 않자 이선정을 밀쳤던 농구부 주전은

조용히 현중을 바라보더니,

"정말 농구할 생각이 없으신가요?"

이미 현중이 농구부 코치에게 퇴짜를 놓았다는 것은 신문부의 소문 제조로 인해 알 만한 사람은 다 알고 있었다.

"물론 해야 할 이유가 없고 난 좋아하지도 않으니까."

딱 잘라 하기 싫어서 안 한다고 말하자 농구부원들은 인상을 구겼다. 그들은 이선정을 한번 바라보고 그대로 고개를 돌려 계단을 내려가 버렸다.

"뭐지?"

분위기만 잔뜩 잡고서는 사라지는 농구부원들을 바라보던 현중이 한마디 하자 이선정은 입술을 살짝 씹으면서 방금 그 일로 인해 현중을 데리고 가기는 글렀다고 판단했다.

노골적으로 농구부원들이 현중을 싫어한다는 표시를 했으니 누가 가고 싶겠는가? 거기다 주전들만 온 것이 말은 하지 않았지만 현중을 향한 협박에 가까웠다.

"현중 선배, 신경 쓰지 말아요."

다급하게 이선정이 말하면서 현중을 돌아봤지만 현중은 입가에 미소를 지으면서,

"나를 원하는 사람은 농구부 코치님뿐이군요. 안 그런가요?"

"그게… 뭔가 오해가 있을 거예요."

"후후훗, 뻔히 봐놓고 그런 말을 하면 이선정 씨도 거짓말을 하게 되는 겁니다. 그리고 다시 말하지만 전 농구부에 들어갈 생각도 농구를 전문적으로 할 생각도 없습니다. 앞으로 할 일이 많기 때문에 공놀이에 한눈팔 시간도 없구요."

발끈!

갑자기 현중의 말을 듣던 이선정이 눈꼬리를 세우면서,

"방금 뭐라고 하셨죠? 공놀이라고 했나요?"

이선정은 발끈하면서 현중에게 한마디 했다.

"저에게는 공놀이로 보이니까요."

"아무리 현중 선배에게는 공놀이로 보이더라도 농구에 인생을 걸고 있는 사람도 있는 법이에요. 말 함부로 하시는 거 아니에요!"

혼자 열 받아서 화내는 이선정을 바라보면서 현중은 오히려 웃었다.

"후후훗, 억지로 찾아오질 않나, 무작정 자신들 맘에 든다고 싫다는 사람에게 농구를 하라고 하는 사람들이 하는 말치고는 앞뒤가 맞지 않는군요. 난 분명히 농구에 관심도 없고 취미도 없다고 수차례 말했지만 그쪽이 나를 귀찮게 해놓고 이제 와서 농구를 공놀이라고 했다고 화를 내는 건 오히려 적반하장이 아닌가요?"

"…그건……"

　한순간 현중의 말에 말문이 막혀 버린 이선정은 뒤늦게 화를 내서는 안 된다는 사실을 깨달았다. 공놀이라는 말에 열이 받는 바람에 완전히 틀어져 버린 것이다.

　"좋아하는 사람은 인생을 걸지도 모르지만 저에게는 공놀이로 보입니다. 그쪽에서 싫다는 제 말을 무시하면서 들이대는데 제가 왜 그쪽이 인생을 건다는 농구를 존중해야 되는지 모르겠군요. 안 그런가요?"

　말투는 부드러웠지만 현중이 하는 말 하나하나는 한겨울의 얼음으로 만든 칼날과 같은 느낌이었다.

　"그렇죠. 미안해요."

　결국 이선정은 현중에게 사과하고 말았다. 싫다는 사람에게 들러붙은 것도 자신이었고, 그의 말대로 현중은 수차례 싫다고 말을 했지만 그걸 무시한 것도 사실이었으니 말이다.

　하지만 이선정은 왠지 분했다. 현중이 분명히 능력이 되고 실력도 되었지만 그렇다고 이선정 자신과 자신의 아버지가 인생을 걸고 있는 농구를 한낱 공놀이로 취급하는 태도가 분하기도 하면서도, 뭐라 표현하기 힘든 복잡한 기분이 들었다.

　"하지만!!"

　이쯤에서 물러나겠지 생각하던 현중이 고개를 돌리는데 이선정이 현중을 향해 소리쳤다.

　"공놀이라고 한 현중 선배도 사과하세요!"

"후훗, 왜 내가 사과해야 되는 거죠?"

"저에게 농구는 인생이니까요."

현중을 똑바로 바라보는 이선정은 분한 듯 눈물까지 글썽이고 있었다. 현중의 눈빛이 살짝 변했다.

'이선정에게도… 장인의 오라가? 아니군. 열정의 오라인가?

오라의 색과 특징으로 장인의 오라를 판단하는 현중이 보기에도 이선정에 몸에서 갑자기 피어오른 오라의 색은 구분하기가 쉽지 않았다. 그리고 지금 이 순간만큼은 이선정은 정말 순수하게 농구에 대한 열정만 눈동자에 가득 차 있었다.

그리고 장인의 오라인지 모르지만 퍼션 다음으로 이렇게 가까운 곳에 장인의 오라를 피워 올리는 사람이 있을 줄은 생각지 못했던 현중은 조용히 이선정의 눈동자를 바라봤다.

그러다가 문득 현중은 이선정의 오라의 색이 아직 장인의 오라에는 미치지 못하지만 열정의 오라는 넘어섰다는 것을 알고는 그냥 호기심에 자극했다.

"자신의 인생을 남에게 강요하는 꼴이군요, 지금 이선정 씨는."

현중이 말도 안 되는 말을 하면서 건드리자 역시나 발끈한 이선정은,

"강요하는 게 아니에요 그리고 다시는 농구부 문제로 현중

선배를 찾아올 일도 없을 거예요. 하지만 저와 저의 가족이 인생을 걸고 있는 농구를 현중 선배가 공놀이로 막말할 자격은 없다고 생각해요."

"후훗."

현중이 자극하자 역시나 이선정의 오라가 장인의 오라로 색이 완전히 변해 버렸다. 그만큼 이선정은 농구에 자신의 인생을 모두 걸기로 오래전부터 다짐하면서 살아왔던 것이다. 그것이 현중의 공놀이 발언으로 인해 자극이 되었고, 장인의 오라를 뿜어내는 결과를 가져왔다.

스윽.

열이 받을 대로 받아서 분해서 눈물까지 글썽이는 이선정의 머리에 갑자기 손을 얹은 현중은 조용한 목소리로,

"이선정 씨가 원하는 인생, 운명, 이뤄질 겁니다. 하지만 지금처럼 귀여운 얼굴로 울면 힘들어질 겁니다. 아시나요?"

"뭐, 뭐라는 거예요, 갑자기?"

방금 전만 해도 찬바람이 쌩쌩 불던 현중이 자신의 머리에 손을 얹으며 부드럽게 말할 줄은 몰랐던 이선정은 당황하면서 말까지 더듬거렸다. 하지만 현중이 쓰다듬고 있는 손을 치우지는 못했다. 이상하게 몸이 현중의 손을 쳐 내는 것을 거부하는 듯 말을 듣지 않는 것이다.

결국 이선정은 뒷걸음질을 치면서 현중의 손아귀(?)에서

벗어났고, 갑작스런 현중의 행동에 얼굴이 붉어진 이선정은 고개를 살짝 옆으로 돌렸다.

씨익~

현중에게는 이선정이 뿜어내는, 완전한 장인의 오라의 짙은 색만 보였다. 자신은 그저 계기를 만들어줬을 뿐이라는 생각을 하면서 몸을 돌렸다.

"그럼 이만."

현중은 그 길로 몸을 돌려 나가 버렸고, 이선정은 한동안 현중이 떠나가는 것을 보면서도 쉽사리 발걸음을 떼지 못했다.

콩닥콩닥.

처음으로 느껴보는 가슴의 떨림과 함께 생전 겪어보지 못한 이상한 기분에 머릿속이 복잡한 이선정이었다. 하지만 어린 나이가 아니기에 곧 자신이 어떤 상태인지 깨달았다.

"말도 안 돼. 내가… 저 사람을……."

순간적으로 자신이 현중을 좋아하는 것인지 의심한 것이다. 하지만 그녀의 평소 이상형은 운동 열심히 하면서 땀을 흘리는 남자였다. 그런데 현중은 그런 이상형과 반대에 가까운 남자이기에 고개를 흔들어 버리면서,

"아니겠지. 잘생겨서 잠시 흔들린 걸 거야."

이선정도 여자이기에 현중의 얼굴에 호감이 가지 않을 리

가 없었다. 하지만 곧 자신의 인생을 공놀이와 비교했던 현중에게 호감이 사라져도 시원찮을 판에 가슴이 두근거렸다는 사실을 애써 부정하면서 현중이 내려간 계단 반대로 몸을 틀었다.

"아빠에게는 안 되겠다고 말해야겠지?"

이 정도로 싸워놓고 다시 농구부로 와달라는 말은 하지 못할 것이 뻔하기에 깨끗하게 포기했다.

한편 현중은 조용히 계단을 내려오면서 이선정에게서 보였던 열정의 오라가 장인의 오라로 바뀌는 것에 대해 고민 중이었다.

대륙에서는 장인의 오라를 가진 사람은 극히 극소수에 불과했다. 평생을 한 가지 일에 매진해도 장인의 오라를 뿜어낼 수 있는 사람은 적었다. 오죽하면 대륙에서는 장인의 오라를 뿜어내는 장인이 열 손가락에 꼽을 정도였다.

하지만 지구에 와서는 벌써 퍼션의 다섯 명과 이선정까지 해서 여섯 명이나 봤다.

물론 대륙처럼 완성된 장인의 오라를 뿜어내는 단계가 아니라 자신이 하고자 하는 일에 열중하거나 집중하면 나타나는 잠깐의 현상이지만, 그게 시작이라는 것은 현중도 알고 있었다.

즉, 퍼션이나 이선정은 완전한 장인이 아니라 이제 막 장인의 길로 한 걸음 들어선 것에 불과했다. 다만 장인의 오라를 뿜어내는 사람은 다른 평범한 사람보다 목표한 것을 이룰 확률이 높을 뿐이었다.

그런데 그에 대해 현중이 갑자기 고민하는 이유는 어째서 대륙보다 지구에서 장인의 오라를 가진 사람을 자주 보느냐 하는 것 때문이었다. 원래 현중은 지구에서는 장인의 오라를 보지 못할 것으로 생각했다. 이미 돈이 지배하는 지구의 경제 구조상 자신의 신념으로 걸어가야 하는 장인의 길은 결코 평탄하지 않을 것이다.

그리고 솔직히 춥고 배고프고 얻는 것 없는 요즘 세상에 장인정신을 가질 만한 사람도 없을 것이라고 판단했기에 퍼션과 이선정의 장인의 오라는 현중에게 약간의 충격이었다.

하지만 곧 한 가지, 대륙과 지구의 전혀 다른 점이 생각났다.

"역시 자유인가."

대륙에서는 태어날 때부터 계급으로 인해 삶이 정해져 있었다. 극히 몇몇 사람들만 자신의 능력으로 계급의 단계를 벗어날 뿐, 대부분 태어났을 때 대장간에서 태어나면 무조건 대장장이가 되어야 하고 귀족으로 태어나면 귀족으로 살아가야 하는 것이다.

하지만 지구는 달랐다. 즉, 자신이 좋아하는 일을 할 수 있는 자유가 주어지기에 현중은 어쩌면 그 때문에 장인의 오라가 이선정과 퍼션에게서 보였을 거라고 판단했다.

이선정의 열정의 오라가 장인의 오라로 색이 바뀌는 것을 직접 목격한 현중은 자신의 생각을 확신했다.

"후후훗, 결국 옛말이 틀린 게 없군, 그 어떤 천재도 즐기는 사람을 이길 수 없다는 말을."

열정의 오라는 정말 평범한 오라였다. 게임을 한다든지 좋아하는 취미 생활을 할 때도 보통 사람에게서 뿜어져 나오는 것이 바로 열정의 오라였다. 그만큼 열정의 오라는 일반 평범한 사람도 뿜어낼 수 있는 흔하디흔한 오라 색이다. 그것이 극소수에게만 주어진다는 장인의 오라로 바뀌는 것은 하늘이 내린다고까지 전해졌다. 대륙에서는 그만큼 장인을 찾아보기 힘든 것이다.

씨익~

그동안 장인의 오라를 뿜어내는 사람들이 어째서 장인으로 완성되는지 호기심을 가지고 있던 현중은 이선정의 뜻하지 않는 도움으로 실마리를 풀었다. 그리고 문득 인간의 모든 것은 인간으로부터 시작된다고 했던 드래곤 로드인 발리스터의 말이 이해가 되었다.

"길가의 구걸하는 거지에게서도 배울 것이 있다고 하더니 틀린 말은 아니군.”

　이선정과 싸우긴 했지만 현중은 기분이 오히려 좋았다. 한 가지 궁금했던 의문이 풀렸기 때문이다.

　주차장으로 돌아온 현중은 맥라렌에 올라타면서 가벼운 마음으로 집으로 돌아왔고, 집에서 청소 등 여러 가지 적응 훈련과 혈족으로서의 적응 훈련을 함께 하고 있던 시리의 마중을 받고 TV를 켰다.

　[지금 국제적으로 망신을 당하고 있는 대동그룹 산하의 대동전자는 이번 귀신 소동에 대해서 일체 함구하고 있습니다. 저희 기자가 찾아가 봤지만… 중략… 자세한 상황은 들어오는 대로 전해드리겠습니다. 다음은…….]

　때마침 뉴스 시간이었고, 뉴스를 보던 현중은 대동그룹에 대한 이야기가 나오자 테른을 불렀다.

　“재미있는 일을 벌였구나.”

　현중은 대번에 테른이 뭔 짓을 대동전자에 했다고 판단했다.

　─일루전 마법과 참 마법에 저주를 조금 섞어서 사용했을 뿐입니다. 지속 효과도 겨우 3개월 정도로 인체에 그리 부담이 되거나 해가 되는 것은 아닙니다, 마스터.

　“크크큭, 재미있군. 21세기에 귀신 소동이라……. 그것도 이번에 신기술로 출시했다고 자랑하던 액정 패널 전제품이 리콜 사태를 빚을 정도면 손해가 크겠군."

뉴스를 들어보니 생각 이상으로 심각했다. 기업이란 절대로 자신의 약한 모습을 드러내지 않는 곳이니까 말이다.

―마스터의 예측대로 벌써 자금에 압박이 들어오고 있습니다. 이미 시중의 은행들은 이번 귀신 소동으로 벌어진 리콜로 인해 대동전자는 물론 대동그룹에 투자하던 자금을 줄이고 회수하는 곳도 있습니다.

"쉽군."

현중이 의외로 대동그룹이 쉽게 흔들린다는 생각에 한마디 하자,

―후니전자 쪽에서 자금을 회수한 것이 타격이 큰 것으로 생각됩니다. 이번 귀신 소동으로 이미지에 가장 크게 타격을 입은 곳은 후니전자입니다. 귀신 나오는 전자 제품을 만드는 곳으로 벌써 소문이 사람들의 입을 통해 퍼지면서 후니전자가 귀신에 원한을 살 정도로 악덕 기업이라는 루머까지 퍼지고 있습니다.

"크크큭, 쪽바리 녀석들, 똥줄 타겠군."

―거기에 가만히 있던 중국 쪽에서도 갑자기 후니전자가 대동전자에게서 등을 돌리자 조금씩 자금을 회수하기 시작했습니다.

"그래? 테른 네 생각에는 대동전자에 내가 들어가는 데 시

간이 얼마나 걸리겠나?"

―두 달이면 충분합니다.

잠깐의 망설임도 없이 대답하는 테른의 모습에 현중은 미리 알고 있는 듯 고개를 끄덕였다.

―그리고 마스터.

"왜 그러지?"

―하주혁에게 제가 모습을 드러냈습니다.

"모습을 드러내?"

본래 마족은 은밀하게 상대가 알지 못하도록 하는 게 기본 방식인데 테른이 스스로 모습을 하주혁 앞에 드러냈다고 하니 이상했다.

―사이언톨로지 녀석들이 숨어 있으니 끌어내기 위한 수단으로 대동그룹을 이용할 생각입니다. 그래서 귀신 소동의 주범이 마스터라는 것을 알렸습니다.

"뭔가 밑밥을 깔아놨다는 말로 들리는구나."

―네, 마스터. 하주혁의 가장 측근인 서 부장에게 참마법으로 사이언톨로지와 접촉을 하도록 최면을 걸어놓았습니다. 그리고 제가 하주혁 앞에 모습을 드러내고 귀신 소동이 마스터의 짓인 것을 알고 난 뒤에 계획대로 하주혁은 서 부장에게 사이언톨로지 쪽에 접선하도록 명령을 내리는 것을 확인했습니다.

“사이언톨로지라······.”

테른의 말을 듣던 현중은 잠시 생각하더니 테른을 바라보면서,

“대동그룹은 미끼에 불과하다는 말이군.”

지구의 문물을 받아들이고 지식을 쌓은 뒤에 테른은 충성하는 방식이 대륙에서의 맹목적인 모습에서 변화했다. 대륙에 있을 때는 현중이 시키는 일만 하는 것이 테른이 현중에게 충성하는 방식이었다.

하지만 지구에 적응하고 나서는 계획을 세우고 스스로 논리적으로 생각하고 난 뒤 가장 빠르면서도 확실한 방법을 찾아서 제시하는 것이 지금 테른이 현중에게 충성하는 방식인 것이다.

“넌 내가 직접 사이언톨로지 녀석들을 상대로 움직이길 바라는 거냐?”

ㅡ그건 아닙니다. 마스터께서 너무 드러나시는 것은 오히려 혼란을 주고 예상치 못한 변수를 만들 뿐입니다. 다만 철저하게 사이언톨로지만을 상대로 한다면 마스터께서 모습을 드러내야 한다는 게 제 판단입니다.

“왜지? 사이언톨로지에 민감하게 반응하는 것 같군.”

ㅡ개인적인 느낌입니다. 사이언톨로지가 왠지 계속 걸리고 마스터와 관련이 있을 것으로 생각이 됩니다.

"후후훗, 느낌이라……."

테른의 이런 변화가 어떻게 보면 건방져 보일 수도 있었다. 하지만 현중을 향한 맹목적인 충성심은 변함이 없었다. 다만 수동적으로 현중의 명령만 수행하는 테른이 아니라 마치 참모와 같이 적절한 조언을 하는 역할까지 더해졌다는 것을 지금 느낀 것이다.

그리고 테른은 지금 그 변화를 현중에게 알리기 위해 약간은 모험을 하고 있는 중이었다.

현중의 귀찮은 것을 싫어하는 성격을 알지만 모든 것을 테른이 다 해줄 수는 없다. 지금처럼 조용히 유희를 즐기듯 삶을 살아간다면 문제가 없지만 치우천왕을 찾기 위해 본격적으로 움직이기로 했다면 현중도 활동해야 했다. 테른이 아무리 유능해도 테른 혼자 할 수 있는 일은 한계가 있는 법이고, 저번 인도에서 있었던 일처럼 변수가 얼마든지 일어날 수 있기 때문이다.

"괜찮겠지. 너라면 나에게 이 정도 부탁을 할 자격은 있으니까."

현중이 테른의 마음을 알아챈 듯 승낙하자 그제야 테른이 허리를 깊숙이 숙였다.

─감사합니다, 마스터.

"그렇게 감사할 거 없다. 너와 나, 영혼이 이어진 이상 둘이 아닌 하나이기도 하니까 말야.”

―…….

“단, 실패는 대가가 필요할 것이다.”

현중은 테른의 변화가 결코 싫지는 않았지만 너무 오냐오냐 하는 것도 아니라는 생각이 들었다. 약간의 훈계를 할 요량으로 한마디 하자,

쿵!

테른은 바닥에 머리를 찧고 다시 일어섰다.

―명심하겠습니다.

스르륵.

그 말을 끝으로 테른은 현중의 앞에서 사라졌다.

“크크큭, 변하려 하는구나, 너도. 그럼 나도 변해야 하는 건가.”

현중은 테른이 변하려고 하는 모습을 보면서 기분이 좋으면서도 한편으로는 약간 섭섭한 미묘한 기분이 들었다. 마치 어느 날 부쩍 커버린 자식을 본 것 같다고나 할까? 수동적으로 시키는 일만 하던 테른은 어느새 현중을 조금씩 리드하려고 하는 것이다.

덕분에 자신도 왠지 변해야 할 것 같다는 생각이 들었다. 유희가 길면 길수록 결국 그 자리에 안주하게 되고, 그러면 도태된다고 했던 발리스터의 말이 얼핏 생각났다.

　이상하게 대륙에 있을 때는 발리스터가 했던 말이 이해가 되지 않았다. 그런데 웃기게도 지구로 돌아와 완전히 발리스터와 헤어지고 나서야 자연스럽게 현중의 가슴으로 받아들여지고 있었다.

　아니, 어쩌면 영혼으로 이어진 현중과 테른이기에 자신의 변화가 테른에게도 무의식적으로 영향을 끼치는 것이 아닌가 하는 생각도 들었다.

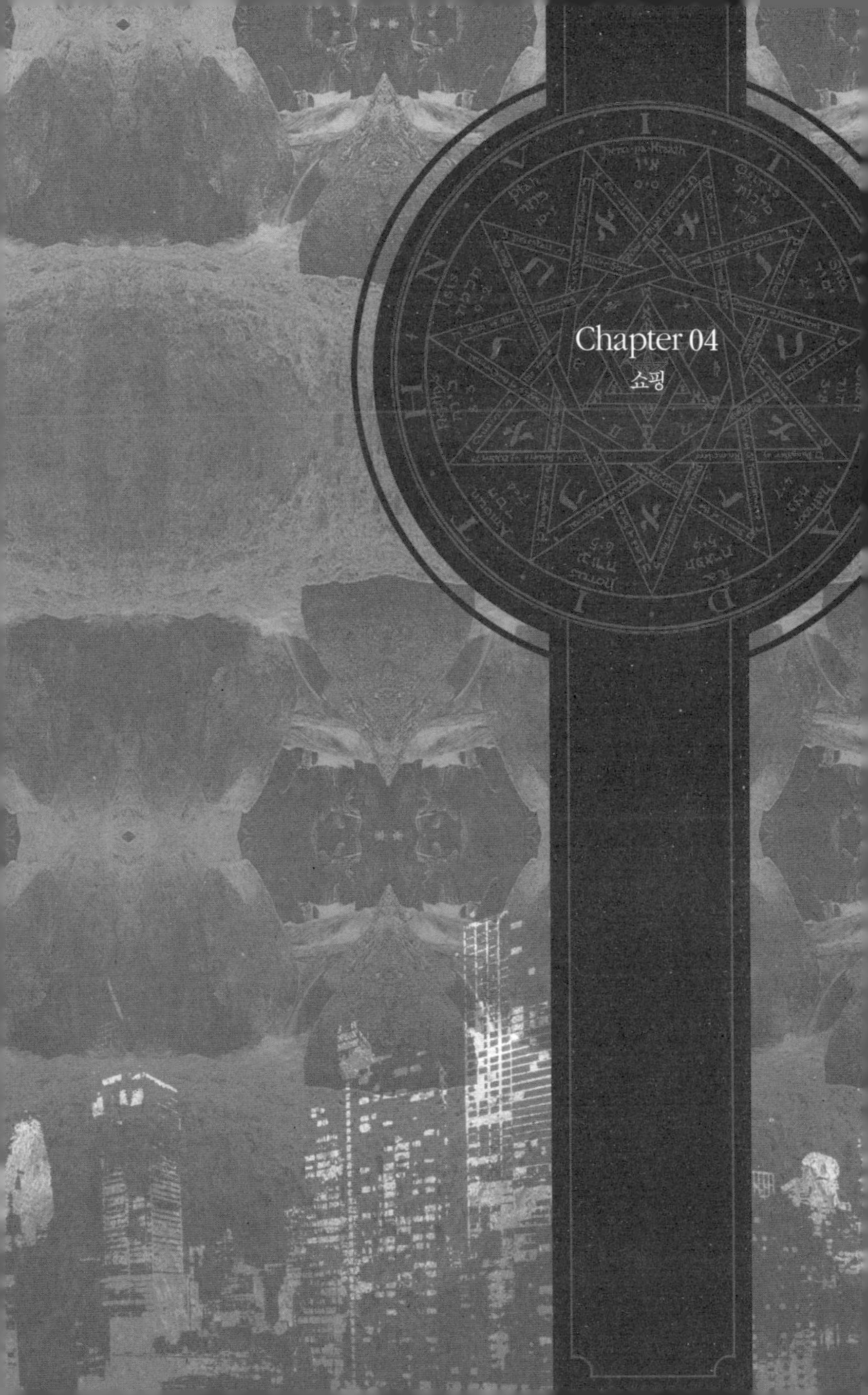
Chapter 04
쇼핑

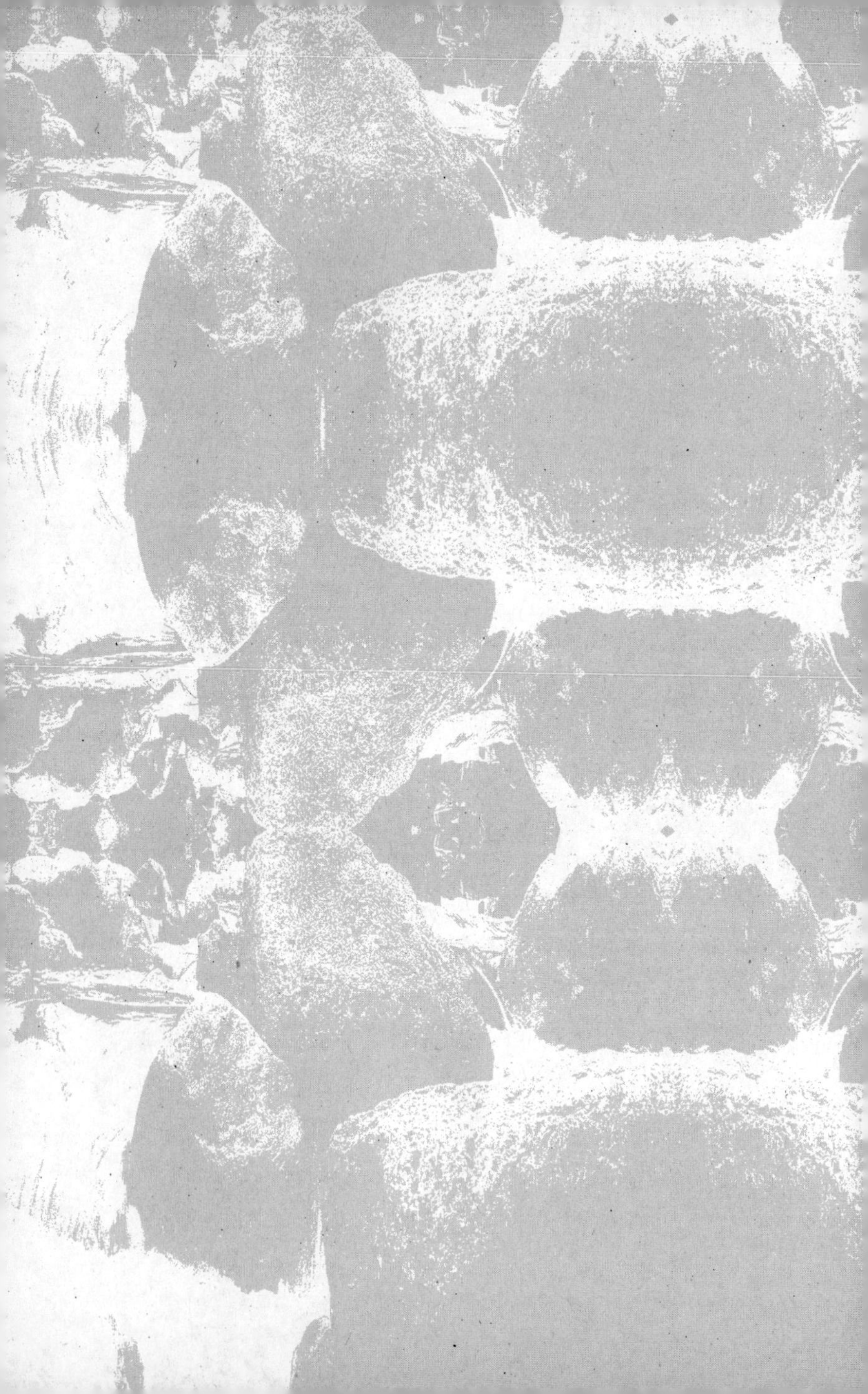

—주인님.

"왜 그러지?"

소파에 앉아 여전히 TV를 보면서 세상 돌아가는 것을 구경하는 현중에게 시리가 다가왔다. 품에 무언가 안고 있었다.

"내 옷이군."

이미 익숙한 것이기에 현중은 자신의 옷을 시리가 안고 있다는 것을 별로 개의치 않았다. 하지만 시리는 달랐다.

—주인님의 옷이 청바지 두 벌, 티셔츠 세 벌, 점퍼 한 벌, 야구 모자 하나, 이게 전부입니다.

시리의 말은 틀림이 없었다. 그렇기에 현중은 고개를 끄덕이자,

"맞군."

―너무 적다는 생각이 들지 않으십니까?

"적어?"

지금까지 살면서 지금 가지고 있는 옷이 적다고 생각한 적이 없었다. 아니, 그럴 여유가 없었다고 해야 할 것이다. 거기다 평소에 편한 옷과 캐주얼한 옷을 선호하는 현중의 취향도 한몫했지만 무엇보다 현중이 옷 사는 것을 중요하게 생각하지 않는다는 게 문제였다.

―주인님, 여자는 첫 만남에서 남자를 판단할 때 가장 먼저 보는 것이 옷입니다.

갑자기 여자 이야기를 꺼내는 시리의 말에 현중은 무슨 말인지 모르겠다는 듯 고개를 돌렸다. 시리도 그럴 줄 알았다는 듯 옷을 바닥에 내려놓고는,

―테른 마스터께서 주인님의 옷을 장만하라는 명령을 내리셨습니다. 주인님이 보시기에는 아무것도 아닌 옷도 앞으로 주인님께서 나아가야 할 길에 중요한 디딤돌이 될 수 있다고 했습니다.

"후훗, 옷도 비즈니스다 이 말인가?"

사업 경험이 전혀 없는 현중은 순간 이해하지 못했다. 옷과

비즈니스의 연관 관계를 말이다. 아르바이트로 평생을 살아왔고 대륙에서도 옷에 대해서는 크게 신경 쓰지 않아도 되는 위치에 있다 보니 패션 감각은 거의 없는 것이나 마찬가지였다.

오죽하면 소개팅을 나가면서 청바지에 평소 입던 티셔츠를 입고 당당하게 갔으니 더 이상 말이 필요 없었다.

—사람이 살아가는 데 옷차림부터 말투 하나까지 모든 것이 삶에 영향을 끼칩니다. 그래서 오늘 테른 마스터께서 저에게 주인님을 모시고 쇼핑을 하라는 명령을 내리셨습니다.

"쇼핑……."

순간 현중은 쇼핑이라는 말을 듣자마자 자신도 모르게 미간을 찡그리면서 한숨이 나왔다. 현중이라고 쇼핑 경험이 없겠는가? 여친이 있었으니 당연히 경험이 있다. 그렇지만 현중에게 쇼핑은 즐거운 것이 아니라 고통이었다.

약간 명품을 밝히고 야망이 있는 홍지연과 사귀던 시절, 쇼핑을 나갈 때마다 백화점에 한번 들어가면 세 시간 전에 나온 적이 없었다. 그렇다고 백화점에서 쉬느냐? 그것도 아니었다. 백화점을 나오는 순간까지 쉬지 않고 걸어 다니는 것이다.

오죽하면 백 번 돌아봐야 원하는 것을 살 수 있는 곳이라고 해서 백화점이라고 하는 우스갯소리도 있지 않던가? 물론 현중에게는 백 번까지는 아니지만 세 번은 1층부터 꼭대기 층까지 돌아봐야 하는 것이 기본 중의 기본이었다.

남자들이 여자친구와 가장 가기 싫은 곳 중 한 곳을 꼽으라고 한다면 백화점은 꼭 포함될 것이다. 물론 쇼핑을 좋아하는 남자도 있지만 현중은 패션에 그리 관심이 없기에 백화점 쇼핑은 시간낭비에 쓸데없이 걷는 것으로 단정 지어버렸다. 이렇게 현중이 백화점을 싫어하는 데는 과거의 연인이던 홍지연의 역할이 아주 크다고 말할 수 있을 것이다.

그런데 이렇게 현중이 싫어하는 표정을 보이자 곤란한 것은 시리였다. 시리에게 현중은 서열 0순위에 있는 최고의 명령권자다. 테른도 현중의 명령을 듣고 있는데 시리가 무슨 힘이 있겠는가? 당연히 현중이 싫어하는 표정을 모를 리가 없었다. 하지만 현중이 싫다고 테른의 명령을 포기할 수도 없었다.

"…곤란한가 보군."

현중이 아무리 무심하다지만 눈앞에서 곤란한 표정을 짓고 있는 시리의 사정을 모를 리가 없다. 거기다 시리의 지금 위치도 너무나 잘 알고 있기에 결국 현중이 일어섰다.

"어차피 세상에 나를 드러내기로 했다면 껍데기에 열광하는 녀석들의 비위도 맞출 줄 알아야 하니까 말야."

"감사합니다, 주인님."

그렇게 현중은 지구로 돌아와 처음으로 쇼핑을 나가게 되었다. 대륙에 가기 전에는 지하철을 타고 가서 힘들게 갔던 백화점이다. 하지만 지금은 맥라렌을 몰고 국내 명품만 모여 있다고 알려진 천산백화점의 주차장 입구에 들어서자 주차 직원부터 냉큼 달려왔다. 그는 현중에게 극진히 인사를 하고는 가장 차가 빠지기 쉬운 1층의 VIP 자리로 안내했다.

"주차장부터 이미 구분이 있다는 건가."

철저하게 계산된 백화점의 운영 방식에 약간은 놀라면서도 웃겼다. 차와 옷차림으로 그 사람을 판단하고 가늠하는 세상이 피부로 느껴진 것이다.

딸각 거리는 걸림쇠 소리가 나면서 맥라렌의 양쪽 문이 천사의 날개처럼 활짝 펼쳐졌다. 열린 문으로 시리가 먼저 내렸다.

주차 직원은 방금 맥라렌에서 내린 시리의 얼굴을 보고는 순간 정신이 아찔했다. 그런데 바로 옆에서 현중이 내리는데 시리가 공손하게 현중에게 인사를 하면서 모시는 모습이 한눈에 봐도 현중이 상전으로 보였다.

"좋은 쇼핑 되십시오~"

의례적으로 인사를 하고 난 뒤에 주차 직원은 현중과 시리가 백화점 안으로 사라지자 그제야 한숨을 내쉬었다.

"휴우, 이건 뭐 연예인 저리 가라 할 미모네. 거기다 저 남

자, 이제 20대로 보이는데… 맥라렌을 몰다니… 설마 소문의
주인공이 저 사람일 줄이야.”

 주차 직원은 직업의 특징상 차를 한눈에 알아보고 좋은 차
와 평범한 차 등을 가려내야 했다. 정말 중요한 것은 정말 비
싼 차, 즉 시가 1억 이상 가는 차는 한눈에 구별해서 쇼핑하기
가장 편하고 좋은 곳으로 안내해야 하는 의무였다.

 그러다 보니 자연스럽게 인터넷으로 자동차 동호회를 들
락거리고 정보도 교류하면서 공부도 할 겸 자신이 좋아하는
차를 구경했다. 그러다 몇 달 전부터 카페를 떠들썩하게 만든
맥라렌 F1의 사진이 떠돌기 시작한 것이다. 당연히 외국의 어
느 갑부가 놀러 왔을 것이라는 말도 있었다. 할리우드 스타들
은 저녁을 먹으러 전용기로 파리까지 날아가 저녁을 먹고 온
다고 하지 않던가? 그러니 당연히 외국의 정말 유명한 배우나
갑부가 한국에 놀러 왔을 것이라고 생각해서 한동안 뜨거웠
다.

 그리고 주차 직원도 그때 처음으로 국내에 한 대밖에 없다
는 것을 알았고, 오늘 처음 실제로 맥라렌 F1을 본 것이다.

 그런데 그동안 소문만 무성하던 것과 달리 한국 사람이었
다. 그것도 20대 초반인지 중반인지 알 수 없는 동안에 헌칠
한 키부터 시작해서 어디 하나 흠잡을 곳이 없었다. 그것뿐인
가? 옆에서 내린 미녀는 또 어떤가? 보는 순간 동공이 확대되

는 경험을 해야 했던 주차 직원은 VIP 고객들만 주차하는 지정 주차장 중에서도 가장 안쪽에 주차되어 있는 맥라렌을 보는 순간 잠깐이지만 상대적인 박탈감이 느껴졌다.

"그래, 인생은 다 그런 거지. 쩝, 누구는 미인 끼고 국내 한 대뿐인 슈퍼카를 가져와 쇼핑하고… 누군 그 주차 안내나 하고. 크크큭."

직업적으로 솔직히 빈부의 격차를 피부로 느끼는 경우가 빈번한 주차 직원이지만 솔직히 찻값만 25억짜리 슈퍼카를 몰고 와서, 거기다 너무 잘생긴 데다 안구가 정화되는 느낌을 받는 미녀의 시중을 받으면서 사라진 현중이 마냥 부러울 수밖에 없었다.

하지만 곧 머릿속에서 지워 버린 직원은 무전기로 연락했다.

초특급 고객이 도착했는데 백화점에 알리지 않는다면 나중에 자신의 목이 달아날 수도 있었다.

"S급 고객이 입장했습니다. S급 고객이 입장했습니다."

"S급? 알았다."

간단하게 자신들만의 정해진 신호를 주고받은 후 지하에 있는 보안센터는 때 아닌 난리가 났다.

"이봐, 방금 주차 직원한테 연락받은 S급 고객이 누구야?"

"서둘러! 누군지 찾아! 어서!!"

주차 직원이 S급이라고 한다면 그건 대단한 것이다. 특히 방금 연락한 주차 직원은 이미 천산백화점에서만 5년을 넘게 일한 베테랑이다. 그래서 조사를 하니 VIP 고객 전용 주차장에 떡하니 주차되어 있는 맥라렌 F1을 찾을 수 있었다.

그런데 주차 직원이 시리의 미모에 정신이 빼앗겨서 정작 현중의 옷차림이나 특징에 대해서 파악하지 못하는 실수를 저질렀다. 그러다 보니 막상 S급 고객이 입장은 했는데 보안 팀에서는 누군지 알 수가 없는 것이다. 그저 계속 인상착의나 특징을 묻는 질문에 주차 직원은 '시선이 고정될 만한 미인을 데리고 다니는 헌칠한 미남' 이라고만 대답했다.

그렇기에 오히려 고객을 파악하는 보안센터에서는 1층부터 꼭대기 층까지 현재 백화점에 입장한 고객 중에 누군지 일일이 CCTV로 찾아야 하는 웃지 못할 해프닝까지 벌어졌다.

그런데 정작 현중과 시리는 보안센터 직원들이 찾지 않는 백화점 지하 식당 코너에서 간단하게 식사를 하고 있었다. 현중에게 먹는 것은 크게 영향을 미치지 못하지만 그래도 먹는 것은 즐거웠다.

"이제 슬슬 쇼핑을 시작해야 하나."

보통 쇼핑은 그저 구경하고 걷고 하는 게 전부라고 생각하지만 두 시간 이상 계속 걷는 만큼 운동 효과는 엄청났다. 보통 운동으로 두 시간 동안 걷는다면 10㎞ 내외를 움직일 수 있다. 당연히 그렇게 운동하면 칼로리 소모도 심한 편이다. 현중은 이왕 쇼핑할 거라면 배라도 채우고 움직이자는 생각도 있고 간만에 다시 찾은 백화점 음식도 궁금했기에 지하를 먼저 찾아온 것이다.

그런데 현중의 뒤에서 낮익은 목소리가 들렸다.

"어머? 현중… 씨?"

"응?"

현중은 조용히 고개를 돌려보니 저번에 미팅에서 만났다가 바로 공항에서 헤어진 천유화가 있었다. 그녀는 간편한 복장에 야구 모자를 쓴 채 현중을 알아보고 반갑게 인사를 했다.

그런데 순간 맞은편에 앉아 있는 시리를 보고는 멈칫거렸다.

"이런, 일행이 있으셨네요."

"오랜만이네요, 천유화 씨."

"네, 현중 씨. 일행이 있는 줄 모르고……. 그럼 이만 실례할게요."

천유화는 시리가 일행이라는 것보다 시리의 미모가 자신과 비교해도 결코 떨어지지 않는다는 것에 더욱 놀랐다. 솔직히 현중 정도의 얼굴과 소문이 무성한 재력가라면 여자가 없다는 게 오히려 이상하기 때문이다.

　그런데 그런 천유화를 현중이 무심코 한 한마디가 발길을 잡았다.

"아, 시리를 말하는군요. 제 비서입니다."

시리는 밖에서는 현중의 비서로서 완벽하게 연기해야 했다.

"비서?"

현중은 이제 대학생이었다. 곧 졸업하겠지만 아직 학생의 신분에 비서라고 소개하자 시리는 자리에서 일어나 공손히 천유화를 향해 인사했다.

"사장님을 모시고 있는 시리입니다. 외국에서 자라서 한국 이름은 없으니 그냥 시리라고 불러주세요."

시리는 이미 죽은 사람이었다. 테른이 본래 인간일 적의 시리는 죽은 사람으로 처리했기 때문에 한국 이름이 없었다. 그리고 시리도 한국 이름을 가지는 것을 원하지 않기에 그냥 그렇게 한 것이다.

"비서… 라니……."

너무나 사무적이고 딱딱한 시리의 행동에 천유화는 현중의 여자라고 짐작했던 생각을 바꿀 수밖에 없었다. 여자란 의외로 소유욕이 강한 편이다. 특히나 현중 같은 킹카가 자신의 남자라면, 주위에 아무리 그냥 지나가는 후배라도 아는 척을 하는 여자가 있다면 본능적으로 경계하는 게 당연했다.

하지만 시리는 표정의 변화도 없이 비서라고 소개하고 인사를 하고는 다시 조용히 앉는 것이 아닌가? 이러니 천유화도 돌아서던 발걸음을 다시 돌릴 수밖에 없었다.

솔직히 공항에서 그렇게 헤어지고 나서 천유화는 미국으로 가는 비행기에서 이상하게 현중이 계속 머릿속에서 떠나지 않았다.

특이한 남자, 무심한 성격의 남자. 누가 봐도 전형적인 무뚝뚝한 한국 남자였다. 하지만 그렇기에 천유화는 오히려 호기심이 생겼다. 지금까지 천유화의 배경과 이름, 그리고 웬만한 모델 뺨칠 몸매와 가끔 출현하는 방송만으로도 팬클럽이 있을 정도다. 그런 미모를 자랑하는 자신을 그저 지나가는 모르는 사람처럼 대했던 현중이다.

작전? 그건 절대 아니었다. 천유화도 세계를 돌면서 사람을 상대하는 편이라 여러 유형의 남자를 만나봤다. 세계는 넓고 남자도 많기 때문이다. 하지만 결코 현중과 같은 남자는 없었다.

"식사하러 오셨나요?"

시리가 현중의 여자가 아니라는 것을 알게 되자 천유화가 자연스럽게 현중에게 다시 접근하며 물었다. 현중은 쇼핑하는 게 굳이 숨길 일도 아니라 대답했다.

"쇼핑하러 왔습니다. 옷이 너무 없다 보니……"

현중의 말에 천유화는 슬쩍 현중의 옷차림을 보았다. 저번에 미팅 때 봤던 청바지에 똑같은 티셔츠를 입고 있다.

"그러고 보니 미팅 때 입었던 옷 그대로네요."

"이게 전부니까요."

천유화는 그냥 우스갯소리로 했지만 현중은 그 말조차도 있는 그대로 대답하고는 자리에서 일어서면서,

"시리, 사야 할 목록은?"

—목록이 없습니다, 사장님.

"응? 목록이 없다니?"

꼼꼼한 테른의 성격상 필요한 것을 사라고 따로 명령을 했을 것이라고 생각해서 물어본 것인데 의외의 대답이 나왔다.

—필요한 것은 전부 사야 합니다.

"전부? 하아……."

사야 할 것의 목적이 없는 쇼핑만큼 무서운 게 없다. 현중이 쇼핑 좀 한다고 지칠 리는 없었다. 하지만 쇼핑은 본능적으로 거부감이 들고, 봤던 거 또 보고 나중에 비교하고 또 보고 그런 게 싫을 뿐이었다. 그런데 현중과 시리의 대화를 듣던 천유화가 슬쩍 끼어들더니,

"그럼 저도 그 쇼핑에 껴도 되나요?"

천유화를 아는 사람이라면 기겁을 할 모습이다. 너무나 도도하고 콧대가 높고 웬만해서는 남자에게 흥미를 느끼지 못

하는 천유화가 아니던가? 그동안 천유화에게 고백했다가 차인 남자의 숫자만 해도 백 단위가 넘었다.

K대에서 웬만큼 잘났다는 녀석은 모두 천유화에게 고백했고, 어쩌다 보니 그게 하나의 경쟁이 되어버렸다. 하지만 잘났다는 K대 학생들 모두 보기 좋게 차였다. 그것뿐인가? 인근의 S대나 N대에서도 천유화를 좋아해서 대시했다가 보기 좋게 차인 숫자까지 하면 백 단위는 가볍게 넘었다.

그런데 그런 천유화가 먼저 다가간 것이다. 하지만 현중은 천유화가 자신의 쇼핑에 참가하는 게 결코 반갑지 않았다. 본래 여자들은 한 명일 때보다 두 명일 때가 더 복잡하게 의견을 주고받기 때문에 시간이 예상보다 더 오래 걸리는 법이다.

하지만 막상 거절하려고 해도 마땅한 핑계거리가 없었다. 모르는 사람도 아니고 미팅에서 파트너까지 됐던 천유화가 쇼핑하는 김에 같이 하자고 하는데 칼로 무 자르듯 거절하기도 애매한 것이다.

"왜요? 제가 끼면 안 되나요?"

초롱초롱한 눈으로 현중을 바라보는 천유화의 눈동자를 보고는 까짓것 어차피 쇼핑하는 거, 한 명 더 늘어나 봐야 조금 더 걸을 뿐이라고 생각하고는 고개를 끄덕였다.

귀찮은 걸 싫어하는 현중이 천유화의 대시를 받아들인 것은 오로지 비즈니스 때문이었다. 앞으로 현중은 자신을 드러낼 것이다. 물론 지금 당장 짠 하고 현중이 나타난다고 세상이 현중을 주목할 리는 없다. 모든 일에는 단계가 있는 법이니까 말이다.

그러니 천산그룹 회장의 손녀인 천유화와 친해져서 손해볼 건 없었다. 언젠가는 현중에게 도움이 될 수도 있다. 물론 적이 될 수도 있지만 최소한 친분을 쌓아둬서 나쁠 건 없었다.

드르륵.

시리까지 자리에서 일어나 평범한 사람들과 같이 다 먹은 빈 그릇을 치우고 나자 천유화와 현중, 그리고 시리는 1층을 향하는 에스컬레이터에 몸을 실었다. 그런데 올라가는 모습이 주위에서 보기에 시선을 끌기에 충분했다.

현중이 가장 앞에 서고 천유화는 바로 뒤에서 섰다. 가장 마지막에 시리가 공손하게 양손을 앞으로 모으고 오로지 현중만 바라보고 있는 것이다.

백화점의 남녀노소를 불문하고 모두의 시선을 잡아끄는 시리도 그렇고, 야구 모자를 썼지만 천유화의 미모가 가려질 리가 없었다. 그렇게 굉장한 두 명의 미녀가 현중의 뒤통수만 바라보고 있으니 당연히 이상하게 보일 수밖에 없었다.

그냥 엘리베이터를 타고 가도 될 것을 무의식적으로 에스컬레이터를 타고는 가장 위층인 12층에 있는 명품관까지 올라갔다. 그동안 천유화와 시리의 현중 뒤통수 보기는 쭈욱 이어졌다.

'보면 볼수록 괜찮단 말야.'

천유화는 올라가는 동안 시리를 힐끔 바라봤다. 같은 여자로서 혹시나 시리가 현중과 무슨 사이가 아닐까 하는 생각 때문이었다. 하지만 아무리 봐도 시리를 바라보는 현중의 눈빛이나 현중을 바라보는 시리의 눈빛이나 특이한 게 없었다.

즉, 사무적인 관계로밖에 보이지 않는 것이다. 나름 남녀관계에서는 촉이 좋기로 자부하는 천유화이기에 시리가 현중과 아무런 관계가 아니라고 판단되자 현중을 천천히 살펴보기 시작했다.

물론 뒷모습이지만, 왜소해 보여도 실제 가까이서 보면 넓은 어깨가 가장 먼저 천유화의 눈을 사로잡았다. 그뿐인가? 마른 듯하지만 티셔츠 한 장으로 가릴 수 없는 탄탄한 근육질의 몸매는 마치 유명한 조각가가 조각한 듯한 인상을 남겼다.

'성격만 좀 까칠하지 않는다면 좋은데……'

찬찬히 살펴본 현중의 외모는 솔직히 세계를 돌아다녀 본 천유화가 봐도 톱클래스에 들어갈 정도다. 하지만 단 한 가지, 까칠한 성격이 문제였다. 물론 그 정도는 스스로 자신이 현중을 차지한다면 바꿀 수 있다고 생각되어 오히려 매력으로 다가온 부분이기도 했다.

여자들이 착각하는 게 한 가지 있는데, 나쁜 남자에게 여자들이 끌리는 이유 중에 가장 공통적인 게 멋진 몸매와 잘생긴 얼굴, 그리고 재력이다. 거기다 빠지지 않는 것이 바로 까칠한 성격이다. 여자들 모두 자신이 까칠한 성격을 길들일 수 있다고 생각한다는 것이 가장 큰 착각일 것이다.

이미 평생을 까칠한 성격으로 살아온 남자가 여자가 원한다고 부드럽게 변할 리 없다. 물론 변하는 사람도 있다. 하지만 그건 남자가 여자를 좋아할 때나 가능하지 여자가 일방적으로 남자를 좋아할 때는 남자는 자신의 성격을 고수하는 편이다.

즉, 지금 천유화도 현중을 상대로 단단히 착각에 빠져 있는 것이다.

개인 재산만 보면 아마 천산그룹 회장보다 더 많은 돈을 가지고 있는 현중이다. 평범한 사람에게 돈 많은 여자는 충분히 매력 조건이 되지만 현중에게는 전혀 상관없는 조건이었다.

천유화가 알고 있는 것은 현중에 대한 소문과 지금 보이는 모습이 전부일 뿐이다.

'조금 친해져 볼까?

뒤에서 천유화가 무슨 생각을 하는지 전혀 관심이 없는 현중은 마지막 12층에 도착하고 나서야 12층 에스컬레이터 끝나는 곳 맞은편에 있는 엘리베이터를 보았다.

‘나도 바보군.’

백화점을 그리 좋아하지 않는 성격 때문인지 아니면 자주 오지 않는 것 때문인지 백화점마다 엘리베이터가 꼭 있다는 것을 전혀 생각하지 못한 것이다.

그도 그럴 것이, 과거 홍지연과 함께 쇼핑을 할 때 엘리베이터를 탄 적이 없었다. 쇼핑이 목적이면 당연히 엘리베이터를 타지 않는다. 왜냐? 엘리베이터를 타면 구경을 못하기 때문이다. 정해진 층수로 바로 가야 하는 엘리베이터를 쇼핑하러 온 여자들이 찾을 리가 없다.

그런 것에 익숙해져 버린 현중은 12층에 도착해서야 엘리베이터를 본 것이다. 지금 자신은 12층 명품관으로 바로 직행해야 하기에 엘리베이터를 타도 상관이 없었는데 말이다.

그러고 보면 과거의 습관이란 것은 참으로 무서운 것이다.

“명품관?”

천유화는 자신이 12층 명품관 앞에 도착했다는 것도 몰랐을 정도로 현중에게 집중하고 있다가 뒤늦게 명품관 앞에 서 있는 두 명의 여직원을 보고서야 현중을 바라보았다.

“여기서 쇼핑하려구요?”

“들어가면 안 되는 곳인가요?”

“아니… 그런 건 아니지만…….”

천유화는 이곳이 어떤 곳인지 누구보다 잘 알고 있었다. 왜

냐하면 천산백화점의 명품관이라는 기획안을 만든 것도, 이곳의 매장 세팅까지 모두 관여한 것이 바로 천유화 자신이기 때문이다. 하지만 그렇기에 이곳이 얼마나 비싼 곳인지 잘 알고 있었다.

이곳은 한마디로 국내 0.1%에 속하는 상류층을 겨냥하기 위해 만들어진 전용관으로, 100% 회원제였던 것이다.

역시나 명품관으로 들어가려던 현중은 직원의 제지를 받았다.

"죄송합니다, 고객님. 회원증을 보여주셔야 합니다."

"회원증?"

"네, 고객님."

현중은 백화점 쇼핑도 회원증이 필요하다는 것을 처음 알았기에 시리를 한번 쳐다보자 그녀도 뜻밖인지 아무 말도 못 했다.

"그럼 회원증이 없으면 들어가지 못하는 곳인가 보군요, 여기는?"

"네, 고객님."

"후후후훗, 그렇다면 별수 없죠."

현중은 살짝 웃으며 그대로 몸을 돌려 버렸다.

"저기, 현중 씨."

천유화는 뒤늦게 현중을 불러 세웠지만 현중은 걸음을 멈

추고 뒤도 돌아보지 않은 채,

"그러고 보니 이곳이 천산그룹 계열의 천산백화점이었군 요."

"네. 제가 말하면 들어갈 수 있어요."

"아니요."

천유화의 말을 일언지하에 거절한 현중은 슬쩍 살짝만 고개를 돌려 천유화를 바라보았다.

"돈으로 등급을 정하는 것은 이곳도 다를 게 없군요."

"아니… 그게 아니라……."

천유화는 자신이 기획한 명품관이기에 현중에게 반박을 하지 못했다. 처음부터 돈 많은 사람들이 귀족이라는, 특별한 사람이라는 인상을 심어주기 위한 마케팅의 일환으로 만든 명품관이었다. 당연히 회원제라는 것도 천유화 방침이었다. 일반 시민들은 와봐야 엄청난 가격에 사지도 못하고 구경만 할 것이기에 아예 그런 사람의 접근을 막아보자는 일환으로 회원제를 만든 것이다.

기획하고 매출이 오르면서 천산그룹 내에서는 천유화의 입지가 굳어지고 능력을 인정받았다. 하지만 설마 오늘 현중과 트러블을 만드는 계기가 될 줄은 전혀 상상도 못한 일이다.

"천산백화점에는 모두 명품관이 있다고 들었는데 전부 회원제로군요."

"맞아요."

뭐라 말하기도 좀 그래서 천유화는 말소리가 뒤로 갈수록 작아졌다. 솔직히 천유화는 쇼핑이라고 하기에 그냥 일반적인 쇼핑을 생각했지 명품관으로 바로 올 줄은 몰랐던 것이다. 미리 알았다면 벌써 보안팀에 연락해서라도 현중을 막아서지 않게 했을 것이다.

씨익~

현중은 굳이 천유화에게 뭐라고 할 생각은 없었다. 남의 돈 그냥 먹는 법은 없다. 모두 치밀한 계산과 전략이 필요한 법이니까 말이다. 특히나 특권 계층의 특권 의식을 이용해서 명품관에 회원제를 이용한 것은 객관적으로 보면 당연했고, 그걸 미리 알지 못한 현중의 실수였다. 물론 모든 것은 테른의 실수이기도 했다. 쇼핑을 하라고 한 것이 테른이었으니까 말이다.

"천유화 씨에게 뭐라고 하는 게 아닙니다. 회원증을 만들려면 어디로 가야 하죠?"

"네? 기분 나쁜 게 아니에요?"

천유화가 기분이 나빴을 것이라고 생각해서 조심스럽게 물어보자 오히려 현중은 웃으면서,

"회원제인 곳에 회원증 없이 들어가려고 한 제가 실수한

거죠. 안 그런가요?"

"그렇긴… 하죠."

천유화는 자신이 왜 이렇게 현중 앞에서 쩔쩔매는지 이해할 수 없었지만 이상하게 자신을 이렇게 만든 현중이 싫다거나 그런 건 아니었다.

"잠시만요."

결국 천유화가 야구모자를 벗고 자신의 본래 얼굴을 드러내 직원들 앞에 서자 직원들도 설마 천유화가 일행 중에 있는 줄은 몰랐는지 급히 90도로 고개를 숙였다.

"아가씨, 반갑습니다."

"네. 그보다 지점장 좀 불러주세요."

"네, 아가씨."

이미 천산그룹 안에서 천유화는 아가씨로 불리고 있었다. 회장의 손녀라서 아가씨라는 호칭이 붙은 게 아니라 천산백화점의 매출을 40%까지 끌어올리는 마케팅의 기획안과 명품관이라는 것을 만들어 기존 방침과 차별화하는 등 발군의 실력을 보였기에 자연스럽게 천산그룹 내에서 천유화는 아가씨라는 호칭으로 불리게 된 것이다.

거기다 천산그룹의 회장이 직접 천유화를 아가씨라고 부르도록 허락했다. 그러다 보니 그룹 내에서 천유화는 이름도 필요없었다.

타타타타타탁.

직원이 무전으로 연락하자마자 지점장이 네 명의 우람한 덩치의 보안요원을 데리고 명품관 앞으로 달려왔다. 그는 평범한 캐주얼 차림의 천유화를 보고는 곧바로 고개를 숙였다.

"아가씨 오셨습니까."

"네. 그런데 청람 아저씨가 이곳의 지점장이셨어요?"

천유화는 가끔 마케팅에 대한 기획안만 도와주었을 뿐, 아직 학생에 피아니스트라는 직업 때문에 구체적으로 어떻게 인사이동이 되는지 몰랐다.

"오랜만에 뵙습니다."

청람은 이곳의 지점장으로 온 지 이제 1년째였다. 원래 천산그룹의 집사로 잠시 있던 적이 있는데 집사보다 그룹에 더 도움이 된다는 판단에 청람은 스스로 천산그룹의 회장에게 허락을 받아 말단 사원으로 시작해 지금 이 자리에 오른 것이다. 천유화를 직접 만나는 것은 중학교 시절 2년 정도 잠깐 같이 있을 때 빼고는 처음이라 청람도 함박웃음을 지었다.

"엄청 승진하셨네요."

천유화는 간단하게 인사를 하고는 현중을 한 번 바라본 뒤에,

"청람 아저씨, 제 친구가 명품관 회원증 만들려고 하는데 하나 좀 만들어주세요."

“네? 아가씨 친구 분이요?”

청람은 천유화가 남자를 친구라고 하면서 직접 데리고 왔다는 것에 눈빛이 살짝 변했다. 천산그룹을 넘어서 웬만한 남자라면 천유화를 욕심내지 않을 리가 없다. 배경 좋지 미인이지, 피아니스트로 외국에서 인정받는 실력까지 어디 하나 빠지는 것이 없기 때문이다.

천유화의 소개로 현중을 바라본 청람은 눈빛이 마치 먹이를 노리는 매 같았다. 청람이 보기에 현중의 외모는 우선 자신이 봐도 멋진 남자가 분명했다. 하지만 옷차림이 문제였다. 명품관에 회원증을 만들어 달라고 하는 것에 걸맞지 않는 옷차림인 것이다.

“청람 아저씨.”

천유화도 대충 청람을 알기에 조용히 손을 잡아 시선을 자신에게 돌린 후에,

“겉모습을 보고 판단하지 마세요. 저래 보여도 국내 한 대뿐인 슈퍼카를 소유하고 있는 친구니까요. 호호호.”

청람은 천유화의 말을 듣자 순간 번뜩이듯 조금 전에 보고를 받은 것이 생각났다. 백화점 VIP 자리에 떡하니 주차되어 있는 맥라렌 F1이 들어왔다는 보고를 받은 것이다. 다만 주차 직원의 실수로 그 주인이 누군지 아직 찾지 못하고 있었다.

“저기 혹시 주차장에 있는 맥라렌의 주인 되십니까?”

청람이 확인 차 조용히 물어보자,

"제 차입니다만 무슨 문제라도 있습니까?"

"아, 아닙니다. 우선 이쪽으로 잠시 가시지요. 회원증은 몇 가지 절차가 있기 때문에 잠시 사무실로 가야 합니다만……."

"그러죠."

그렇게 청람의 안내로 명품관 옆에 있는 직원 전용 출구를 통해 들어간 사무실은 아담하면서도 엔틱크한 디자인으로 꾸며진 곳이었다. 디자인에 제법 신경을 쓴 듯했다.

국내 0.1% 상위의 고객을 상대하기 위한 곳이니 사소한 것에도 신경 쓰는 것이 당연했다.

"우선 회원증에는 신분증과 함께 결제하실 카드를 저에게 주시면 됩니다."

신용카드 조회만 해도 이미 그 사람의 모든 것을 알 수 있는 곳이 지금의 대한민국이었다. 구차하게 여러 가지를 물어보기보다는 신분증과 신용카드만 있으면 상대의 모든 것이 파악되었다.

─여기 있습니다.

시리가 자연스럽게 다가오더니 자신의 손가방에서 현중의 신분증과 신용카드를 꺼내 내밀었다. 청람은 뒤늦게 시리를 알아보고는 놀랐다. 천유화에 버금가는 미녀가 또 있을 줄은 몰랐던 것이다. 아무리 천유화 쪽 사람이지만 남자란 동물은 본능적으로 미인을 알아보는 법이다. 그러다 보니 자신도 모르게 시리를 잠시 빤히 쳐다보고 말았다.

"제 개인 비서입니다."

"아, 네, 제가 실수했군요. 죄송합니다."

청람이 시리를 응시하자 현중이 한마디 했다. 뒤늦게 자신의 실수를 깨달은 청람은 급히 시리가 준 것을 받아서는 다른 방으로 들어갔다. 그리고 다른 여직원이 향이 좋은 커피를 석 잔을 가져왔다.

"현중 씨는 언제나 여유있네요."

천유화는 보통 거절당하고 나서 이렇게 여유있게 대처하는 사람을 본 적이 없다. 특히나 나름대로 돈 좀 있다고 하는 사람들은 권위의식이 강해서 화를 내는 게 대부분이었다.

씨익~

현중은 천유화의 질문에 대답 대신 웃었다. 그러면서 천천히 커피 향을 음미하며 편안하게 앉아 있을 뿐이다.

'뭐야? 나에게 정말 관심이 전혀 없나?'

천유화는 혼자 속으로 약간은 자신에게 흥미를 가지길 바랐다. 백화점의 지점장이 천유화를 아가씨라고 부르면서 대하면 보통은 천유화에게 잘 보이려고 하는 남자들이 대부분이다.

　그렇게 딱 한마디의 말만 해본 천유화도 결국 자존심 때문에 더 이상 질문을 하지 않고 입을 다물어 버리고는 몇 분 정도 흘렀을까? 문을 열고 다시 나온 청람의 현중을 보는 눈빛이 바뀌어 있었다.

　"정말 죄송하게 되었습니다, 고객님."

　90도로, 거짓말 조금 보태서 머리가 땅에 닿을 만큼 깊이 허리 숙여 인사한 청람은 현중에게 카드와 신분증, 그리고 회원증을 건넸다. 그런데 옆에서 살짝 현중의 회원증을 본 천유화는 깜짝 놀랐다.

　"어머? 골드?"

　명품관의 회원증도 두 가지로 구분이 있었다. 상위 0.1%도 다 같은 등급이 아니었다. 0.1% 안에서도 등급이 또 나뉘는 것이다. 그리고 그중에서 실버가 일반 회원증이고 골드는 정말 특권층에게만 발부되는 회원 등급인 것이다.

　"스위스 G은행의 프리미엄 멤버인 분을 모시게 되어 영광입니다."

　완전 천산그룹의 회장이 온 것과 같은 극진한 모습으로 바뀌어 버린 청람의 행동에 천유화도 놀랐다. 그리고 현중을 물끄러미 바라보자 현중은 별것 아니라는 듯 모두 시리에게 넘기고는,

　"이제 쇼핑해도 되겠죠?"

청람을 향해 한마디 하자,

"물론입니다. 혹시 제가 안내해 드려도 괜찮겠습니까?"

청람은 솔직히 현중의 겉모습을 보고 그냥 돈이 어느 정도 있는 녀석이겠거니 생각했다. 하지만 현중의 신분증과 신용카드를 받아 들고 조회를 한 결과 까무러칠 뻔했다. 국내에서 50명도 가지고 있지 않는 스위스 G은행의 신용카드인 것이다.

거기다 국내에서 처음 본 프리미엄 등급의 멤버십 카드였다. 일반 스위스 G은행 멤버십 카드만 해도 엄청난데 국내에서 처음으로 보는 프리미엄 등급 멤버십인 것이다. 혹시나 해서 직접 스위스 G은행에 연락해서 확인해 본 결과 G은행에서도 현중을 따로 분류해서 관리하는 중요 고객이라는 대답이 왔다.

상황이 이러니 곧바로 청람은 골드 등급의 회원증을 가지고 와서 혹시나 직원들이 실수하지 않았는지 알아보고는, 처음에 현중을 쫓아내려고 했다는 말에 나오자마자 사과한 것이다.

"괜찮습니다."

씨익~

현중은 괜찮다고 하며 웃으면서 사무실을 나가 그대로 명품관으로 들어갔다. 역시 사람은 돈이 많고 봐야 하긴 하나보다. 돈이라는 요물은 정말 어쩔 때는 현중도 놀라게 하니 말이다.

"흠."

현중은 정작 복잡하게 명품관에 들어왔지만 별다를 게 없었다. 다른 매장보다 좀 더 고급스럽다는 느낌과 함께 자주 본 메이커가 있고 하나같이 가격표가 없는 게 전부였다.

남자인 현중이 보기에는 명품관이나 일반 매장이나 크게 차이가 없어 보였다.

"시리."

―네, 마스터.

"얼른 사고 나가자."

의외로 쇼핑하기 전까지는 오래 걸렸지만 정작 쇼핑은 단 10분 만에 끝나 버렸다. 슈트부터 필요한 것을 모두 산 것이다. 쇼핑백의 숫자만 해도 무려 스무 개가 넘었다. 그런데 그 모든 것을 시리가 들고는 현중의 뒤를 따르고 현중은 조용히 걸어갈 뿐이었다.

그 모습을 가만히 바라보던 천유화는 이건 좀 아니라는 생각이 들어서 현중에게 한마디 했지만 현중은 오히려 시리를 한번 쳐다보고는,

"힘든가?"

―아닙니다.

양쪽에 나눠서 쇼핑백을 손가락만으로 들고 있는 시리의 대답에 현중은 그럼 그렇지 하는 표정으로 무심하게 고개를 돌려 버렸다. 그리고 그런 시리와 현중을 바라보는 천유화는 황당하다는 듯 둘을 바라보면서,

'도대체 저 두 사람은 뭐지?'

너무나 평범하지 않는 시리와 현중을 보면서 천유화의 머릿속은 복잡하기만 했다. 하지만 이대로 포기할 수는 없었다.

천유화는 명품관에서 10분 만에 쇼핑을 모두 마칠 줄은 몰랐다. 그러다 보니 쇼핑을 핑계로 어느 정도 친해지려고 했던 계획이 모두 물거품이 되자 결국 차라도 한잔 하고 가자고 현중을 붙잡았다.

마침 쇼핑이 생각 이상으로 일찍 끝나 버린 관계로 현중도 쉽게 동의했고, 곧 명품관의 바로 아래쪽에 있는 백화점 자체 브랜드인 천산카페로 들어가 커피 향을 느끼면서 자리 잡고 앉았다.

"현중 씨는 특이하다는 말 자주 듣지 않나요?"

자리에 앉은 뒤 잠시 천유화가 말하지 않으면 아무도 말을 하지 않는 어색한 상황에 결국 천유화가 먼저 이야기를 꺼냈다. 하지만 돌아온 현중의 대답은,

"네."

"……."

설마 이렇게 단답형으로 대답할 줄 몰랐던 천유화는 아직 현중이 어떤 성격인지 모르기에 살짝 당황했다. 하지만 이미 수차례 미팅으로 다져진 천유화는 곧바로 웃으면서,

"그보다 졸업하면 뭐할 거예요?"

"사업할 생각입니다."

"그래요? 무슨 사업요?"

"이미 하고 있는 게 있고 곧 괜찮은 사업체 하나 인수할 계획입니다."

거짓말은 아니었다. 석유개발회사를 운영하고 있고 조만간에 대동그룹을 통째로 꿀꺽할 계획을 이미 실현 중이다. 물론 모두 테른이 발바닥에 땀나게 뛰어다니고 차근차근 진행 중이다.

"그래요?"

지금 현중은 신비에 싸인 인물이나 마찬가지였다. N대에서는 희대의 킹카가 나타났다고 난리치면서 하루에 여자 서너 명을 갈아치우는 최강의 카사노바라고 소문이 무성하지만, 실제로 그건 모두 신문부에서 이슈거리를 위해서 현중을 희생양으로 삼아 부풀리고 지어낸 것이 대부분이었다.

당연히 천유화도 처음에는 소문을 믿었다. 하지만 직접 만나본 현중은 소문과 완전 다른 사람이라 직접 알아본 결과, N대 신문부에서 오로지 신문부의 이슈를 위해서 현중을 타깃

으로 삼았다는 것을 알고는 철저하게 소문을 무시해 버렸다.

그런데 그러고 나자 다른 문제가 생겼다. 현중에 대해서 아는 사람이 없다는 것이다.

그 누구도 현중이 어디에 사는지 어떤 가족관계인지 아무도 모르고 있었다.

본래 사람은 비밀이 많은 사람에게 끌리는 법이다. 첫 미팅은 정말 소문이 무성해서 현중을 만났지만 만나고 난 뒤에는 현중이라는 남자에게 순수하게 끌려 버린 천유화였다.

"그럼 무슨 일 하는지 알려줄 수 있나요?"

"그건……."

여자의 수다란 한번 물꼬가 트이면 끝없이 쏟아진다는 것을 잠시 잊고 있던 현중은 폭포수처럼 쏟아지는 천유화의 질문 세례에 대답을 하면서도 최대한 설명하는 것은 피했다. 귀찮기 때문이다. 그리고 천유화에게 현중이 자세하게 설명할 이유도 없었다.

그런데 이렇게 천유화와 현중이 천산카페에서 담소(일방적인 천유화의 수다)를 나누고 있는데,

전혀 다른 곳에서는 현중의 존재 때문에 고민하는 사람이 있었다.

"그러니까 유화가 남자를 데리고 왔단 말이지?"

[네, 회장님.]

청람은 현중이 명품관을 빠져나가자마자 곧바로 천산그룹의 회장실로 연락을 넣어서 천산태에게 직접 현중에 대해서 보고를 올리는 중이었다.

천산태는 청람을 잘 알고 있었다. 자신의 집사를 했던 청람이다. 웬만한 일로 이렇게 직통 핫라인으로 보고를 따로 올릴 이유가 없었다.

"말해보게."

[네, 회장님. 아가씨께서 직접 친구라고 하시면서 명품관의 회원증을 만들도록 저에게 지시하셨습니다.]

"유화가 직접 말인가?"

천산태는 살짝 놀랐다. 천유화의 성격상 누군가를 위해서 자신이 나서는 경우는 거의 없었다. 어릴 때부터 똑똑하고 자기 앞가림을 잘하는 편이라 적당히 자유롭게 간섭하지 않고 키웠다. 그런데 그게 오히려 천유하에게는 자존심을 키워주는 결과를 만들어 버렸다.

그러다 보니 천유화가 누군가를 위해 나서는 경우를 보는 것은 가족 외에는 없었다. 그런 그녀가 친구라지만 남자를 위해서 누군가에게 지시했다는 것에 천산태는 이채를 띤 것이다.

지금까지 천유화가 남자에게 관심을 보인 적이 없었다. 천산그룹이라는 배경과 천재라고까지 알려진 피아노 실력 때문에 거의 외국에 살다시피 했던 천유화는 성격 때문인지 의외로 남자와 관련된 이야기가 없었다.

그러다 이번에 현중이 천산태의 귀에 들어온 것이다.

[네, 회장님. 그런데 김현중이라는 청년이 특이합니다.]

"특이하다……. 자네가 보기에 그렇게 판단했나?"

[아닙니다.]

곧바로 청람은 현중의 회원증을 만들면서 알게 된 정보를 바로 알렸고, 천산태는 간단하지만 결코 범상치 않는 현중에 대해서 듣고는 천유화가 아는 남자에서 자신이 알고 싶은 남자로 바뀌어 버렸다.

"G은행의 프리미엄 멤버라……."

국내에서는 2위를 차지하고 제법 인지도도 높지만 세계적으로 보면 천산태는 그저 아시아의 잘나가는 기업인에 불과했다. 바로 옆 나라 일본의 후니전자의 회장만 해도 세계의 경영인 100위 안에 든 적도 있을 정도로 제법 유명했지만 그뿐이다. 유럽과 아메리카 쪽은 아시아를 아직은 자신들보다 한 수 아래로 보고 있는 형편이고 실제로도 일본 빼고는 세계의 경영인에 아시아인이 뽑힌 적이 없었다.

그런데 현중의 흥미를 잡은 것은 프리미엄 멤버십 회원이라는 것이다. 스위스 G은행은 철저하게 자신들에게 이익이 되는 사람만을 골라서 등급을 정하기로 유명한 곳이다. 완전한 중립을 지키고 있기에 그냥 돈을 은행에 넣어 둔다고 해서 등급을 받는 것이 아니었다.

넣어두기만 해서는 은행에 이익이 크게 생기지 않기 때문이다. 그렇다면 어떻게 해야 하느냐? 간단했다. 돈을 움직이면 되는 것이다. 하루에 수십억에서 수천억까지도 자주 움직이면 그 수수료만 해도 엄청났다. 그러면 자연히 G은행에서는 그 고객의 등급을 올려줄 수밖에 없는 것이다. 수익을 가져다주는데 누가 마다하겠는가? 아주 당연하면서도 간단한 경제 이치였다.

"그래, 알아본 김현중의 자산은?"

프리미엄 회원이라면 당연히 상당한 자산이 있을 것이라고 생각했기 때문이다. 그런데 전혀 뜻밖의 대답이 나왔다.

[알 수가 없습니다.]

"알 수가 없다? 왜지?"

[그게, 김현중 군의 군대 제대 이전의 정보는 바로 저희 정보팀에서 구할 수 있었지만 군 제대 이후의 정보는 완전히 막혀 있습니다. 알아본 결과 탬플재단에서 철저하게 막고 있는 것으로 알아냈습니다.]

"탬플재단? 흠."

천산태도 탬플재단을 알고 있었다. 그냥 뜬소문이 아니라 어느 정도 자세한 정보를 알고 있는데, MI—6를 실질적으로 뒤에서 조종하면서 영국 왕실의 숨겨진 힘으로 알고 있는 곳이 바로 탬플재단이다.

솔직히 탬플재단에서 현중의 정보를 막으려고 하면 얼마든지 막을 수도 있는 것이다. 국내 국정원이나 정보부서보다 몇 단계나 앞서 있는 기술력과 첩보력을 보유하고 있는 곳이 MI—6였다. 그런 곳을 뒤에서 조종하는 곳이 바로 탬플재단이었다.

결정적으로 천산태로 하여금 현중이 누구인지 알고 싶다는 생각이 들게 만든 계기가 바로 탬플재단이 현중 개인 때문에 움직였단 것이다. 결코 평범한 사람을 위해 움직일 곳이 아니기 때문이다.

[아가씨께서 김현중 청년을 마음에 들어하는 눈치셨습니다.]

“……”

청람도 지점장이 될 정도면 눈치가 몇 단이겠는가? 당연히 자신이 알던 천유화와 행동이 달랐고, 이상해서 살펴보았다. 현중이라는 청년에게 사랑에 빠졌다거나 매달리는 것은 아니지만 어느 정도 관심이 있는 것으로 보였다.

[그리고 회장님.]

“왜 그러나?”

잠시 천유화가 남자에게 관심이 있다고 했던 말에 고민하던 천산태는 청람의 말에 상념에서 깨어났다.

[김현중이라는 청년, 저희 천산그룹과도 약간의 인연이 있습니다.]

"천산그룹과 인연이 있다고?"

[네. 군대 제대 이전의 정보는 모두 오픈되어 있어 알아본 결과 김현중 군의 부친의 이름을 알게 되었는데, 회장님도 기억하실 것으로 생각됩니다. 김중현, 천산모터스 1차 하청업체로 현재까지도 저희와 거래를 하고 있는 곳입니다.]

"김중현? 아… 설마 그 김중현을 말하는 겐가?"

[네, 회장님. 김중현의 친구인 박명석이 운영하고 있는 곳입니다. 성실하고 납품기일을 어긴 적이 없어서 저희 쪽에서도 믿고 맡기는 곳 중 하나입니다.]

"그래? 김중현의 아들이란 말이지."

천산모터스는 국내 1위의 자동차를 생산하는 곳이다. 당연히 거미줄처럼 얽히고설켜서 복잡한 하청 구조를 가지고 있다. 그렇게 수많은 하청업체 중에서도 천산그룹의 회장인 천산태가 이름을 기억할 정도의 하청업체는 아마 몇 군데 없을 것이다. 아니, 김중현이 유일할지도 몰랐다.

그만큼 천산태는 이미 너무 높은 곳에 있었고, 김중현이 있는 1차 하청업체는 그만큼 낮은 곳에 있기 때문이다. 하지만 천산태는 현중의 아버지인 김중현을 똑똑히 기억하고 있었다.

"패기있고 뒤를 돌아보지 않으면서, 약속 하나는 목숨을 걸고 지키던 남자였지."

천산태가 기억하는 김중현의 모습이다. 다만 갑작스런 사고로 너무 일찍 죽었다는 말을 지나가는 말로 들은 적이 있지만 별로 대수롭지 않게 생각했다. 원래 그곳의 사장은 박명석이었고 김중현은 같이 도와주는 식으로 일하던 사람이었기 때문이다.

그 당시에는 천산태가 김중현의 죽음에 관심을 가질 만한 인물이 아니었던 것이다. 개인적으로 흥미를 가지고 나름 괜찮은 남자라고 인정할 뿐 사업은 사업이고 개인감정은 개인감정이었다.

[그렇습니다. 연도를 보니 김현중이 중학교 졸업하던 때쯤 부모를 모두 잃은 것으로 보입니다. 그리고 그동안 같이 일하던 박명석의 도움으로 대학까지 들어간 것으로 판단됩니다.]

정확하게 논리적으로 자료를 정리해서 가장 확률이 높은 것만 천산태에게 보고하는 청람이었다.

"김중현의 아들이란 말이지. 그리고 탬플재단이 정보를 막고 있고… 스위스 G은행의 프리미엄회원까지……. 도대체 그는 누구지?"

사업으로 잔뼈가 굵은 천산태도 지금 청람이 보고한 모든 것이 말이 되지 않는다고 생각했다. 하지만 믿었다. 그만큼 청람을 신뢰한다는 말이다. 천산태의 집사를 했을 정도면 얼마나 믿을 수 있는 인물인지 물어보나 마나다. 하지만 그렇기에 현재 천산태는 현중이 어떤 사람인지 궁금해 더욱 복잡하기만 했다. 그러면서 불현듯 현중을 알고 싶었고 알아야 한다는 느낌이 들었다.

그렇게 현중을 알고 싶다고 생각하게 된 것은 그동안 사업하면서 생긴 경험과 노하우가 모두 녹아든 천산태의 직감이었다.

"김현중에 대해서 최대한 조사를 해보게."

[조사를 말입니까?]

보통은 천유화가 알아서 잘하는 성격이라 믿는 편이었고, 때문에 보고를 하고 끝나는 줄 알았던 청람은 처음으로 조사하라는 말에 살짝 긴장했다.

비즈니스의 세계에서는 아주 작은 가능성이라도 무시할 수 없었다. 천산태가 관심을 가지고 조사하라고 할 정도면 청람으로서도 결코 무시할 수 없다는 것이다. 무엇보다 천산그룹의 아가씨로 불리는 천유화가 관심을 가진 남자였으니 말이다.

[알겠습니다, 회장님.]

딸각.

직통 핫라인의 전화를 끊은 천산태는 잠시 창밖을 보면서 인생이란 참 알 수 없는 것이라고 느꼈다. 설마 자신의 기억 속에 남겨져 있던 남자인 김중현의 아들인 김현중이 또다시 자신의 귀에 들려온 것이다.

아비를 보면 자식을 안다고, 결코 김중현은 천산태에게 나쁜 기억을 남기지 않았다. 오히려 지금 생각해도 참 아까운 사람이 죽었다고 생각할 정도의 이미지를 남긴 것이다. 그런데 그의 아들인 김현중은 천산태의 마음을 움직였다.

물론 이런 김중현과 천산태의 개인적인 기억을 현중이 알리가 없었다.

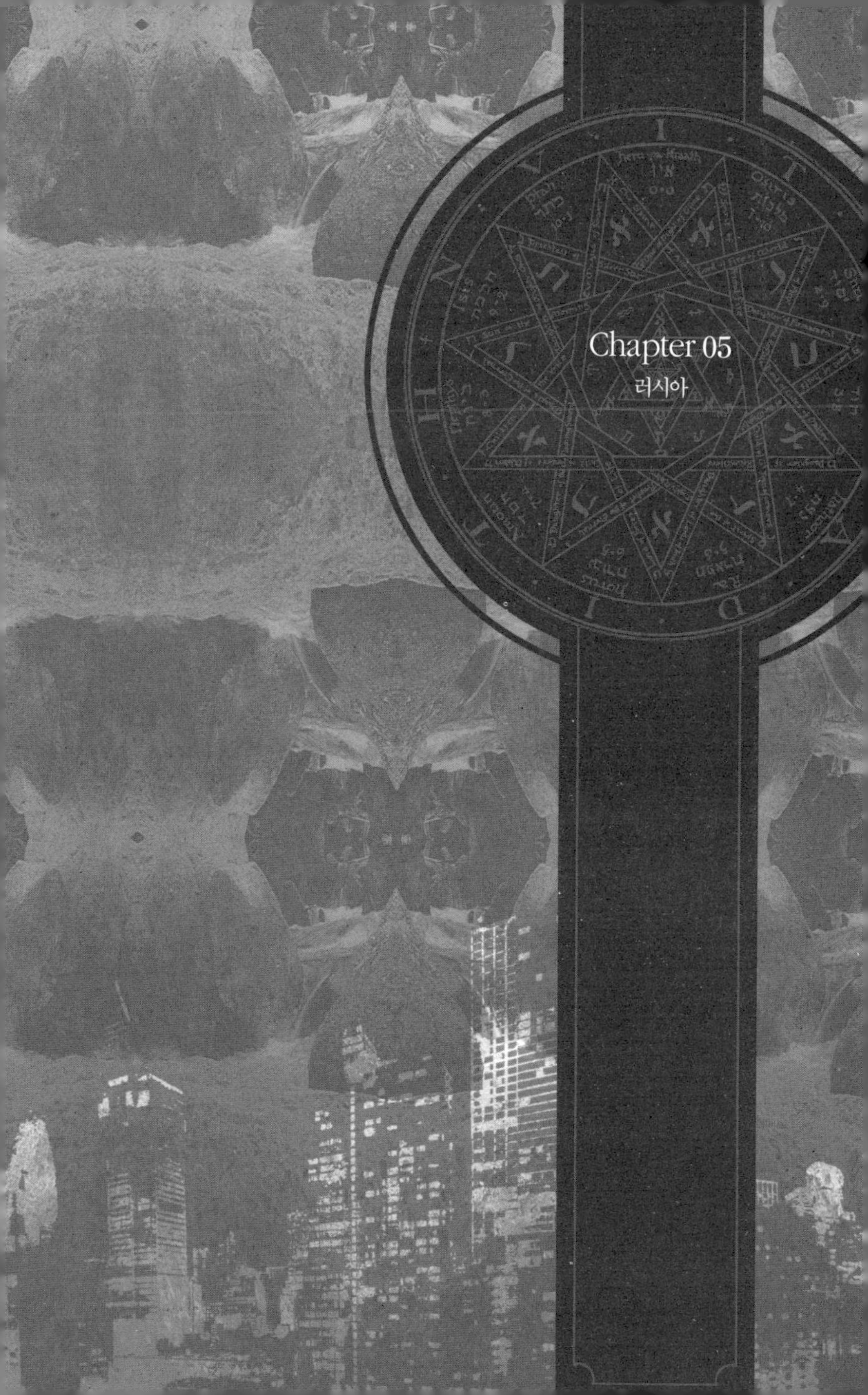

Chapter 05
러시아

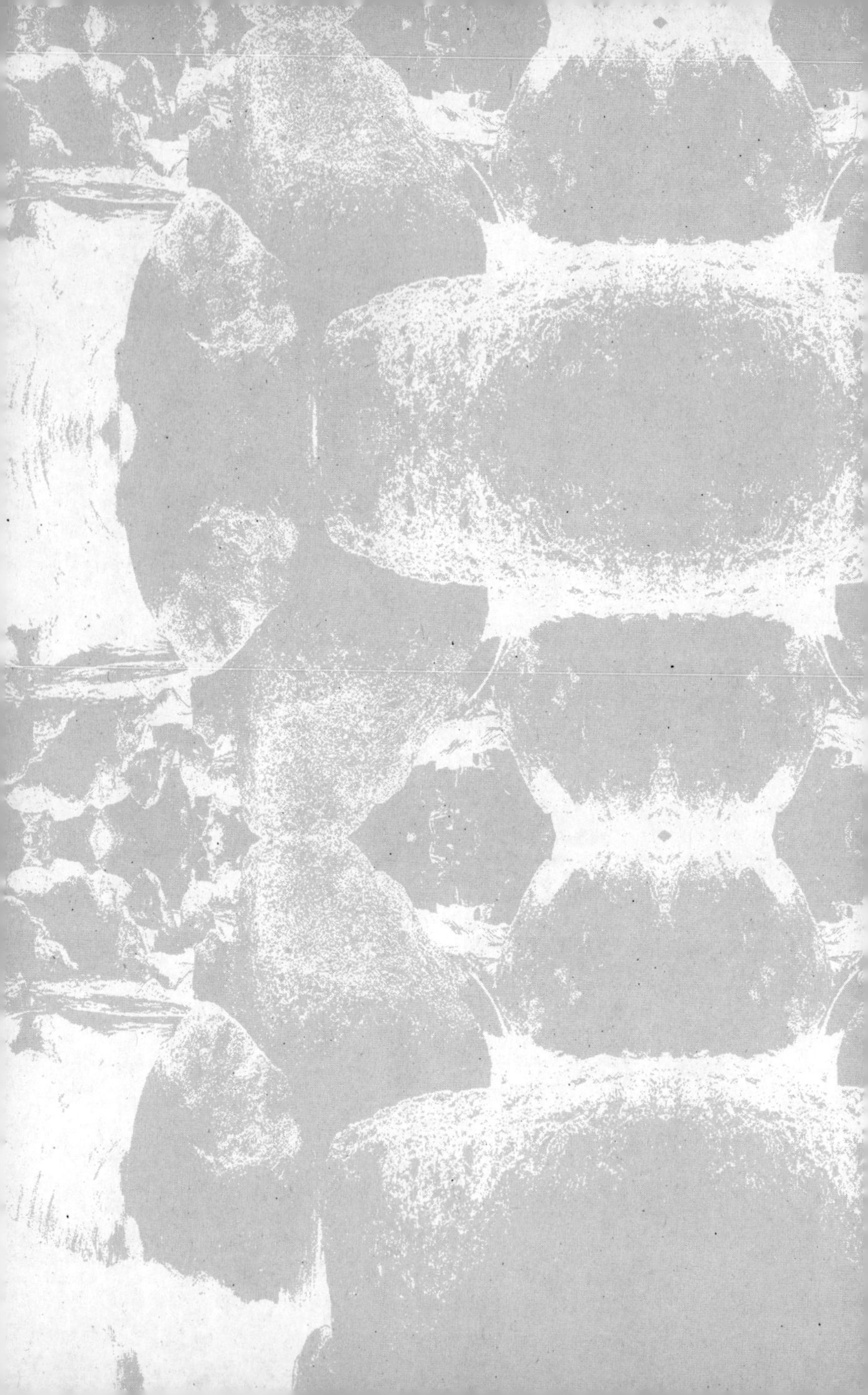

한편 이렇게 현중에 대해서 천산태가 조사를 명하는 그 시각, 카페에서 일방적인 천유화의 수다를 듣던 현중은 슬쩍 주위를 둘러보고는 웃어버렸다.

'남자란 별수 없는 건가, 아니면 내가 이상한 건가.'

카페에 있는 남자 손님들의 시선이 모두 현중과 천유화, 시리가 있는 테이블로 집중된 것이다. 하긴 그도 그럴 것이, 천유화는 나름 팬클럽도 가지고 있을 정도로 제법 유명인이었고, 시리는 이미 그 미모와 혈족이 저절로 풍기는 특유의 색기로 인해 남자들의 시선을 사로잡은 지 오래였다.

현중을 향하는 질투의 시선을 느끼지 못할 리가 없다.

'훗, 이게 남자의 질투인가?

대륙에서는 체면과 여러 자기 복잡한 귀족들의 문제로 현중을 상대로 질투를 하는 사람은 없었다. 마족을 때려잡고 소멸시키고 대륙의 영웅으로 불리는 현중을 질투한다? 아무리 욕심이 많은 귀족이라도 이렇게 지구에서처럼 대놓고 질투하는 경우는 없었다.

그러자 현중은 오히려 이런 주변 남자들의 질투가 웃기면서도 한편으로는 신선한 경험이었다.

질투에 섞인 살기도 느껴졌고 투기도 느껴졌으며 노골적으로 현중을 향해 노려보는 남자도 몇 명 있었다.

하지만 현중은 눈길 한번 주지 않고 천유화의 질문에 간단하게 대답만 할 뿐이었다.

그런데 이런 모습이 주위의 남자들이 보기에는 너무나 성의 없는 것으로밖에 보이지 않았다.

"천유화 씨가 누군데 저따위 행동을……."

"복에 겨워서 제 분수를 모르는구만. 반반한 얼굴 하나 믿고 저러는 걸 테지. 젠장!!"

자기들 딴에는 조용하게 속삭이듯 말했겠지만 현중에게는 모두 들렸다. 그리고 시리에게도 들렸다. 현중을 욕하는 소리를 듣고 시리가 가만히 있을까? 결코 아니었다. 조용히 일어

서려는 시리를 향해 현중은 한번 바라보면서 고개를 가로저
으며 웃었다.

가만히 있으라는 소리였다. 테른보다 더 높은 단계에 있는
명령권을 가진 현중의 명령을 거부할 수 없는 시리의 눈동자
는 차분하게 가라앉았지만 아마 속으로는 이를 갈고 있을 것
이다.

'그녀도 알고 있군, 지금의 이 분위기를.'

현중은 이미 천유화가 지금의 카페 분위기를 알고 있다고
생각했다. 해서 천심통으로 살짝 알아보니 처음 카페에 들어
올 때부터 이런 결과를 예상하고 있었다. 그런데 웃기게도 천
유화는 이런 카페의 분위기를 자신이 현중에게 돋보이는 계
기로 생각하고 있는 것이다.

'강한 자존심이 이런 생각을 하게 만든 건가.'

천유화를 그리 싫어하진 않지만 쓸데없는 권위의식을 가
진 콧대 높은 자존심은 사양이었다.

특히나 귀족을 별로 좋아하지 않는 현중에게 지금의 천유
화의 행동은 실수였다. 물론 싫어할 만큼은 아니었다. 나름
천유화가 살아온 방식이 있고 똑똑한 여인이라고 현중도 인
정하고 있기 때문이다. 하지만 순간 현중은 천유화와 마리아
스핀 바로슈 백작을 살짝 비교한 것이다.

그러자 안 봐도 뻔했다. 마리아의 승리였다. 개인적인 현

중의 취향에는 마리아가 더 맞는 것이다.

그때,

오빠~ 전화 받아~ 오빠~ 전화 받아~

현중의 휴대폰이 울렸다. 마리아에게 받은 위성전화를 쓰고 있지만 이미 오랫동안 써온 벨소리가 익숙한지라 전에 쓰던 벨소리로 다시 바꿨다. 천유화에게 잠시 양해를 구한 뒤 현중이 전화를 받았는데 전파를 타고 현중의 귀에 들린 목소리는 마리아였다.

"어쩐 일이시죠? 네, 네, 네. 설마 또? 네, 알겠습니다. 보면 바로 연락 드리죠"

간단하게 용건만 말하고 난 뒤에 전화를 끊긴 했는데 현중은 좋지도 나쁘지도 않은 묘한 표정이었다.

"무슨 일이에요?"

현중만 계속 집중적으로 바라보면서 이야기하던 천유화가 이런 현중의 변화를 놓칠 리가 없었다. 캐묻기보다는 자연스럽게 물어보자 현중도 간단하게 대답했다.

"제가 아는 아이가 가출을 했다고 하는군요. 보면 연락을 달라는 전화입니다."

"어머, 가출이요? 위험할 텐데……."

"그렇죠. 후훗."

현중은 가식적이지만 그래도 나름대로 신경 써주는 천유

화의 모습에 웃어버리고는 테른에게 문제의 가출 소녀인 베이스퍼의 손녀이자 미래를 보는 능력을 가진 레이스를 찾으라고 명령하려고 했다. 그러다 곧 접었다.

"현중!!"

"양반은 못 되겠군."

정확한 타이밍에 현중이 있는 카페 입구에, 푸른 원피스에 웨이브 진 금발을 찰랑거리면서 웃는 얼굴로 현중을 크게 부른 레이스가 서 있었다.

"응?"

갑작스런 현중의 이름에 천유화도 고개를 돌렸다. 그러자 정말 앙증맞고 귀여운 외국인 소녀가 현중을 향해 무작정 뛰어오더니 그대로 품에 안겨드는 게 아닌가?

"현중! 보고 싶었어!"

"…이런, 이런. 또 가출했다고 하던데……."

"헤헤헤, 현중 보고 싶어서 그냥 나왔어. 내가 나가려고 마음먹으면 누구도 못 막아. 알지?"

미래를 보는 능력을 말하는 것이다. 레이스가 정말 마음먹으면 그 누구도 레이스를 막을 수 없었다. 미래를 보고 먼저 움직이거나 피해 버리는데 무슨 수로 잡아두겠는가? 당연한 말이지만 보호하는 마리아의 입장에서는 가장 골치 아픈 손님이었다. 스승인 베이스퍼의 손녀이자 능력 때문에 국가적으로 보호를 받고 있는 손님이니 말이다.

"그보다 현중, 시간 있어?"

"시간? 뭐… 나야 남는 게 시간이니……."

솔직히 크게 할 일도 없었다. 쇼핑도 끝난 상태였으니 말이다.

"나랑 어디 좀 가줘."

"……?"

"할아버지에 관한 일이야. 가줄 거지?"

완전 어린애가 떼쓰는 듯 현중에게 자기 할 말만 하는 모습에 천유화는 참 버릇없는 애라고 생각했다. 천유화도 영어와 일어, 불어 정도는 하기에 레이스의 말을 모두 알아들었다. 그런데 지금 레이스가 쓰는 말투는 완전 어린애가 그냥 툭툭 던지는 듯한 느낌을 준 것이다.

"베이스퍼한테? 뭐, 원한다면."

마이스터에 올라 이미 무력으로는 베이스퍼를 어떻게 할 사람이 없을 것이다. 레이스가 갑자기 와서 그런 베이스퍼에게 가자고 하니, 인연도 있고 마이스터에 오른 뒤의 발전도 궁금했다. 현재 현중과 대련을 한다면 베이스퍼가 아마 유일하게 일 합이라도 겨룰 수 있을 것이기 때문이다.

"아무래도 이만 가야겠네요, 천유화 씨. 갑자기 용건이 생겨서……."

현중은 일체의 망설임도 없이 일어서더니 레이스의 손을 잡고 걸어가면서 시리를 향해 맥라렌 F1의 차키를 던져 주었다.

"먼저 집에 돌아가 있도록."

―네, 사장님.

포물선을 그리면서 허공을 날아간 맥라렌 F1의 키는 시리의 손에 가볍게 안착했다. 25억짜리 차라고 해서 뭔가 특별한 차키는 아니다. 일반 차키와 다를 게 없었다.

차키는 다를 게 없지만 진짜는 맥라렌의 차에 있었다. 테른이 마법으로 떡칠을 해놓은 상태라 테른이 허락한 현중과 테른, 그리고 시리를 제외하고는 운전석에 앉을 수 없었다.

혹시라도 몰래 앉거나 맥라렌의 안에 들어가는 순간 블링크 마법이 시전되면서 순식간에 무작위 랜덤으로 1㎞ 밖으로 날려 보내는 보안장치가 돼 있기 때문이다.

즉, 세상에서 가장 도난 사고에서 안전한 차가 바로 현중이 가지고 있는 맥라렌 F1이었다.

"저기… 아… 쩝……."

뒤도 돌아보지 않고 레이스를 데리고 카페를 벗어나는 현중의 모습에 결국 천유화는 아쉽다는 듯 표정을 지었다. 주변의 남자들은 이미 카페를 벗어난 현중을 향해 끝도 없이 욕하기 시작했다. 물론 천유화의 귀에 들리지 않도록 조심하면서 말이다.

그런데 시리가 카페의 입구를 나가자 건장한 세 명의 남자가 동시에 일어서더니 천천히 카페를 나와 시리의 뒤를 밟기 시작했다.

여자와 남자가 같이 왔는데 남자가 약속으로 먼저 나갔다면 당연히 여자 혼자 돌아갈 것이다. 거기에 시리의 미모는 천유화와 비교해도 뒤지지 않고, 청순한 매력의 천유화와 달리 혈족 특유의 색기가 이미 카페의 남자들의 마음을 흔들어 버린 후였기에 욕심이 생긴 것이다.

또각, 또각, 또각.

시리의 하이힐 소리가 조용하게 울려 퍼지는 주차장에 현중의 맥라렌 F1이 혼자 은은한 검은 빛을 발하면서 서 있었다.

또각.

맥라렌에 거의 다가갔을 때 시리는 돌연 걸음을 멈추고는 가만히 서 있다가 고개만 살짝 옆으로 돌렸다.

"무슨 일이시죠?"

현재 수업과 함께 적응 훈련 중이긴 하지만 혈족은 혈족이었다. 아직 크게 능력이 있는 것은 아니지만 자신을 계속 미행했던 남자들의 존재를 모를 정도는 아닌 것이다.

"오~ 알고 있었네?"

올백에 한눈에도 고급스러운 정장을 입은 남자가 앞으로 나오면서 한마디 하자 올백 남자 뒤로 제법 날라리 티를 팍팍 풍기고 생긴 건 곱상하게 생긴 두 녀석도 덩달아 시리에게 다가왔다.

"아가씨, 오늘 어때? 그쪽도 혼자가 된 것 같은데……."

전형적인 양아치들이 쓰는 말투였지만 보통의 여자들이 보면 혹할지도 모른다.. 그만큼 그들이 입고 있는 옷과 모든 것이 명품이었으니 말이다. 하지만 시리는 지금 이 순간 오히려 다른 생각 중이었다.

아직 적응 중인 시리를 위해 테른은 몇 가지 명령을 내렸는데, 첫째가 절대 인간과 트러블을 만들지 말라는 것이었다. 하지만 색기를 줄줄 흘리고 다니는 시리의 현재 모습을 생각하면 참 힘든 명령이기도 했다.

"생각없습니다. 그럼."

시리가 조용히 맥라렌으로 다가가 차문을 열려고 하자 뒤에서 감탄사가 쏟아져 나왔다.

"저거 맥라렌 아니야?"

"정말이네!!"

명품을 좋아하고 겉모습을 중요하게 여기는 녀석들인 만큼 차에도 제법 지식이 있는 듯 한눈에 맥라렌을 알아봤다. 그리고 그들의 눈빛이 변했다.

탁!

재빨리 시리 옆으로 다가간 올백머리는 맥라렌에 손을 얹고는 느끼한 눈빛으로 바라보면서,

"혹시 나 좀 태워줄 수 있나? 뭐 대신이라기엔 뭐하지만 원하는 거 하나 사줄 테니까 말야."

"훗."

시리는 올백머리의 느끼한 멘트에 순간 웃음을 터뜨렸다. 토시 하나 틀리지 않고 전에 멋모를 때 최강석이 했던 대사와 판박이였기 때문이다. 하지만 곧 최강석이 생각나자 자신도 모르게 표정이 굳어버렸다. 우연이라도 생각하고 싶지 않은 녀석이었으니 말이다.

그 순간 시리는 갑자기 좋은 생각이 떠올랐다. 테른 마스터의 명령으로 지금 이 녀석들과 트러블을 일으킬 수는 없다. 하지만 이 녀석들이 가주세요 한다고 갈 녀석들인가? 천만의 말씀이다. 이런 녀석들이 얼마나 질기고 지독하고 끈질긴지 누구보다 잘 알고 있고 치가 떨리도록 당해보지 않았던가? 당연히 정상적인 방법으로는 이 녀석들을 떨어뜨리는 것은 지금 혼자인 시리로서는 곤란한 상황인 것이다.

그 순간 시리의 기억 속에 떠오른 것이 테른이 현중을 위해 맥라렌에 부여해 놓은 마법이었다.

씨익~

시리가 입가에 미소를 띠면서 올백을 바라보자 올백은 순간 눈동자가 심하게 흔들리면서 잠시 이성을 잃을 뻔했다. 웃는 얼굴에 이런 마력을 가진 여자를 본 적이 없었기 때문이었다.

시리는 고민이 해결되면서 무의식적으로 색기가 웃음에 실려서 올백 녀석에게 풍겨졌다. 혈족의 가장 큰 특징이 바로 색기를 향기로 바꿔서 상대를 쉽게 유혹할 수 있는 능력이다. 테른은 이미 색기를 스스로 조절할 수 있지만 시리는 아직 그게 서툴렀기에 이런 현상이 벌어졌다.

"운전할 수 있다면 원하는 만큼 대여해 드리죠."

"뭐?"

전혀 뜻밖의 말을 하는 시리의 행동에 세 녀석은 눈을 껌뻑거리면서 서로를 쳐다봤다.

"정말? 우리가 운전할 수 있다면 원하는 만큼 대여해 준다고?"

"네. 운전할 수 있다면 말이죠."

시리가 너무나도 자신만만하게 말하자 올백머리는 오히려 땡잡았다는 심정으로 곧바로 손을 내밀었다.

"나를 우습게 보는군. 페라리도 몰던 나란 말야."

국내 한 대뿐이라고 소문난 차다. 맥라렌은 특유의 디자인 때문에 겉모습을 흉내 내는 튜닝도 힘든 차지만 무엇보다 운

전석이 중앙에 있는 관계로 그렇게 튜닝을 하는 사람도 없었
다. 즉, 올백머리가 보고 있는 맥라렌은 정말 진품 맥라렌 F1
이라는 것이다.

"저거 그 소문의 맥라렌 맞는데. 차번호가 같아."

소문이 퍼질 대로 퍼진 현중의 맥라렌 F1은 벌써 차번호까
지 돌고 있었는지 다른 놈이 알아보았다. 친구의 말에 올백은
고민은커녕 시리의 마음이 바뀔까 봐 걱정해야 했다.

하지만 시리는 오히려 차키를 올백머리에게 넘겨주면서,

"해보시죠."

물론 테른이 들었다면 시리를 붙잡고 정신교육을 시킬 일
이었지만 현재 시리는 보통 인간과 트러블을 일으키는 게 오
히려 더 큰 문제가 될 수도 있다고 생각했다. 거기다 현중이
자잘한 일에는 크게 신경 쓰지 않는 것도 한몫했다.

현중에게 맥라렌은 그저 차일 뿐이었다. 지금 시리의 눈앞
에서 탐욕스럽게 맥라렌을 바라보는 녀석들과는 차원이 다른
것이다.

"크크큭, 이게 웬 떡이냐."

올백머리는 마치 웅크린 독수리가 날개를 펼치듯 활짝 열
리는 차문에 감탄했다.

"죽인다!"

"나도~ 나도~"

“나도~”

뒤늦게 올백머리가 운전석에 타는 것을 보고는 곧바로 뒤따라 녀석들이 현중의 맥라렌에 올라탔다. 그리고 운전석의 올백머리가 시동을 켜기 위해 키를 돌리는 순간,

쾌직!

“끄악!!”

셋 다 호흡을 맞춘 듯 엄청난 비명을 지르더니 통나무처럼 몸을 뻣뻣하게 펴고는 부르르 떠는 게 아닌가? 그런데 그게 끝이 아니었다.

팟!

녀석들이 비명 소리가 끝나기도 전에 맥라렌 안에서 사라져 버렸다.

먼저 테른이 걸어놓은 마법으로 인증되지 않은 운전자에게 4만 볼트의 라이트닝 쇼크의 마법이 발동됐다. 전기 충격기 수십 대 분량의 전류가 온몸을 휘젓고 다니는 충격에 그대로 기절해 버린 녀석들은 그 뒤 곧바로 랜덤 워프 마법으로 사라져 버린 것이다.

“훗, 간단하군.”

시리는 끈질기게 달라붙을 뻔했던 올백머리 일당 세 명을 손쉽게 처리했다. 물론 테른은 시리가 맥라렌에 다른 인간을 태웠다는 것 자체에 불같이 화를 낼 것이 뻔했지만 지금의 시

리에게는 명령을 받은 대로 행동하는 게 우선이었기에 어쩔 수 없었다.

조금 전에도, 아무리 남자라고 해도 이미 혈족으로 다시 태어난 시리가 마음만 먹는다면 손가락으로도 셋 다 가볍게 목을 부러뜨려 죽여 버릴 수 있었다.

대신 그렇게 하면 필연적으로 트러블이 생기게 되는 것이다. 그러다 보니 최대한 머리를 쓴 것이 지금의 처리 방법이었다. 어차피 시리 혼자 집을 나서는 경우는 거의 없다 보니 다시 그 놈팽이들을 만날 일은 없을 것이라고 생각했다.

맥라렌에서 랜덤 워프로 사라져 버린 녀석들은 며칠이 지난 후 우연히 밤섬을 지나가던 한강 유람선의 관광객이 발견하기 전까지는 아무도 찾지 못했다고 한다.

*   *   *

"바람이 차긴 하네."

현중의 뺨을 영하의 차가운 바람이 스쳐 지나갔다. 얼음칼 같은 바람을 가벼운 티셔츠와 청바지만으로 대항하면서도 그는 떨거나 추위를 전혀 느끼지 않았다. 이미 현중의 몸 자체가 하나의 단전이니 추위는 있을 수가 없었다.

"어디 베이스퍼나 데리러 가볼까?"

갑작스런 레이스의 출현으로 백화점을 나온 현중은 어린 애 말만 듣고 움직일 수 없었다. 당연히 마리아에게 연락했고, 레이스를 데리고 그곳으로 갔다. 그런데 그곳에서 뜻밖의 일이 현중의 발목을 잡은 것이다.

마이스터에 오른 베이스퍼가 실종됐다는 것이다. 그리고 연락 두절이 된 지 30분이 넘었다고 했다. 무슨 일로 베이스퍼가 실종되었는지 알 수는 없지만 마리아의 불안해하는 모습을 보니 생각보다 실종된 것이 좋지 않은 일인 듯했고, 거기다 베이스퍼가 사라진 곳이 러시아 마피아의 심장에 해당하는 마피아 보스가 사는 저택이라는 것이다.

처음 현중은 미국 정부와 관련된 일인 것 같아서 모른 체하려고 했지만 작은 손이 현중의 손가락을 살며시 잡고는,

"현중, 할아버지를 데리고 와줘."

마치 현중이라면 베이스퍼를 데리고 올 수 있다고 믿는 것처럼, 아니, 미래를 볼 수 있으니 아마 현중이 베이스퍼를 데리고 오는 미래를 봤을지도 모른다. 아직 어려서 그런지 집중해서 의식하지 않으면 미래를 볼 수 없는 레이스는 한발 늦게 베이스퍼의 사고를 본 듯했다.

아무튼 그렇게 현중에게 말하는 레이스를 보고 있는데 불현듯 또다시 레이스와 벤젤이 겹쳐 보였던 것이다.

지구에서 미래를 보는 레이스와 대륙에서 현중이 처음으

로 거뒀던 제자이자 미래와 운명을 읽는 능력을 지녔던 벤젤은 생김새가 전혀 다른데도 이상하게 레이스를 볼 때마다 벤젤이 불현듯 떠올랐다.

그리고 결국 현중은 홀로 베이스퍼가 마지막에 연락이 두절되었다는 마피아 저택으로 온 것이다.

"늙은이가 너무 기분을 냈군그래."

얼핏 보면 현중이 지냈던 대륙의 영주 성을 연상케 하는 엄청난 위용을 지닌 저택의 입구에 들어서자 곧바로 사방에 널브러진 시체와 진한 화약 냄새가 코를 찔렀다. 영화에서 자주 보던 자동 소총은 기본이고 박격포에 바주카포도 어렵지 않게 눈에 띄었다.

흡사 전쟁을 치렀다고 해도 믿어질 정도로 아름다운 저택의 모습과 달리 입구는 벌집을 쑤셔놓은 듯 엉망진창이었다.

저벅저벅.

폐허와 같은 저택의 모습과 어울리지 않는 현중의 편안한 걸음걸이는 마치 자기 집으로 들어가는 듯했다. 하지만 주변을 둘러보는 현중의 시선만큼은 날카로웠다.

"일격에 죽였군."

죽어 있는 시체의 모습과 쓰러진 상태만 봐도 어떻게 죽었는지 충분히 알 수 있는 현중이다. 대륙에서 수많은 시체를 봤고 죽였던 자신이 아니던가? 시체는 많지만 의외로 화약 냄

새만 진동할 뿐 피비린내는 현중의 코를 자극하지 않는 것을 느꼈을 때 눈치를 챘다.

쓰러져 있지만 피를 흘리지 않는 시체만 봐도 짐작 가능한 것이다. 그리고 이미 저택의 외곽 부분은 처리가 끝났는지 현중은 자신을 중심으로 사방에 퍼뜨린 감각 영역에 걸리는 게 하나도 없자 곧바로 저택 안으로 몸을 돌렸다.

끼이익~

가볍게 현중이 손으로 커다란 문을 살짝 밀자 천천히 속을 개방한 저택은 역시나 바깥과 다를 바가 없었다. 계단에 목이 부러진 채 죽어 있는 시체부터 벽에 머리를 파묻고 죽어 있는 시체까지, 오히려 바깥은 깔끔하게 칼로 죽인 느낌이라면 저택 안에서는 마치 격투기로 때려잡았다는 느낌을 주었다.

땡그랑.

주변을 보면서 한 걸음 옮기던 현중의 발에 무언가 걸려서 슬쩍 내려다보니 부러진 카타나 반쪽이 발에 채인 것이다.

"흠."

러시아 마피아가 카타나를 쓸 일은 없었다. 그리고 죽어 있는 녀석들 모두 하나같이 군용 나이프를 손에 쥐고 있었다. 그럼 이 부러진 카타나의 주인은 한 사람밖에 없었다.

"실수했군. 검사가 검을 부러뜨리다니."

현중이야 있으나 없으나 별 상관 없는 것이 검이지만 베이스퍼는 달랐다. 능력치만 초인일 뿐 그도 칼에 베이면 피가 나고 찔리면 죽을 수 있는 사람인 것이다. 거기다 검사의 최대 장기는 바로 검이었다. 특히 빠른 스피드를 특기로 하는 베이스퍼에게 카나타는 최적의 무기인 것과 동시에 잘 부러지는 약점이기도 했다.

물론 카타나가 부러졌다고 이런 군대 훈련 받은 녀석들을 상대로 베이스퍼가 당했을 리는 없었다. 토끼가 아무리 강해도 호랑이를 이길 수는 없는 법이다. 즉, 아무리 특수훈련을 해도 인간의 벽을 뛰어넘은 초인에게는 어린애에 불과할 뿐인 것이다.

그 증거로 저택 내부 사방에 널브러져 있는 시체가 증명해 주고 있었다. 카타나를 사용할 수 없기에 손으로 처리하긴 했지만 베이스퍼가 다쳤다는 느낌은 들지 않았던 것이다.

저벅저벅.

현중이 몇 걸음 걸어서 거의 저택의 홀 중심에 다다랐을 때 문득 걸음을 멈췄다.

그리고 현중이 들어온 입구 맞은편에 있는 커다란 계단을 바라보자 무언가 꿈틀거리면서 움직이고 있었다.

혹시나 살아 있는 놈들 중 하나라면 정보라도 얻을 생각으로 계단을 올라가 보니 뜻밖에도 사람은 사람인데 반은 기계의 몸을 가지고 있고 반은 사람의 몸을 가지고 있는 특이한 녀석이었다.

"쿨럭!"

끼이이잉, 끼이익, 털털털!!

온몸이 뒤틀려 있고, 특히 관절로 보이는 부분은 모조리 부숴 버린 탓에 더 이상 어떻게 해줄 수 있는 부분도 없어 보였다. 다만 가슴에 있는 붉은 램프가 깜빡거리면서 죽어가는 녀석의 생명을 붙잡고 있는 것처럼 보였다.

"누… 구……?"

뒤늦게 현중의 존재를 알았는지 녀석은 딱딱한 기계음으로 말하는데, 그 와중에도 피와 함께 오일을 입으로 뿜어내고 있었다.

"너를 이렇게 만든 사람을 찾고 있다."

"크큭… 쿨럭… 그는… 인간이 아니다. 인간이……."

끼이이잉익, 털컥.

한마디만 남긴 채 녀석의 가슴에서 깜빡이던 붉은 빛은 사라졌고, 차디찬 기계의 모습으로 돌아가 버렸다. 하지만 현중은 녀석을 가만히 바라보다가 한숨을 쉬었다.

"휴머노이드라……. 미치겠군. 도대체 영화보다 더 영화 같은 이건 어떻게 이해해야 되는 건지……."

마치 영화 터미네이터의 아놀드 슈왈츠제네거를 보는 것 같은 녀석의 모습은 머리 리와 오른팔만 빼고 모두 차가운 금

속 기계였다. 당연히 인간을 상대로 이 터미네이터 같은 녀석
은 무적의 힘을 발휘했을 것이다. 다만 상대가 마이스터에 오
른 베이스퍼라는 게 운이 없었다.

그리고 터미네이터의 옆구리를 보고는 어째서 베이스퍼의
카타나가 부러졌는지 대충 짐작이 되었다.

깊숙이 베이다 멈춰 버린 흉터에는 날카로운 검에 찍힌 자
국이 있었던 것이다.

마이스터라고 해서 마나를 시도 때도 없이 뽑아내 사용할
수는 없다. 그도 사람인 이상 체력과 기력에 한계가 있었다.
그리고 이 터미네이터 녀석을 인간으로 생각한 베이스퍼는
빠르게 옆구리를 베고 지나가려고 했다가 부러뜨렸을 것이
다. 아무리 명검이라도 약간의 실수만으로도 쉽게 부러질 수
있는 게 바로 카타나의 특징이고 단점이었으니 말이다.

"빨리 찾아야겠군."

상대는 자동소총을 옆구리에 끼고 산다는 러시아 마피아
다. 카타나까지 부러진 베이스퍼는 날개가 꺾인 것이나 다름
이 없었다.

그때,

탕!

희미하게 현중의 귀에 총소리가 들렸고, 곧바로 고개를 돌
려 방향을 짐작한 현중은 오른발을 내밀면서 사라져 버렸다.

축지법으로 이동한 현중이 모습을 드러낸 곳은 저택의 지하로 보이는 커다란 철문 앞이었다.

탕탕!!

또다시 들리는 선명한 총소리. 현중은 지체없이 마나 영역을 사방에 퍼뜨리고 기감 영역까지 동시에 퍼뜨렸다.

"…여섯, 아니, 열둘인가?"

살아 있는 생명체라면 아무리 작은 바퀴벌레라도 마나를 가지고 있기에 현중은 마나 영역을 펼치는 즉시 철문 건너편에 몇 명이 있는지 확인이 끝났다. 그리고 동시에 펼친 기감 영역은 적과 아군을 구분하기 위해서였다.

"아직 살아 있군. 혼자도 아니고."

현중이 서 있는 철문의 반대편 끝에서 익숙한 마나를 느꼈고, 금방 누군지 알아볼 수 있었다.

타타탕!!

현중이 상황 파악을 하는 와중에도 총소리가 어지럽게 들리는 것을 보고는 어느 정도 궁지에 몰렸을 거라고 생각했는데, 이런 상황이 된 것은 모두 베이스퍼의 실수다.

저택 입구부터 나 처들어간다는 식으로 난리를 쳤는데 상대가 가만히 앉아 있을 리 없지 않는가? 당연히 처절한 전투가 벌어졌을 것이다.

한마디로 마스터의 벽을 넘어선 베이스퍼가 너무 나댔기

때문이다. 마나 영역과 기감 영역으로 두꺼운 철문 뒤에 있지만 현중은 지금 안의 상황이 눈에 보이는 듯 선명하게 느껴지기에 잠시 두고 볼지, 아니면 구해올지 고민했다. 그러다 현중은 문득 베이스퍼의 움직임이 둔하다는 것을 눈치챘다.

"쯧쯧."

혀를 찬 현중은 결국 들어가기로 했고, 오른발을 내밀어 한 걸음 내디딘 다음 그 자리에서 사라져 버렸다.

"고생하시는군요."

철컥! 철컥!

긴장감이 최고조에 다다른 베이스퍼와 아직까지 살아남은 특수부대원 두 명은 갑자기 자신들의 뒤에서 들리는 목소리에 반사적으로 총구를 목소리의 주인공을 향해 겨눴다. 그리고 방아쇠를 당기기 직전 목소리의 주인공을 확인한 베이스퍼는 황급히 특수부대원을 막았다.

"멈춰!"

여기서 봐서는 안 되는 것을 본 것처럼 놀란 베이스퍼와 달리 살아남은 특수부대원 두 명은 현중을 향한 총구를 거두진 않았다.

"오랜만이네요."

입가에 미소를 지으면서 웃고 있는 현중을 보자 베이스퍼는 자신도 모르게 힘이 빠지는 것을 느끼고는 그 자리에 털썩 주저앉았다.

"자네가 이곳에 오다니… 마리아가 보낸 건가?"

베이스퍼가 현재 러시아에 있다는 것을 아는 사람은 극히 적었다. 그중에 현중과 연관이 되는 사람은 자신이 알기로 오직 마리아뿐이었다. 현중과 레이스가 만났다는 것을 아직 베이스퍼는 모르는 것이다.

"음… 뭐 반은 맞습니다만, 레이스가 할아버지를 데리고 와달라고 하더군요."

"……!"

현중이 레이스의 존재를 알고 있다고 말하자 현중을 똑바로 바라보는 베이스퍼는 긴장한 눈빛이었다.

"그렇게 걱정하지 않아도 됩니다. 저에게 미래는 그저 시간의 흐름일 뿐이니까요."

"…알고 있군."

미래를 보는 능력이란 게 결코 능력을 가진 본인에게는 좋은 능력은 아니지만 국가적으로 보면 축복받은 것이나 다름이 없다. 그렇기에 베이스퍼가 민감하게 반응한 것이다. 거기다 하나뿐인 손녀이니 어쩌면 당연한 일인지도 몰랐다.

"그보다 이제 나가야죠."

"나가?"

마치 볼일 다 봤으니 집으로 돌아가자는 듯한 평범한 말투

에 베이스퍼는 웃으면서,

"자네가 어떻게 들어왔는지는 모르지만 나가는 게 결코 쉽지는 않을 걸세. 거기다 빈손으로 돌아갈 수도 없는 입장이고 말야."

"음……."

본래 베이스퍼 혼자 이곳에 온 줄 알고 그냥 데리고 가려고 했는데, 베이스퍼 옆에 꼽사리 껴 있는 특수부대원 두 명을 그냥 두고 갈 수도 없었다. 하지만 정작 문제는 이들이 이대로 현중을 따라 나갈 생각이 없다는 것이다. 미국 정부의 임무를 부여받고 이곳까지 왔으니 당연히 임무 완수가 무엇보다 우선되는 것이다.

"쿨럭!"

갑자기 베이스퍼가 피를 토하는 모습에 현중이 다가가 보니 복부에 상처를 입은 상태였다. 방탄복에 가려져 잘 보지 못했는데 생각보다 심했다.

"상처군요."

"허허허, 수련이 부족하다는 말이지, 이건 모두."

베이스퍼는 너털웃음을 지었지만 솔직히 베이스퍼이기에 아직 살아 있는 것이다. 초반에 특수부대 열 명과 함께 저택 입구에서부터 들어갈 때는 무서울 게 없었다. 마스터를 넘어 마이스터에 오른.베이스퍼의 무력은 미국 정부에서도 이례적으로 현직 대통령이 직접 불러 축하를 할 정도로 엄청난 일이었던 것이다.

그것을 증명하듯 본래 특공대 오십 명으로 구성되었던 이번 작전에 베이스퍼가 참여하게 되면서 열 명으로 확 줄어버린 것이다.

사실 베이스퍼 혼자 올 수도 있었지만 본부와 연락도 해야하고 부수적인 일도 처리해야 하기 때문에 열 명이 포함되었을 뿐, 실제로 전투에 돌입했을 때 특수부대는 총알 한번 쏘지 않고 걸어서 입구를 지나 저택의 입구까지 도착했었다.

그때서야 특수부대도 나름대로 스페셜포스 정예 중의 정예인 자신들이 왜 뒤치다꺼리를 해야 하는지 깨닫게 되었다.

"인간이 아니야."

특수부대원들은 저택 입구에 들어서자마자, 빛과 같은 움직임으로 베이스퍼가 지나간 자리에 남은 시체들에 혀를 내둘렀다. 암살자처럼 숨어서 다가간 것도 아니고 아예 대놓고 정문으로 걸어 들어가면서, 쏟아지는 총알을 애들 물총놀이처럼 피해 버리고 쓸어버리는 모습에 엄청 놀랐다. 베이스퍼가 따라오라는 수신호를 보내자 그제야 정신 차리고 뒤따라 들어갔을 정도다.

그런데 막상 입구를 지나서 대략 400m 정도 안쪽에 있는 저택까지 들어가는 길에 비하면 지금 지나온 입구는 애들 장난이었다.

팅! 팅!

멀리서 저격한 총알을 카타나로 팅겨내거나 잘라 버리면서도 속도가 전혀 줄지 않았다. 거기다 한번 카타나가 번쩍일 때마다 한두 명의 마피아가 죽어나가는 것이다.

이대로만 간다면 이번 임무는 정말 그냥 놀러 왔다가 돌아가는 것이라고 특수부대원들도 생각했다. 무력이 어느 정도 차이가 나야지 보조라도 하든지 하지, 이건 너무나 압도적인 것이다.

세상은 총이 칼보다 빠르고 강하다고 알고 있고 그게 상식이었다. 하지만 베이스퍼 앞에서는 총은 오히려 짧은 군용 대검만도 못한 존재였다.

총으로 상대를 쏘기 위해서는 필연적으로 총구가 목표물에 향해야 했다. 하지만 베이스퍼는 방아쇠를 당기는 아주 작은 마찰음만 듣고도 총구의 방향을 예측해서 피해 버렸다.

입구를 포함해서 저택의 문 앞까지 도착하는 데 걸린 시간은 겨우 5분이었다. 저택 외에 있던 모든 마피아의 부하들을 처리하면서 도착한 시간이 5분이었다.

정말 베이스퍼의 무력 때문에 쉽게 일이 성사될 것 같은 분위기였고, 다 좋았다. 하지만 저택 안으로 들어서면서 상황이 180도 바뀌는 일이 벌어졌는데, 바로 휴머노이드의 몸을 가진 녀석이 나타난 것이다.

깡!

저택 안으로 들어오자 군용 단검을 양손에 쥐고 품으로 뛰어드는 녀석을 단칼에 베어버리기 위해 베이스퍼는 자신의 특기인 발도술을 응용해서 발검했다. 그런데 사람의 몸을 베었는데 베이스퍼의 손에 전해진 촉감은 마치 강철 기둥을 향해 카타나를 휘두른 것 같은 느낌이 들었다. 그 순간 절대로 하지 않는 실수를 하고 만 것이다.

"아차!"

앞으로 몇 명을 처리해야 할지 모르는 상황이라 최대한 힘을 아낀다는 생각에 카타나에 마나를 씌우지 않고 그냥 휘두른 것이 첫 번째 실수였다.

그리고 두 번째는 강철 기둥을 향해 휘두른 충격이 오자 아주 짧은 순간 카타나를 쥐고 있던 손아귀에 힘이 빠져 버렸다. 아주 짧은 순간이었지만 얇은 도신과 날카로움이 특징인 카타나에게는 치명적인 결과를 초래했는데,

땡그랑!

베이스퍼의 카타나가 부러져 버린 것이다.

"젠장!"

부러졌다고 판단되자마자 베이스퍼는 미련없이 카타나를 버렸다. 그리고 다시 자신을 향해 달려드는 녀석을 보고는 단

전의 마나를 활성화시켰다. 칼로도 베어지지 않는 몸을 가진 녀석을 상대로 당장 맨손으로 처리해야 했기에 선택의 여지가 없었다.

퍼걱!

베이스퍼는 카타나가 부러지긴 했지만 달려드는 휴머노이드의 얼굴을 당황하지 않고 침착하게 손으로 잡은 다음, 재빨리 뒤로 돌아 그대로 잡아당겨 목을 부러뜨렸다.

빠직! 끼익!

털컹.

철제 의자를 부러뜨리는 듯한 소리가 들리면서 완전히 목이 뒤로 꺾인 녀석은 잠시 부르르 떨더니 움직임을 멈췄다.

저벅!

베이스퍼는 곧바로 몸을 돌려 특수부대원들에게 먼저 목표물에 돌입하라는 수신호를 보냈다. 그들은 군인답게 지체 없이 열 명 모두 이미 입수한 저택의 지도를 따라 지하로 내려갔다. 그리고 그때부터 현중이 저택에 들어와서 본 모습이 만들어지게 되었다.

주먹과 총의 싸움. 결과는 주먹의 압도적인 승리였다. 마피아들에게 베이스퍼는 인간이 아니었고 총은 쇠붙이에 불과했다.

콰직~

퍼걱!!

한 방, 원샷 원킬! 이 말이 뭔지 정확하게 보여준 베이스퍼는 두 번도 필요 없었다.

빠르게 다가가 총구를 피해 마나를 실은 주먹 한 방을 날리면 알아서 목이 꺾여서 즉사해 버린 것이다. 저택 안에서 베이스퍼가 처리한 녀석은 모두 열다섯 명인데 3분도 걸리지 않고 모두 끝났다.

그리고 미리 진입한 특수부대원들을 뒤따라 들어가려던 베이스퍼가 처음에 처치했던 휴머노이드의 곁을 스쳐 지나가는 순간,

콰앙!!

"쿨럭!!"

아무런 기척도 없기에 완전 무방비 상태였는데, 바로 옆에서 휴머노이드의 팔이 폭발했다. 그러자 휴머노이드의 팔을 구성하고 있던 수많은 금속 파편과 부속품이 사방으로 터져 나갔다.

아주 짧은 순간이지만 온몸에 소름이 돋으며, 베이스퍼는 몸 안의 마나를 급속히 사용하면서 최대한 멀리 떨어지려고 했다. 하지만 완전히 피할 수는 없었다.

"젠장, 이런 실수를 하다니……."

휴머노이드가 기계라는 사실을 잠시 잊었던 것이다. 완전

히 작동이 멈췄기에 죽었을 것이라고 생각했는데 상대는 반은 기계의 몸를 가지고 있는 녀석이었다. 얼마든지 최악의 경우까지 예상을 했어야 하는데, 최근에 마스터의 벽을 깨뜨리면서 높아진 자신의 능력을 너무 과신했던 것이다.

"쿨럭! 하나가… 박혔군."

방탄복을 입고 있다고는 하지만 워낙 가까운 거리에서 터졌고, 폭발로 인한 위력이 상상 이상으로 강했다. 물론 베이스퍼 정도 되니 그나마 복부에 파편이 박힌 걸로 멈췄지 살아남았다는 것에 감사해야 할 상황이었다.

이런 상황을 대충 이야기 들은 현중은 역시나 자신의 예상이 맞았다는 것에 잠시 씁쓸한 웃음을 보였다. 대륙에서도 소드 익스퍼드 최상급에 있는 기사가 마스터의 벽에 오르면 자신도 모르게 자만하는 경우가 많았다. 특히나 마족으로 마스터의 숫자가 급격히 줄어들어 마스터 한 명이라도 아쉬울 상황일 때는 그 자만의 정도가 심했다.

이렇게 현중의 경험상 검을 친구 삼아 살아가는 대륙의 기사들도 자만할 정도인데, 몇 명 되지도 않는 지구의 마스터가 그 어렵다는 벽을 깨뜨려 마이스터의 경지에 올랐으니 마음속에 자만이 피어나지 않을 리가 없다.

현중도 처음에 베이스퍼와 같은 경지에 올랐을 때 자만하지 않았던가. 당연히 드래곤 로드인 발리스터와 맞장을 떴고,

결과는 철저하게 박살이 나버렸기에 금방 자만심을 버릴 수 있었다.

하지만 베이스퍼는 현중 빼고는 상대가 없었다. 그러다 보니 이렇게 비싼 수업료를 치르고 있는 것이다.

"혹시 상처가 금방 나을 수 있는 약이라도 있는가?"

농담식으로 말하는 베이스퍼를 보면서 현중은 피식 웃었다. 현중의 품에 세희의 보컬트레이너 연습 때 사용하고 남은 포션이 있었지만 바로 꺼내진 않았다.

"농담이네."

"알고 있습니다. 그보다 저를 따라 이만 돌아가시겠습니까, 아니면 이대로 저 총알 세례를 쏟아내는 녀석들을 계속 상대하실 겁니까?"

현중은 대충 상황만 봐도 지금의 상황이 어떤지 알 수 있었으나 굳이 끼어들기 싫어서 선택권을 줘버렸다. 그러자 베이스퍼는 복부에 상처를 입었지만 결연한 눈빛으로 현중을 보면서,

"그래도 받는 게 있으면 나도 뭔가 해줘야 하는 입장이라서 말야. 이대로는 그냥 돌아가지 못하네."

"그렇군요."

별것 아닌 것처럼 대답한 현중은 그대로 뒤쪽으로 걸어가더니 대충 보이는 상자에 걸터앉았다. 그리고 베이스퍼와 살

아남은 특수부대 두 명을 한번 바라보고는,

"다들 뭐하시죠? 임무 완수해야죠."

"흠."

여기까지 와서 저렇게 나 몰라라 뒤로 빠져 버리는 현중의 행동에 특수부대원은 혹시나 지원인가 싶었던 마음을 접어버렸다. 물론 베이스퍼도 현중이라면 지금 이 상황을 자신보다 확실하게 처리할 수 있다는 것을 알고 있었다. 그렇지만 차마 자존심 때문에 그 말을 꺼내지 못하고 있었다.

"베이스퍼."

"응?"

완전히 자리 잡은 현중을 뒤로하고 다시 한 번 어떻게든 앞에서 버티고 있는 마피아 녀석들을 처리하기 위해서 베이스퍼는 고개를 돌렸다. 그러나 현중이 불러 다시 돌아보니 작은 유리병 하나가 부드러운 곡선을 그리면서 베이스퍼를 향해 날아오는 것이다.

덥석.

베이스퍼는 우선 현중이 주는 것은 위험하지 않다는 판단에 받긴 했는데 일반 손가락만 한 유리병에 푸른 액체가 들어 있었다.

"뭔가, 이게?"

"선물이죠. 상처 난 복부에 뿌리세요."

“상처에?”

아주 잠깐 고민을 하던 베이스퍼는 더 이상 이곳에서 지체할 시간도 없지만 상처로 인해 움직임에 제약이 심한 상태에서 어떻게 해볼 수 있는 방법도 없었다.

“훗. 고맙네.”

현중이 적이 아닌 이상 해를 끼칠 리 없다는 자신의 판단을 믿고 유리병의 마개를 열었다.

뽕~

베이스퍼가 현중이 준 푸른 액체가 든 유리병의 마개를 여는 순간 청량하고 상쾌한 향기가 베이스퍼의 코를 자극했다. 그리고 신기하게 피로가 조금이지만 사라지는 것을 느끼곤 놀란 얼굴로 현중을 바라봤다.

“몸에 좋은 겁니다.”

“험. 고맙네.”

베이스퍼는 곧바로 방탄복을 벗고 옷도 찢어버린 후 상처를 보고는 잠시 인상을 찡그렸다. 생각보다 파편이 깊이 박혔는지 선명한 피가 아직도 흘러나오고 있는 것이다. 마스터의 경지에만 올라도 회복력이 일반 사람의 몇 배나 빠른데 마이스터는 그런 마스터의 제곱이나 회복력이 빠른 편이었다. 하지만 지금은 전투 중이고 깊이 박힌 파편을 꺼낼 수가 없어서 방치한 결과 이렇게 된 것이다.

철퍼덕!

얼마 되지도 않는 양이라 그냥 전부 상처에 부어버린 베이스퍼는 푸른 액체가 상처에 닿는 순간 고통이 사라지면서 몸 안의 마나가 움직임을 느꼈다. 곧 놀라움에 두 눈을 부릅떴다.

"이건… 어떻게……."

실시간으로 상처에 새 살이 돋아나고 피가 멈추면서 손가락만 한 크기의 상처 크기가 점점 줄어드는 것이다. 거기다,

챙, 떼구르르.

베이스퍼의 뱃속에 박혀 있던 파편까지 상처 구멍을 통해 빠져나와 바닥에 떨어져 버렸다. 완전히 상처가 사라진 것이다.

"…말도 안 돼. 그 깊은 상처가……."

옆에서 그 모습을 모두 지켜본 특수부대원은 압도적인 무력을 보여줬던 베이스퍼보다 갑자기 귀신처럼 나타난 현중이 더 괴물로 보였다. 권총에 맞은 것처럼 깊은 상처가 단 몇 초 만에 희미한 흔적을 남기고 아물어 버린 것이다.

"베이스퍼."

"응? 말하게."

"겉만 아물었을 뿐 속의 상처는 시간이 지나야 완치될 겁니다."

"웅, 고맙네. 이게 어딘가?"

지금은 현중이 자신에게 준 푸른 액체가 뭔지 신경 쓸 겨를이 없었다. 이미 본래 작전 시간을 10분 이상 넘겼기에 최대한 빠르게 원하는 물건만 들고 빠져나가야 했다.

몸이 움직일 만하자 어떻게든 임무를 완수하려고 하는 베이스퍼의 모습에 현중도 살짝 호기심이 생겼다. 도대체 뭐길래 마이스터에 오른 베이스퍼까지 동원해서 찾아오려고 하는 걸까, 어떤 가치를 지니고 있기에 저들이 저러는 걸까 하는 호기심 말이다.

"테른."

스르륵.

현중이 조용히 테른을 부르자 현중의 뒤쪽 그림자에 상반신만 모습을 드러낸 테른이 나타났다.

—네, 마스터.

"파쇄(破碎)가 필요하다."

—네, 알겠습니다.

테른은 곧바로 자신의 아공간에서 붉은 검신을 가진 파쇄를 꺼내 현중의 손에 쥐어주고는 그림자 속으로 다시 사라졌다. 테른이 완전히 사라진 것을 확인한 현중은 무거운 엉덩이를 일으키면서 베이스퍼를 불렀다.

"이왕 돕는 거 이것도 빌려 드리죠."

덥석.

현중이 다가와 베이스퍼에게 내민 것은 롱 소드 모양의 검이었다. 하지만 직접 잡고 들어보니 무척이나 가볍다는 것이 첫 번째 느낌이다. 그리고 두 번째는 특이한 검의 색이었다.

"붉은 빛이 나는 검이라……."

"나름 좋은 명검입니다."

"잘 쓰고 돌려주지."

자신이 사용하는 카타나는 아니지만 처음 잡는 순간 손 안을 감싸는 느낌이 싫지 않았다. 그리고 가벼운 무게가 오히려 카타나보다 가벼우면서도 튼튼해 보이기까지 했다.

복부의 상처도 아물었고 검까지 얻었으니 이제 남은 것은 한 가지였다.

"내가 먼저 돌입한다. 둘은 지원과 저격을 부탁하마."

단호한 목소리로 베이스퍼가 말했다.

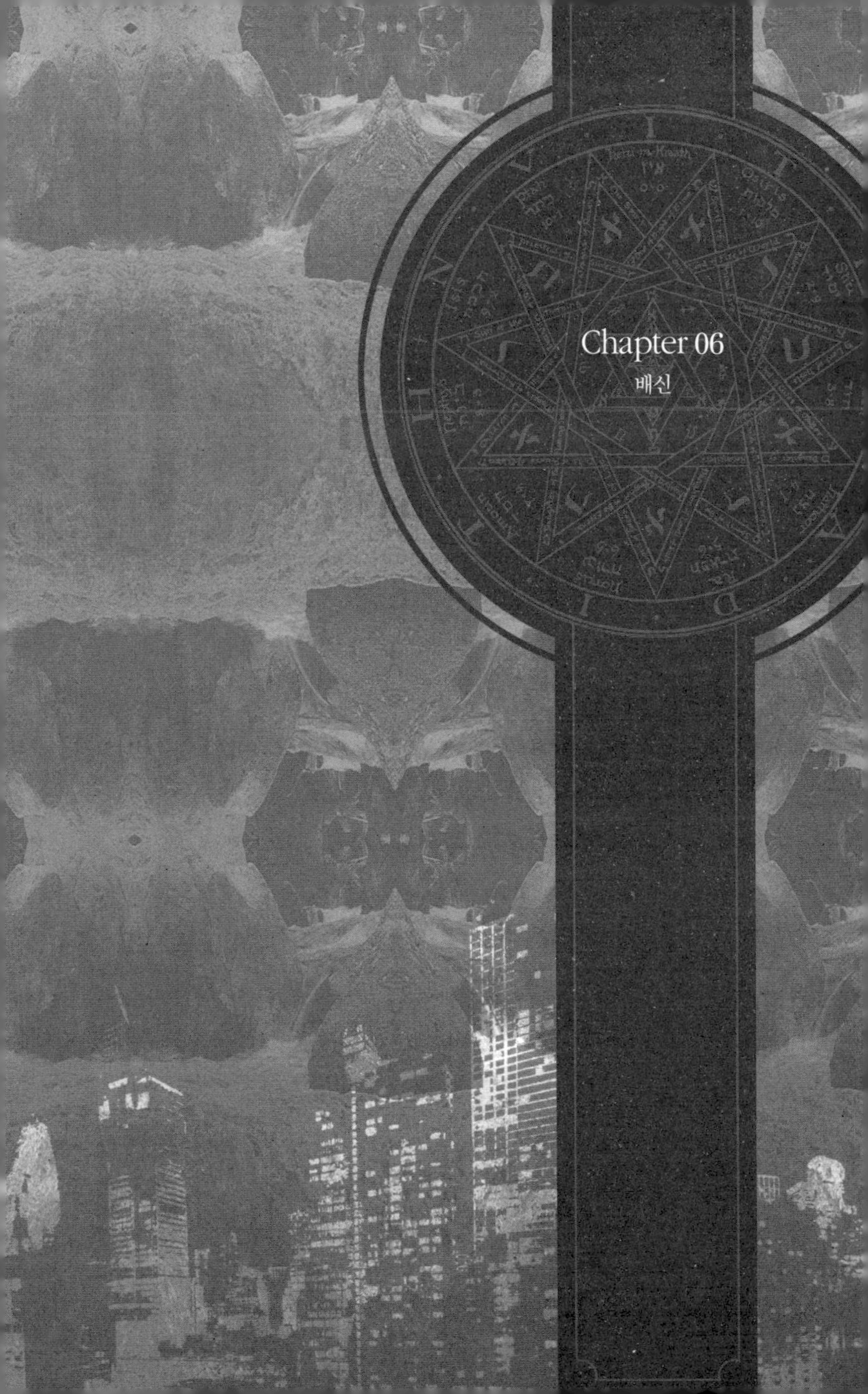
Chapter 06
배신

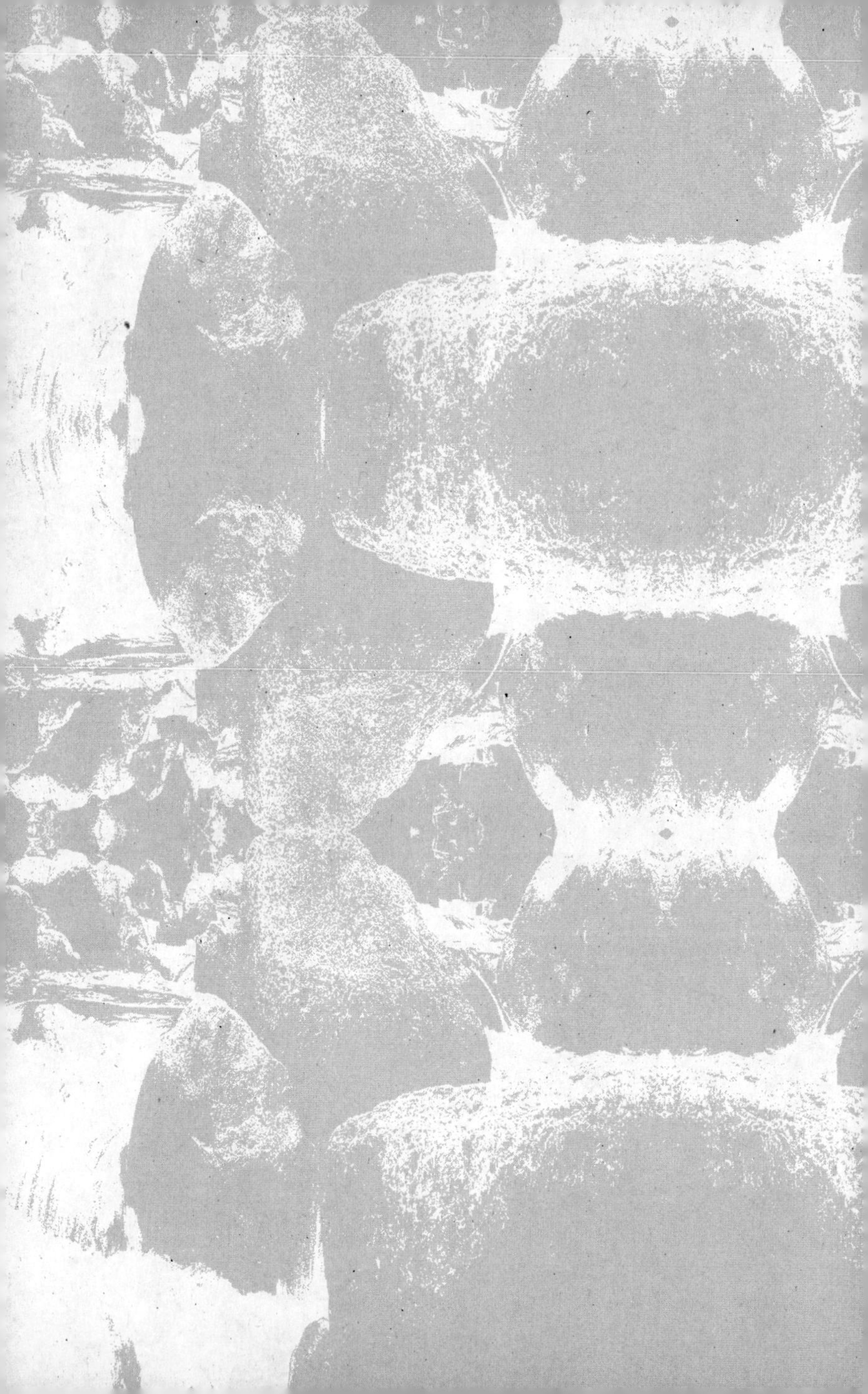

　특수부대원들은 고개를 끄덕이더니 곧바로 자신의 무기를 점검하고는 각자 자리를 잡았다.

　"대륙의 칼부림과는 확실히 다르군."

　현중은 뒤에서 조용히 구경하듯 다시 돌아와 앉은 채 바라보기만 하면서 유유자적이었다.

　그런데 어째서 현중이 도와주지 않는 것일까? 이건 모두 이유가 있었다. 무인은 자존심 빼면 시체나 다름없다. 특히나 베이스퍼는 그 자존심 때문에 상처를 입었고, 같이 온 특수부대원 여덟 명이 죽은 시체가 되지 않았는가?

이런 상황에 현중이 대신 처리하게 되면 괜히 베이스퍼와 관계가 껄끄러워질 수도 있었다. 무인의 자존심이란 단순했다. 하지만 단순하기 때문에 한번 상처를 입게 되면 회복하는 것이 힘들기도 했다. 현중도 어떻게 보면 무인이 아니던가?

당연히 베이스퍼의 지금의 마음을 이해하기에 포션으로 상처를 치료하고 파쇄를 빌려주는 것으로 최소한의 도움의 손길을 마무리한 것이다.

"간다!"

팅팅팅팅!!

몸 상태가 최고의 컨디션은 아니지만 실력이 어디로 사라지는 건 아니었다. 곧바로 총알이 쏟아지는 곳으로 뛰어든 베이스퍼는 파쇄를 자연스럽게 휘두르면서 초반에 이곳에 들어올 때처럼 검막으로 총알을 모두 막아내 버렸다.

"타핫!"

그리고 잠시 총알이 떨어져 교체하는 타이밍에 지면을 박차고 한줄기 빛과 같이 쏟아져 들어간 베이스퍼의 손에 들린 파쇄가 붉은 빛을 번쩍이는 순간,

부웅!

퍼걱!

명장은 장비를 가리지 않는다는 말이 있듯 베이스퍼는 파쇄를 처음부터 사용했던 것처럼 깔끔하고 매끄럽게 휘둘렀

다. 거기다 롱 소드로 카타나와 같은 빠르기로 베어 넘기는데 뒤에 엄호를 위해 남아 있던 특수부대원들이 뭘 할 겨를도 없이 순식간에 정리해 버렸다.

"미첼, 이거 보고해도 믿어줄까?"

왼쪽에서 엄호를 맡고 있던 다니엘이 오른쪽의 미첼을 보면서 말하자 미첼은 고개를 흔들었다.

"믿어주든 말든 우리는 군인이야. 보고만 올리면 돼. 어차피 위에서 알아서 하겠지."

"그런가? 나참, 총으로 상대할 수 없는 존재가 아군인 것에 감사해야겠군."

다니엘은 베이스퍼를 적으로 만났을 때를 상상했다가 등골이 서늘해지는 것을 느꼈다. 스페셜포스? 네이비씰? 자동소총? 그게 무슨 소용이란 말인가? 이곳 마피아에 몸담고 있는 녀석들도 러시아 특수부대나 군대를 나온 녀석들이 대부분이다. 결코 자신들에 비해 크게 떨어지는 녀석들이 아니라는 말이다. 그 증거로 지하실에 진입하자마자 열 명 중 가장 뒤에 있던 다니엘과 미첼을 제외하고는 모두 사살되지 않았는가.

미첼과 다니엘이 본 베이스퍼는 전세를 뒤집을 수 있는 존재, 적으로 절대로 만나고 싶지 않은 존재, 오직 그것뿐이었다.

"서둘러!"

이미 작전 타임을 넘겨 버린 시점이라 베이스퍼는 멍하게 있는 미첼과 다니엘을 서둘러 불렀고, 급히 베이스퍼의 곁으로 다가온 미첼은 자신의 가방에서 장비를 꺼내기 시작했다.

"미첼, 여는 데 걸리는 시간은?"

이제 여기서부터는 미첼의 실력에 기대야 하기에 다니엘이 물어보자 잠시 눈앞의 금고를 바라본 미첼은 손가락을 두 개를 펴 보이면서 말했다.

"2분!"

"좋아, 내가 막아줄게."

지금쯤이면 이곳으로 마피아의 녀석들이 벌떼처럼 몰려오고 있을 것이다. 가장 병력이 적은 날, 가장 경호가 느슨해진 날을 골랐다. 하지만 본래 작전 타임은 한 시간이었다. 이미 그 시간을 넘겨 버렸고, 이곳에서 제법 머무른 시간이 길었기에 충분히 연락이 닿았을 것이다.

다니엘은 곧바로 자신들이 들어온 입구로 뛰어가더니 주변을 살폈고, 미첼은 곧바로 금고를 열 준비를 했다. 그런데 장비를 모두 연결해서 확인하는 순간 미첼은 비명을 질렀다.

"젠장! 암호 키가 깨졌어!"

금고를 열기 위해서 꼭 필요한 암호 키가 부서진 것을 이제야 확인한 것이다.

"이런, 깨졌군."

베이스퍼도 금고 곁에서 잠시 떨어져 있다가 미첼의 비명 소리에 달려왔다. 부서진 암호 키를 들고 절규하는 미첼을 보고는 그도 한숨부터 나왔다. 가장 쉬울 수 있는 임무가 어쩌다 보니 가장 어려운 임무로 변해 버린 것이다.

잠시 금고를 유심히 노려보던 베이스퍼는 곧 뭔가 결심을 한 듯,

"뒤로 물러나랏!"

"네? 네넷!!"

베이스퍼의 외침에 바라보던 미첼은 순간 온몸이 오싹해지는 경험을 하고는 황급히 물러났다.

온몸을 찌르는 듯한 살기가 구체화되어 베이스퍼의 몸 밖으로 흘러나오고 있는 것이다.

"하아……."

암호 키가 없는 이상 금고는 열 수 없었다. 그렇다고 티타늄 강철로 만들어지고 두께만 수십 센티에 달하는 금고는 무게만도 몇 십 톤이다. 이걸 들고 간다는 건 어불성설이기에 방법은 하나뿐이었다.

"베어버린다."

자신의 카타나는 아니지만 현중이 빌려준 파쇄를 베이스퍼는 허리 쪽으로 끌어당겼다. 알을 품듯 웅크리면서 천천히

온몸의 마나를 끌어올리기 시작했다.

스멀스멀.

일반인의 눈에도 베이스퍼의 몸에서 뿜어져 나오는 아지랑이가 보일 정도로 극도로 활성화시킨 마나를 최대한 파쇄에 쏟아붓기 시작했다.

우웅~ 우웅~

베이스퍼의 마나가 파쇄에 쏟아지자 곧 검명이 울리면서 파쇄가 울기 시작했다. 붉은 빛의 파쇄는 점점 그 빛을 잃어가더니 푸른빛으로 바뀌어갔다.

오러 블레이드.

마나를 검에 씌워서 마나로 하나의 검을 완성하는 기술이었는데 처음에는 푸른빛으로 색만 변할 뿐이던 파쇄의 길이가 점점 길어지기 시작했다.

웅웅~ 우웅우~

오러 블레이드의 길이가 본래 파쇄의 길이에 세 배나 될 정도로 길어지고 두께도 두꺼워졌지만 오러 블레이드에서 뿜어져 나오는 마나의 향기와 공명은 그칠 줄을 몰랐다.

"일(一), 섬(閃), 강(罡)!!"

베이스퍼의 외침과 동시에 커다란 빛의 파편이 터지듯 베이스퍼의 몸에서 뿜어져 나왔다. 미첼은 차마 눈이 부셔서 고개를 돌려 버렸다. 마이스터에 오른 뒤에 처음 만들어낸 기술

이자 베이스퍼의 독문 기술인 일섬강이 초대형 금고를 향해
쏟아졌다.

　스격!

　화려한 빛의 파편과 엄청난 마나의 향기에 비하면 초라하
기 그지없는 소리였지만 그 결과는 놀라웠다.

　끼익, 끼기기!

　금고의 문에 사선으로 금이 그어지더니 마찰음을 내면서
어긋나기 시작했다. 그런데 어긋나면서 금방이라도 떨어져
나갈 것 같은 금고의 문은,

　덜컹!

　하는 소리와 함께 갑자기 멈춰 버렸고, 서둘러 금고를 살펴
본 베이스퍼는 탄식을 뱉었다.

　"위에 잠금 장치가 또 있었군."

　이 금고는 보통 금고처럼 한군데에 잠금 장치가 있는 게 아
니라 위에도 있는 이중 구조였던 것이다. 다시 일섬강을 시전
하기 위해 발도 자세를 서둘러 잡던 베이스퍼는 갑자기 자신
의 몸이 휘청거리는 것을 느꼈다.

　"이런."

　서둘러 중심을 잡아 쓰러지는 것은 막았지만 단전의 마나
가 금고를 다시 베어낼 만큼 충분하지 못했다. 마나가 급격히
소모된 지금에서야 복부에 상처를 입었던 후유증이 나타난

것이다.

"젠장."

원동하면서도 자신이 이것밖에 되지 않는다는 것에 화가 치밀었지만 현실은 현실이었다.

그때 지금까지 가만히 앉아 있던 현중이 베이스퍼의 뒤에 나타나서는,

"수고하셨습니다."

"현중… 군."

"뭐 나이도 많으신데 더 이상 몸을 놀리면 손녀 재롱도 못 보고 단명하실 수 있습니다."

"크크큭."

세상에 베이스퍼를 상대로 노인네 취급하면서 이렇게 말할 수 있는 사람이 몇 명이나 있을까? 아니, 면전에 대고 이렇게 말하는 사람은 현중이 유일할 것이다.

"한 번 도와드리죠. 어차피 제가 모시고 돌아가야 하니까요."

"빚진 셈 치겠네."

베이스퍼도 결국 현중의 도움을 받아들였다. 지금은 자존심이 문제가 아니었다. 어떻게든 임부를 완수해서 돌아가야 하는 것이다. 더 이상 시간을 지체하면 수천 명의 마피아 녀석들과 마주해야 할지도 모르기 때문이다.

베이스퍼는 파쇄를 현중에게 돌려주고는 천천히 뒤로 물러났다. 미첼은 자신이 알던 가장 강한 존재인 베이스퍼가 조용히 물러나는 것이 이상해서 다가와 물었다.

"어떻게 된 겁니까? 그리고 저 사람은 누구길래……."

"보고만 있어. 어쩌면 자네는 지상 최강의 포유류를 보게 될 테니까 말야."

"네에? 그게……."

뭔가 알 수 없는 말만 하고 입을 다물어 버린 베이스퍼 때문에 미첼은 의구심만 커져 갔다. 하지만 자신의 위치상 베이스퍼에게 다시 캐물어볼 수도 없었다. 위계질서가 생명인 군대는 상급자에게 필요없는 질문은 오히려 징계 대상에 해당했다. 특히나 지금처럼 작전이나 전투 중에는 그게 생명과 직결되기도 했다.

한편 금고 앞에 홀로 선 현중은 이걸 어떻게 열어야 할까 고민하다가 결국 베이스퍼의 기술인 일섬강을 사용하기로 했다. 안에 뭐가 들어 있는지도 모르는 상황에 서투르게 힘을 너무 사용하는 것도 위험하기 때문이다.

"일섬……."

베이스퍼와 똑같이 발도 자세를 취한 뒤,

"강!"

베이스퍼처럼 화려하게 마나가 요동치는 현상도 없고 빛

의 파편이 퍼지지도 않았다.

스걱!

얼핏 보면 그저 현중은 금고를 향해 검을 휘둘렀을 뿐이다.

끼기익, 끼익.

쿵, 쿵, 쿵, 쿵!

뒤에서 보던 베이스퍼는 깨끗하게 잘려 무너진 금고를 보고는 한숨을 쉬었다.

"괴물이군… 완전."

자신이 아무리 다친 데다 컨디션이 좋지 않다고 해도 일섬강을 연속으로 두 번 시전할 수는 없었다. 솔직히 하루에 여러 번은 쓸 수 있지만 연속 사용은 힘든 게 바로 일섬강이었다.

그 이유는 시전 자세에 있었다. 발도 자세에서 시작하는 일섬강은 검을 다시 회수해야 했다. 하지만 발도는 오로지 속도만을 위한 검술 자세였다. 당연히 일격필살이기에 두 번의 기회는 생각지도 않았던 것이다.

하지만 베이스퍼는 오늘 현중이 연속으로 일섬강을 시전해 금고 문을 완전히 조각내 버린 것을 보고는 자신이 얼마나 어리석었는지 깨닫게 되었다.

"난 어느새 마이스터의 경지에 만족해 버린 것이군. 크크큭."

이렇게 자신이 얼마나 바보 같았는지 깨닫게 된 베이스퍼와 달리 현중은 완전히 열린 금고 안을 보고는 표정이 이상하게 변했다. 엄청난 크기의 금고에 비해서 금고 안에 있는 것은 사람 하나 들어갈 만한 크기의 금속 캐비닛 가방이 전부였다.

물론 금고 안에 뭐가 들어 있든 현중이 관심을 가질 이유가 없었다. 물론 가방에서 뿜어져 나오는 마나의 향기를 맡지 않았다면 말이다.

"목표물을 확보했다. 이제부터 귀환한다!"

미첼이 먼저 다가와 금속 캐비닛을 향해 다가가더니 가방에서 뭔가 꺼내 땅에 던졌다.

착착착착!

그러자 마치 자동 텐트가 펴지듯 바퀴 달린 간이용 지게로 변신해 버렸다. 그리고 뒤따라 달려온 베이스퍼와 함께 커다란 금속 캐비닛을 방금 만든 지게차에 올렸다.

"빠져나간다! 서둘러!"

베이스퍼는 서둘러 다니엘이 지키고 있는 입구 쪽으로 움직였지만 다니엘의 수신호에 빠르게 걷던 걸음을 멈출 수밖에 없었다.

"설마 벌써?"

"네. 방금 스무 대의 차량이 저택으로 들어왔습니다."

"젠장."

다니엘의 말에 미첼은 황급히 자신의 손목시계를 보고는 탄식을 내뱉었다. 이미 원래 계획보다 40분 이상 지난 후였기 때문에 순전히 자신들의 실수인 것이다. 목표물은 확보했지만 차량이 스무 대다. 최소 100여 명에 가까운 자동소총으로 무장한 녀석들과 싸워가면서 귀환해야 하는 것이다.

물론 베이스퍼의 상태가 괜찮다면 해볼 만하다. 하지만 방금 금고를 베어 넘기면서 마나를 급격히 소진해 혈색이 많이 나빠진 상태였기에, 그들은 한마디로 갇혀 버린 상태인 것이다.

문득 이런 상황에 누가 먼저랄 것도 없이 현중을 바라봤다.

"음…… 그만 집으로 돌아갈까요?"

태평하게 웃으면서 모두의 곁으로 다가온 현중은 주위를 한번 둘러보고는 죽어 있는 특수부대 시체를 바라봤다.

"저들은 그냥 두고 갑니까?"

끄덕.

미첼은 망설임없이 고개를 끄덕였다. 본래 특수부대원은 임무 중에 사망해도 시체를 회수하지 않는다. 특히나 이번처럼 소수가 침입을 했을 경우 국가에서는 무조건 모른 척하는 게 기본이었다. 이미 이들은 국가는커녕 누구인지도 알 수 없게 모든 기록이 지워진 상태였다.

"그렇군요. 그럼 우리끼리 가죠."

죽은 자들은 죽은 자들일 뿐. 모르는 사람을 보면서 안타까워할 현중도 아니었고 사실 시체를 챙길 여유도 없었다.

"다들 와서 내 손을 잡으세요. 그건 제가 직접 움직이죠."

지금 탈출해야 되는 급박한 상황에 양손을 뻗으면서 손을 잡으라니 미첼과 다니엘은 자신들이 현중의 말을 잘못 들은 줄 알았다. 물론 베이스퍼도 현중이 뭘 하려는지 알 수 없지만 지금은 현중을 믿을 수밖에 없었다. 이곳까지 왔다면 돌아가는 방법도 있을 것이라는 막연한 믿음 때문이었다.

"음, 모두 그의 말대로 따라라."

"네, 알겠습니다."

현재 베이스퍼가 최고 지휘관이기에 미첼과 다니엘은 내키지는 않지만 어쩔 수 없이 현중의 양팔을 나눠 잡았다.

"아니요. 모두 한쪽만 잡아주세요, 다른 한 손은 저걸 가져가야 되니."

현중은 미첼이 잡고 있던 이번 금속캐비닛의 손잡이를 넘겨 잡았다. 그때,

[도와주세요.]

"응?"

금속 캐비닛을 잡는 순간 현중의 머릿속으로 울리는 목소리에 순간 기감 영역과 마나 영역을 퍼뜨렸지만 걸리는 건 없

었다.

시선을 아래로 내린 현중은 금속 캐비닛을 바라보았다.

"왜 그러나?"

베이스퍼는 갑자기 현중이 멈칫거리자 이상해서 물었다.

"그만 돌아갈까요?"

아무렇지도 않은 듯 확인한 뒤 현중은 평범하게 오른발을 걷듯 내밀었고, 순간 모두 그곳에서 사라져 버렸다.

모두가 사라진 뒤 적막이 감도는 지하실의 어둠 속에서 누군가 걸어나왔다.

저벅저벅.

―마스터께서는 가셨군.

테른이 천천히 모습을 드러냈는데 뭐가 그리 즐거운지 주변을 둘러보면서 마냥 웃고 있었다.

―이런 좋은 재료를 버리다니 말이야.

테른은 이미 죽어버린 특수부대원의 시체 여덟 구를 향해 다가가더니 하나씩 가볍게 잡아 올려서는 자신의 품으로 품었다. 시커먼 어둠 속으로 특수부대원 시체들이 하나씩 사라졌다. 마지막 여덟 번째가 품속으로 사라졌을 때 테른은 다급하게 이곳으로 다가오는 발걸음 소리를 들었다.

―뭐, 이 정도에서 만족할까.

그는 천천히 어둠 속으로 걸어 들어갔다.

쾅!

"서둘러!! 서둘러라!!"

테른이 어둠 속으로 완전히 들어갔을 때 거칠게 문이 열리면서 자동소총으로 무장한 마피아들이 들이닥쳤다. 하지만 그들이 본 것은 죽어 있는 시체와 조각나서 열려 있는 빈 금고뿐이었다.

"큰일 났다!! 사라졌다! 사라졌어!"

성급하게 부하들을 이끌고 도착한 중간 보스 급의 녀석은 텅텅 비어버린 금고를 보고는 그 자리에 털썩 주저앉아 버렸다. 물론 즉시 누구의 소행인지 알아보기 위해 주변을 샅샅이 뒤졌지만 특수부대의 시체도 테른이 가져가 버렸기에 그 어떤 증거도 남지 않았다.

*   *   *

"여긴……?"

베이스퍼는 한순간 주변의 배경이 바뀌는 진귀한 경험을 한 후에 눈앞에 서 있는 마리아를 보았다.

"스승님!!"

마리아는 현중이 베이스퍼를 무사히 데리고 왔다는 것에 놀라며 베이스퍼에게 다가갔다. 하지만 그런 마리아보다 먼저 베이스퍼의 품에 뛰어든 사람이 있었으니.

"할아버지!!"

레이스는 베이스퍼를 확인하자마자 그대로 날아들어 베이스퍼의 품에 안겼다. 순간적으로 타이밍을 놓친 마리아는 그대로 멈추고는 멋쩍은 듯 현중을 보고 고개 숙여 인사했다.

"고마워요. 이번 작전은 영국과 미국이 함께 계획한 것이라 10분 정도 더 기다려 보고 연락이 없다면 공수부대를 파견할 생각으로 대기 중이었거든요."

"전쟁이라도 치를 생각이었군요."

명백히 다른 나라인 러시아의 땅에 공수부대를 파견한다는 건 자칫 전쟁의 꼬투리가 될 수도 있는 것이라 현중은 웃으면서 물어보자,

"물론… 증거는 남기지 말아야죠."

웃으면서 말은 하지만 그 눈빛만큼은 섬뜩할 정도로 차가웠다. 현중 앞에서는 부드러운 여자인 것처럼 하지만 잊지 말아야 했다. 마리아 스핀 바로슈는 영국 왕실의 검이며 국가 공인 마스터에, 무력만 놓고 보면 일개 군단과 싸워도 지지 않는 사람이란 것을 말이다. 거기다 영국 군대를 맘대로 움직일 수 있는 권력까지 가지고 있는 듯했다.

"할아버지, 괜찮아?"

레이스는 베이스퍼가 대답도 하기 전에 서둘러 베이스퍼

의 옷을 만졌다. 정확하게 다쳤던 곳에 손을 대어보고는 몇 번 만져 보면서 확인까지 했다.

"다행히 괜찮네."

상처가 만져지지 않자 그제야 안심을 한 레이스는 베이스퍼의 다리에 붙어서 한동안 떨어질 줄을 몰랐다.

"훗."

베이스퍼에게는 그저 어린 손녀에 불과한 레이스의 모습에 현중은 웃으면서 고개를 돌리려다 아직까지 자신이 손에 쥐고 있는 금속 캐비닛에 시선이 멈췄다.

'도와 달라……'

현중은 다른 것보다 지금 자신이 쥐고 있는 이 금속 캐비닛을 궁금해했다. 그리고 탈출하기 직전 자신의 머릿속에 울렸던 여자의 목소리가 계속 뇌리에 맴돌았다.

"그럼 이쯤에서 제가 알고 싶은 게 있군요."

"네? 말하세요, 현중 씨."

현중이 아니면 이번 작전은 실패로 끝날 수도 있는 일이었기에 웬만하면 대답하려고 하는 듯했다.

"이게 뭐죠?"

손가락으로 금고에서 꺼내온 금속 캐비닛을 가리키며 물어보자 마리아는 당연히 그럴 줄 알았다는 듯 고개를 끄덕이더니,

"핵이에요."

"핵? 핵무기를 말하는 건가요?"

순간 현중이 생각난 것은 첩보 영화나 블록버스터 영화를 보면 자주 등장하는 아이템이다.

"이번에 저희와 미국이 동시에 알—카에다에서 러시아의 핵무기를 사서 테러에 사용할 거라는 첩보를 입수했거든요 그래서 알—카에다 조직이 핵무기를 입수하기 전에 저희가 먼저 회수하려고 이번 작전을 펼친 거예요."

"흠, 그래요?"

현중은 마리아를 의심하는 것은 아니지만 그래도 캐비닛에서 들린 목소리가 걸려 천심통을 최대한 발휘해 마리아의 눈동자를 바라봤다. 그런데 거짓말을 하고 있진 않았다. 혹시나 해서 베이스퍼도 봤지만, 나름의 벽을 깨뜨렸기에 자세하게 보이지 않아도 진실과 거짓 정도는 구분할 수 있었다.

"흠, 핵이라……."

현중이 오히려 둘의 말을 듣고 더 고민하는 듯 금속 캐비닛에서 시선을 떼지 않았다. 그 모습에 마리아가 다가오더니,

"무슨 일 있었나요?"

마리아는 러시아에 가지 않았으니 현중이 지금 왜 이렇게 이번 작전의 목표물에 관심을 보이는지 몰랐다. 베이스퍼도

레이스를 겨우 달래서 옆방으로 돌려보낸 뒤에 되돌아와, 여전히 현중이 캐비닛에 시선을 거두지 않는 모습에 다가왔다.

"뭔가 궁금한 게 있는 듯한데 말야."

살아온 연륜이란 게 있는 법이다. 현중이 괜히 저런 행동을 하지 않을 것을 짐작한 베이스퍼가 현중에게 묻자 현중은 잠시 금속 캐비닛을 보더니,

"베이스퍼, 그리고 마리아 씨."

"네?"

"응?"

"이걸 열어보고 싶은데요."

"네에??"

현중의 말에 마리아는 놀란 듯 되물었고, 베이스퍼는 한 발짝 더 현중에게 다가와서는 현중을 보았다.

"왜 그런 생각을 하는 건지 물어도 되겠나?"

엄연히 국가적인 일이다. 물론 현중이 힘으로 한다면 이곳의 그 누구도 현중을 막을 수 없을 것이다. 그렇기에 최대한 조용히 물어본 것이다. 솔직히 베이스퍼는 현중과 트러블을 만드는 것만큼은 본능적으로 피하고 싶었다.

"제가 보기에는 핵이 아닌 것 같거든요."

"핵이 아니라고?"

　　베이스퍼는 조용히 현중과 같이 금속 캐비닛을 바라보면
서 뭔가 이상한 것을 찾아보려고 했다. 하지만 원래 핵탄두는
엄중하게 보호가 되는 편이라 외관으로 구분하기는 힘들었
다. 그런데 뭔가 확신한 듯 말하는 현중의 말이 베이스퍼는
걸렸다.

　　물론 현중은 지금 자신이 하는 말이 얼마나 오해의 소지가
많은지 알고 있었다. 하지만 마나를 눈으로 볼 수 있는 눈을
각성한 현재 현중의 눈에는 캐비닛에서 흘러나오는 마나가
보였고, 그렇게 흘러나온 마나의 향기가 지금도 현중을 자극
하고 있는 중이었다.

　　"하지만 아무리 자네라도 안 되네."

　　베이스퍼는 단호하게 거절했다.

　　"별수 없죠."

　　현중은 어차피 호기심이었지 굳이 봐야겠다는 생각도 없
었기에 금속 캐비닛에서 손을 떼고 한 발 뒤로 물러나려는데,

　　덜컹!

　　"모두 피해!!"

　　"……??"

　　"……??"

　　베이스퍼가 잘 달래서 옆방으로 데려다주었던 레이스가
거칠게 문을 열고 들어오면서 소리쳤다. 그리고 동시에,

와장창!! 와장창!!

"……!!"

"피햇!!"

마리아는 베이스퍼의 외침에 곧바로 벽에 걸려 있는 자신의 클레이모어를 낚아채면서 소파 뒤로 피했다. 그리고 베이스퍼는 레이스를 끌어안고서 마리아가 피한 소파 뒤로 날렵하게 몸을 날렸다. 그런데 베이스퍼와 마리아는 소파 뒤에 피하고 나서야 누군가 없다는 걸 깨달은 것이다.

"현중 씨!"

투타타타타타타타타!!

퍼퍼퍼퍽! 퍼퍼퍼퍽! 퍼퍼퍼퍽!

"마야, 숙여라!"

현중이 없다는 걸 깨달은 마리아가 급히 소파 밖으로 얼굴을 내밀려는 순간 총알이 쏟아졌고, 베이스퍼는 급히 마리아를 끌어당겼다.

팅팅팅팅!

소파는 순식간에 벌집이 되면서 너덜거렸지만 소파 속에 숨어 있던 강철판이 총알을 모두 막아주었다. 이런 일을 예상이라도 한 듯 소파 속을 강철로 만들어놓았던 것이다.

"현중 씨가 아직 밖에 있어요."

마리아는 이런 상황에 현중이 대처하기 어려울 것이라는

생각을 하면서 불안해했다. 하지만 베이스퍼는 차분하게 눈빛을 가라앉히면서,

"걱정 마라. 그는 우리가 생각하는 것 이상으로 강하니까. 이 정도에 죽을 사람이 아니야."

투타타타타타타타타!!

끝없이 쏟아질 것 같은 총성이 그친 것은 대략 1분이 지난 후였다. 기회는 지금이었다. 어떤 녀석들인지, 무슨 목적인지는 상관없었다. 침입하자마자 총을 쏴대는 녀석들을 살려서 보낼 수는 없었다. 그것도 마이스터와 마스터가 있는 방으로 정확하게 침투했다는 것은 무시할 수 없는 상황이었다.

이렇게 소파 뒤에서 기회를 엿보는 베이스퍼와 마리아의 사정과 달리 현중은 가만히 서서 총알을 쏴대는 녀석들을 바라보고 있었다.

철컥!

"확인한다! 실시!"

바로 눈앞에 현중이 가만히 서 있는데도 갑자기 침입한 무장 괴한 열 명은 그 누구도 현중을 알아보지 못했다.

마리아와 베이스퍼가 급히 피하는 순간 현중은 피하기보다 자신의 존재감을 완전히 지워 버리는 것을 선택했다. 어차피 총알을 피하는 것은 현중에게 애들 사탕 먹는 것만큼이나

쉬운 일이었다. 굳이 숨을 필요가 없는 것이다.

갑자기 들이닥친 것도 그렇고 현중은 뭔가 자꾸 이상하게 돌아간다는 느낌을 받았다.

"회수한다! 서둘러!!"

검은 복장에 검은 고글까지 끼고 눈동자조차 보이지 않는 특수 복장을 하고 있는 녀석들은 탄창 수백 발의 총알을 쏴버리고는 곧바로 현중이 가져온 금속 캐비닛으로 다가갔다.

"목표물 점령 완료. 귀환한다."

"귀환이라……. 어딜 가려고?"

"……!"

현중의 목소리에 놀란 녀석이 급히 고개를 돌리는 순간,

퍼걱!

빠각!

부드러운 곡선을 그리면 현중의 라이트훅이 녀석의 턱에 작렬했다. 얼마나 강했는지 목이 180도 돌아가면서 그대로 즉사해 버렸다.

털썩!

"우선 한 놈."

현중의 입가에 미소가 번지고, 지웠던 존재감을 드러내자 복귀 준비를 하던 아홉 명의 무장 괴한은 갑작스럽게 나타난 현중을 보고 다들 멈칫거렸다. 그런데 이게 그들의 실수였다.

아주 잠깐이지만 아홉 명이 동시에 멈칫거리는 순간 현중이
그들의 시야에서 완전히 사라졌기 때문이다.

"뭐야!!"

"찾아!!"

퍼걱!

털썩.

"뭐야? 누가 당했나!!"

퍼걱! 털썩!

무장 괴한들에게 현중이 사라진 다음은 지옥이나 마찬가
지였다. 뭐가 보여야 총이라도 쏘든지 할 텐데 아무것도 보이
지 않았다. 그 와중에도 자신의 동료들은 목이 등으로 돌아가
죽어버리기를 계속했다. 결국은 그들은 대충 아무 곳에나 총
을 난사하기 시작했다.

투타타타타타타타타!! 투타타타타타타타!!

철컥! 철컥! 철컥!

"헛!"

집중 사격도 아니고 갑작스런 난사는 순식간에 탄창을 비
웠고, 자동소총에서 노리쇠만 격발되는 소리가 울리자 급히
다른 탄창으로 바꿔 끼우려고 했다. 하지만,

"그냥 조용히 죽어."

퍼걱!

털썩.

일말의 자비도 없고 고민도 없는 현중의 라이트훅 한 방에 다른 녀석과 같이 목이 돌아가 부러지면서 죽어버렸다.

어떻게 자신이 죽었는지도 미처 알기 전에 바닥에 쓰러진 그의 눈동자에 보인 것은 입가에 미소를 짓고 있는 현중의 얼굴이었다. 외롭진 않을 것이다. 이곳에서 살아서 돌아갈 녀석은 없으니 말이다.

"어차피 대장으로 보이는 한 놈만 있으면 정보는 캐낼 수 있지."

데룽~ 데룽~

오른손에 목이 잡힌 채 온몸이 마비된 듯 경직된 무장 괴한한 놈만 남기고 현중이 다른 녀석들을 처리하는 데 걸린 시간은 겨우 몇 초였다. 당연히 현중의 손에 잡힌 녀석은 지금 이 상황을 믿을 수가 없었다.

완벽한 작전, 완벽한 기습. 단 몇 분 만에 완료하고 복귀할 수 있는 작전인데 현실은 전멸이었다. 그것도 작전 중에 전혀 들어보지도 못한 젊은 동양인 청년으로 인해 말이다.

"흠… 미국 델타포스라……. 이름은 호른, 데이비드 호른이군."

"헛!"

현중이 나지막하지만 정확하게 부대와 이름을 말하는 모

습에 데이비드는 한순간 피가 얼어붙는 듯했다.

"쿨럭! 누구냐… 넌?"

씨익~

목이 잡혀 힘겹게 말하는 데이비드를 향해 현중은 웃으면서,

"네가 죽이려고 했던 사람, 그리고 이제는 널 죽일 사람. OK?"

"쿨럭!"

데이비드는 현중의 장난스런 말에 결코 웃을 수 없었다. 이미 부대원이 전멸했으니 말이다.

소파 뒤에서 마리아와 베이스퍼까지 모습을 드러내자 데이비드는 완전히 일이 틀어졌다는 것을 알고 뭐라고 외치려는 순간,

퍽!

데이비드의 머릿속에서 무언가 작은 폭발음이 들리면서 현중의 손에 목이 잡힌 채 죽어버렸다.

"뭐지?"

순간 현중도 데이비드가 갑자기 눈동자를 뒤집으면서 죽어버리자 당황했다. 마나로 몸을 제어했을 뿐 전혀 죽을 이유가 없었기 때문이다. 뒤늦게 나온 마리아가 급히 현중에게 다가오더니 죽은 데이비드를 살폈다. 그녀가 그의 머리를 만지

기 시작했다.

"역시… 뇌 속에 폭탄을 터뜨려 죽였군요. 입막음하려구요."

"뇌 속에 폭탄?"

"네. 현중은 잘 모르겠지만 뇌는 아주 약한 충격에도 죽을 수 있는 부분이 있어요. 그곳에 손톱만큼 작은 폭탄이라도 터지면 이렇게 되는 거죠. 그보다, 이 녀석들 정체를 알아내려면 시간이 걸리겠네요."

아홉 명은 현중의 손에 죽어버렸고 남은 하나도 뇌에 심어져 있던 폭탄으로 죽어버렸으니 정체를 밝히려면 시간이 제법 걸리거나 어쩌면 밝히지 못할 수도 있었다. 본래 소속을 숨기고 움직이는 특수성을 지닌 부대가 모든 국가마다 있는 법이다. 델타포스도 그중 하나였다.

하지만 대 테러 부대로 알려진 델타포스가 어째서 이곳 한국에, 그것도 미국과 협력 관계에 있는 마리아가 있는 이곳에 쳐들어왔단 말인가? 그리고 그들이 노린 것은 바로 현중의 호기심을 자극했던 금속 캐비닛이었다.

"정체라면 알고 있습니다. 델타포스 G부대 소속 데이비드 호든이라는 녀석이더군요, 이 녀석은."

"네?"

마리아는 현중이 마치 미리 알고 있었다는 듯 줄줄 말하는 모습에 가만히 바라보다가 피식 웃어버렸다. 현중의 능력은 그 끝을 알 수 없었다. 그리고 처음에 자신을 만났을 때도 바로 정체를 알아보지 않았던가? 마리아는 자신과 현중의 첫 만남이 생각나자 곧바로 자신의 책상으로 걸어갔다.

"이런, 100년 된 거였는데 고치지도 못하겠군."

델타포스의 급습으로 완전히 땔감으로 변해 버린 마리아의 책상과 달리 전화기는 그나마 멀쩡했다. 간단하게 몇 가지 지시를 내리자 곧이어 페이토와 산토스를 선두로 마리아의 부하들이 급히 올라왔지만 이미 상황은 끝나 있었다.

"산토스, 이 녀석들을 조사해. 페이토 넌 델타포스가 한국에 들어와 있는지 확인해 보고, 특히 G부대 소속을 철저하게 알아내라."

단호하게 말하는 모습에 다들 시체를 수거해 가지고 나갔다.

"델타포스라……. 그게 사실인가?"

베이스퍼는 지금까지 이야기를 들으면서 생각을 정리 중이었다. 분명 자신은 미국 정부의 부탁으로 오늘 임무를 수행했다. 그리고 무사히 성공한 상태였다. 그런데 갑자기 델타포스가 자신을 급습한 것이다. 그것도 철저하게 이번 임무의 목표물을 노린 것이 확실했다. 그게 아니라 이곳에 있던 전원을 사살하는 게 목적이라면 수류탄을 먼저 던졌을 것이 확실하니까 말이다.

어수선했던 주변 정리가 끝나고, 잠시 충격 받은 레이스를 다시 방에 데려다주고 나서 마리아와 베이스퍼, 현중은 금속 캐비닛을 중심으로 둘러섰다.

"산토스가 발견한 거예요."

마리아가 손을 내민 것은 작은 스위치가 달린 열쇠고리였다.

"이게 뭐죠?"

"위성 송신 장치예요. 이곳의 위치를 위성에 곧바로 쏴서 현재 위치를 알려주는 거죠. 건물에 있는 경우 몇 층에 있는지까지 송신이 가능한 것이에요. 저도 본 적 없는 최신 제품이구요."

현중은 과학의 발달이 참 빠르다고 생각했는데 마리아의 다음 이야기가 핵심이었다.

"이번 작전에 살아남았던 특수부대원 손에 쥐어져 있었어요. 그가 신호를 보낸 것 같아요."

미첼과 다니엘은 조금 전 델타포스의 급습 때 벌집이 되어 걸레로 변한 녀석들이다. 처음에 그들의 시체를 봤을 때는 아무리 특수 임무를 수행하는 녀석들이지만 급습에 미처 방비하지 못해 죽었다고 생각했는데, 지금 송신기를 보니 같은 편이기에 안심하고 있다가 처리된 것으로 보였다.

"베이스퍼, 일이 어떻게 된 건지 설명을 부탁드리고 싶군요."

현중이 조용히 베이스퍼를 바라보자 그도 지금의 상황이 어떻게 된 건지 알지 못하고 있는 듯했다. 미국의 자랑인 스페셜포스가 완수한 임무를 미국 국내만 담당한다는 대 테러 부대인 델타포스에서 급습해서 훔쳐 가려고 했다는 것은 결코 쉽게 넘길 수 없는 문제인 것이다.

그리고 베이스퍼도 과연 지금 자신의 눈앞에 있는 금속 캐비닛 속의 내용물이 정말 핵탄두인지 의심하기 시작했다.

"사실 나도 확실하게… 모르겠네. 난 다른 마스터와 달리 지금까지 독자적으로 정부의 공식 임무만 담당했기에. 음……."

"현중 씨, 그 외에 알아낸 것은 없나요?"

마리아는 현중이 그나마 목격자이자 정보를 알 수 있는 사람이라 물었다. 현중은 종이와 펜을 달라고 했다.

슥슥슥, 스스슥.

"이 사람의 얼굴이 보이더군요."

현중은 거침없이 손바닥만 한 메모지에 펜을 놀리면서 몽타주 하나를 그려서 마리아에게 보여주었다. 마리아는 몽타주의 인물을 아는 듯 표정이 살짝 변했다.

"스승님, 이걸 보세요."

　마리아에게 넘겨받은 현중이 그린 몽타주를 본 베이스퍼도 표정이 굳어졌다.

　"누군지 아시는군요."

　현중이 미국 사람을 모두 알 수는 없다. 미국 대통령이라면 몰라도 그 외에 인물은 전혀 모르기에 물어보자 베이스퍼가 한숨을 쉬더니,

　"그는 그레이 파든이네."

　"……?"

　베이스퍼가 이름만 말하고 입을 다물자 정확한 타이밍에 마리아가 이어서 설명을 시작했다.

　"그레이 파든, 현 미국 상원의원을 4회나 연달아 당선한 사람이자 파든 가문의 실세예요. 다음 미국 대통령으로 유력한 인물임과 동시에 미국의 열렬한 공화당 당원이기도 하죠. 그리고 사이언톨로지라는 종교 단체를 후원하는 사람이기도 해요."

　"……!!"

　현중은 설마 이곳에서 사이언톨로지의 이름을 듣게 될 줄은 몰랐는지 살짝 놀랐다.

　"왜 그러죠?"

　"음… 사이언톨로지와 약간 인연이 있거든요."

　물론 악연이다. 하지만 마리아는 표정을 굳히면서,

"사이언톨로지, 그들과 가까이 하지 않는 게 좋아요. 지금 저희 MI—6에서도 조사 중인 곳으로 석연치 않은 정황이 많이 보이는 이상한 종교 단체예요. 미국에서는 정식 정교 단체로 인정을 받았다고 하는데 그 과정 또한 거의 날치기 수준으로 일주일 만에 종교 인정 신청이 통과된 곳이에요."

"흠……."

현중은 심란한 표정의 베이스퍼를 보고는,

"정부에 배신자가 있다고 생각해야겠군요, 이번 작전은……. 아니면 처음부터 이럴 작정으로 작전을 짰을지도 모르겠고요."

"부정할 수 없군. 왠지 이번 작전이 너무 갑자기 내려와서 의아했는데 이럴 줄이야."

빠드득!

베이스퍼는 자신이 이용당했다는 것에 분을 겨우 삭이고 있는 중이었고, 마리아도 그리 표정이 좋지 않았다. 이번 작전은 영국이 정보를 제공하고 미국의 베이스퍼와 스페셜포스가 파견되는 식으로 합의된 작전이었던 것이다. 그런데 오늘 상황을 보니 미국뿐만이 아니라 영국의 MI—6에도 배신자가 있다는 말과 같았다.

"열어봐야겠구나. 마야, 너의 생각은 어떠냐?"

베이스퍼는 상황이 이렇게까지 꼬이자 캐비닛의 정체가

핵탄두가 아니라는 확신이 들기 시작했다. 그리고 현중이 했던 말도 마음을 움직이는 데 한몫했다. 도대체 뭐길래 차기 미국 대통령으로 불리는 그레이 파든이 타포스까지 보내 가져가려고 한 걸까?

베이스퍼가 이런 생각을 하게 된 이유는 바로 마리아가 사는 저택으로 쳐들어온 델타포스 때문이었다.

원래대로라면 마피아 저택에서 지원 병력과 함께 탈출을 해서 조용히 캐비닛을 넘겨주고 끝나는 작전이었다. 그것이 현중이 나타나면서 갑작스럽게 한국으로 넘어와 버린 상황이 된 것이다.

그 누구도 예상하지 못한 상황이 벌어지자 그들도 혼란이 왔을 것이 분명했다. 그래서 한국에 잠시 훈련이나 파견으로 나와 있던 델타포스 부대를 동원해서 바로 회수하기로 결정했을지도 모른다. 물론 이렇게 급박하게 돌아가는 데는 현중이 금속 캐비닛을 열어보자고 했던 말이 결정적일지도 몰랐다.

즉, 베이스퍼는 철저하게 이용만 당하고 모르고 넘어갈 수 있던 상황이었던 것이 현중으로 인해 꼬이고 뒤틀리면서 이 지경까지 왔다고 생각해야 했다. 베이스퍼도 살아온 세월과 국가 공인 마스터로 활동한 게 벌써 수십 년이다. 이 정도 예측은 충분히 가능했다.

“네, 저도 핵탄두를 이런 식으로 회수한다는 것은 말이 되지 않는다고 생각하는 중이거든요. 그렇죠, 현중 씨?”

자신을 보면서 슬쩍 웃는 마리아를 보며 현중은 의도치 않게 자신의 생각대로 일이 흘러가는 것에 어깨만 으쓱거렸다.

그런데 막상 열어보기로 했는데 마땅히 열 방법이 없다. 번호 키도 아니고 열쇠를 넣을 구멍도 보이지 않았다.

“흠…….”

“우선 저희 쪽 기술자를 불러도 언제 열지 확답을 드리지 못해요.”

현중이 뭘 아는 건 아니지만 금속 캐비닛으로 다가가서 살펴보려고 손을 대는 순간,

[도와주세요.]

“……!”

또다시 현중의 머릿속으로 목소리가 들렸다. 그런데 처음과 다른 점이라면 약간 힘이 빠진 듯하다는 것이 다르달까? 이번에는 확실하게 들렸다. 거기다 마나의 향기가 조금이지만 줄어드는 것도 느껴지기 시작하자 지체없이 테른을 부르기로 했다.

“테른.”

―네, 마스터.

“엇!”

"누구……?"

마리아와 베이스퍼는 갑자기 현중의 뒤에서 정갈한 정장 차림의 테른이 모습을 드러내자 놀랐다. 자신들의 그 어떤 감각에도 테른이 모습을 보이기 전까지 걸리지 않았기 때문이다. 하지만 현중은 둘이 놀라거나 말거나 테른을 보고는,

"이걸 열어야겠다."

—알겠습니다. 언록(Unlock).

딸각!

너무나 간단하게 언록 마법으로 금속 캐비닛을 열어버린 테른은 할 일을 다 마쳤다는 듯 조용히 현중의 뒤로 물러나 섰다.

"이걸… 어떻게 이해해야 하는 건가, 현중 군?"

"그냥 유능한 제 비서라고 생각하시면 됩니다."

"그게… 하아……. 그래, 그렇게 생각하도록 하지."

베이스퍼는 뭔가 설명을 바랐지만 현중이 해줄 리가 없다고 결론 내리고는 그냥 입을 다물었다. 어차피 현중을 상식적으로 이해한다는 건 처음부터 포기한 상태이기도 했다. 어느 날 갑자기 나타난 것도 놀랍고 모든 조사를 해도 현중의 능력은 정말 하늘에서 뚝 떨어진 것같이 판명되지 않았다. 지금 현중의 존재 자체를 상식적으로 이해한다는 게 웃긴 일이기도 했다.

그리고 지금 테른의 정체나 현중과의 관계가 중요한 게 아니었다. 하루 종일 고생시킨 금속 캐비닛에 과연 뭐가 들어 있는지가 중요했다.

모두의 시선이 집중된 가운데 현중이 캐비닛을 열었고, 내용물을 보고는 다들 할 말을 잃어버렸다.

"이걸… 뭐라고 설명해야 되는 거죠?"

마리아는 자신의 눈으로 본 것을 과연 믿어야 하는지 의심부터 했고,

"오래 살고 볼 일이군, 정말."

베이스퍼도 마리아와 마음은 같지만 그래도 어느 정도 냉정을 유지하는 듯했다. 하지만 정작 현중은 보면서 피식 웃었다.

"참 재미있는 세상이네요. 인어를 직접 보게 되다니 말입니다."

사람이 들어가도 충분할 만큼의 크기를 가진 금속 캐비닛에는 사람은 아니지만 사람과 비슷한 것이 들어 있었다. 마치 진공 팩처럼 싸인 커다란 팩 안에 산소를 공급하는 장치와 함께 붉은 머리카락과 붉은 비늘의 하반신을 가진 인어가 말이다.

"허허허, 설마 가짜는 아니겠지?"

직접 눈으로 보고서도 쉽게 믿을 수 없는 것을 본 마리아와

베이스퍼는 한참 동안이나 캐비닛 안에 잠들어 있는 인어를 바라보고 있었다.

　현중은 인어를 보면서 뭔가 골치 아픈 일에 끼어들었다는 것을 직감적으로 깨달았다.

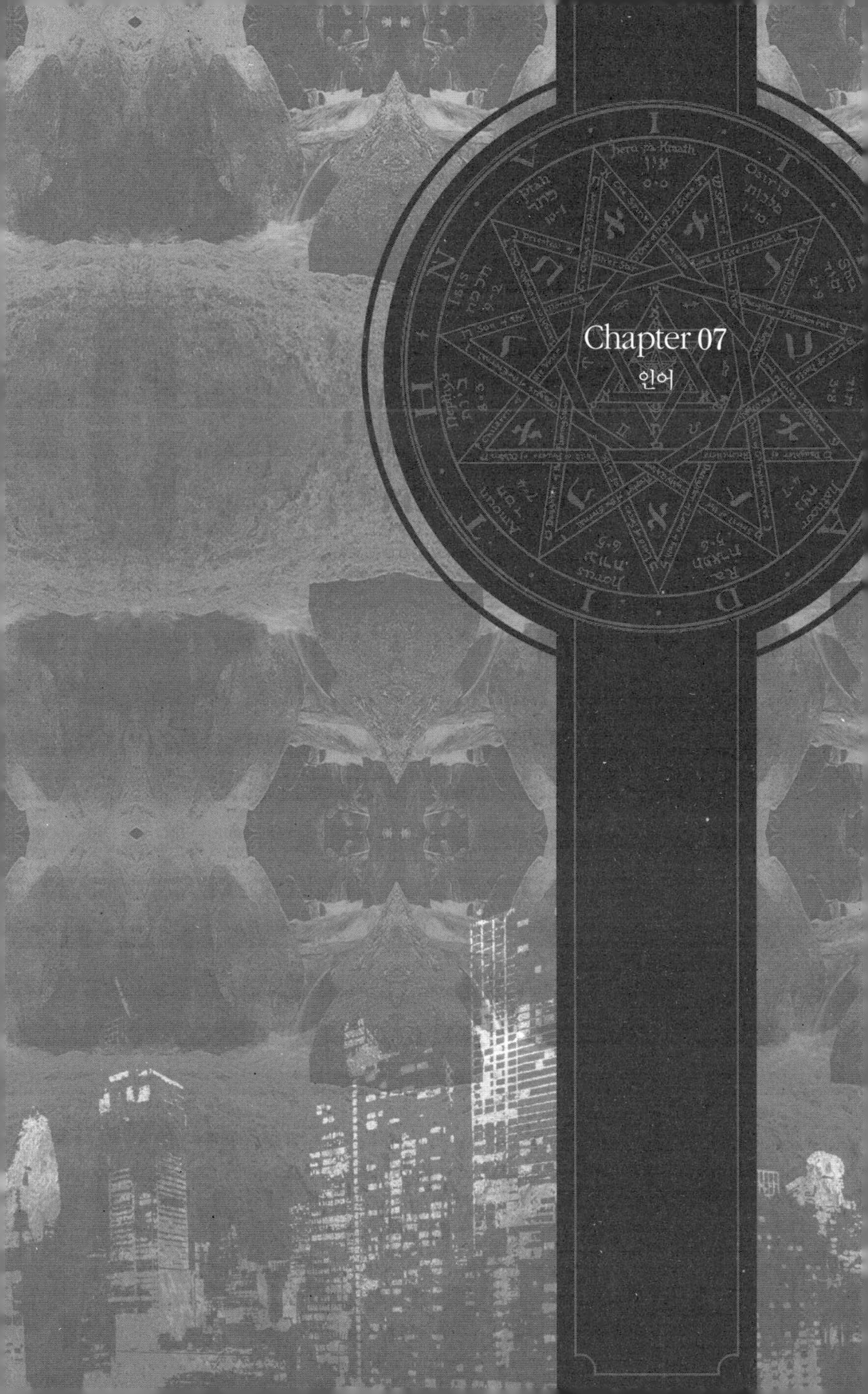

Chapter 07
인어

인어(人魚).

인어란 본래 상상 속의 존재다. 안데르센의 동화에 자주 나오고 인어공주로 더 유명한 것이 인어다. 그런데 신기하게도 인어의 전설은 전 세계적으로 퍼져 있기도 했다. 일본은 물론 중국과 아시아 전역에도 인어에 대한 전설을 찾아볼 수 있다. 각자 특이한 전설이 있지만 공통적으로 가진 것이 있다.

여성의 상반신과 하체가 물고기처럼 비늘과 꼬리지느러미로 이루어져 있다는 것이다. 그리고 특이한 것이 하나 있는데, 인어 고기를 먹으면 확률적으로 불로불사가 된다는 것이다.

100% 영원히 죽지 않는 그런 불로불사는 아니다. 심장을 찔리거나 보통 죽을 정도의 치명상을 입으면 죽긴 한다. 다만 몇 번이고 되살아날 수 있다는 게 달랐다.

그리고 인어 고기로 완전히 불로불사가 된 사람을 죽이려면 목을 잘라 머리를 부숴 버려야 죽일 수 있다는 전설이 전해지고 있었다.

"흠……."

현중은 엉망이 된 마리아의 방을 나와 가장 구석의 보안이 잘되어 있는 곳으로 자리를 옮겼다. 한 번 쳐들어왔으니 또 쳐들어올 수 있기도 했지만 뭣보다 당초의 정보대로 핵탄두가 아니라 뜬금없이 인어가 캐비닛 안에서 나오자 다들 당황한 것이다.

그때 테른이 우선 보안이 잘되는 곳으로 옮기기를 권했고, 다들 테른의 말에 동의, 이렇게 옮겨지게 된 것이다. 그런데 마리아와 베이스퍼는 한 번에 인어를 떠올린 반면 현중은 조금 달랐다. 대륙에서 이미 세이렌을 본 적이 있기에 인어와 세이렌이 동시에 떠오른 것이다.

"테른, 세이렌일까, 인어일까? 세이렌과는 뭔가 다른 것 같은데."

현중이 테른에게 물어보자 자연스럽게 베이스퍼와 마리아

의 시선도 테른에게 향했다.

―우선 한 가지 확실한 건 세이렌은 아닌 것 같습니다.

"네가 그렇다면… 세이렌은 아니겠군."

대륙에서도 본 적이 없는 게 인어다. 보통 세이렌과 인어를 같은 종류로 보는 사람이 있는데 세이렌은 대륙에서도 엄연히 몬스터의 종류 중 하나로 구분하고 있었다.

물론 현중도 세이렌을 본 적이 있다. 외형으로는 인어와 거의 비슷하지만 본질적으로 다른 것이 있는데, 바로 끝없는 마나였다. 세이렌에게는 없고 인어에게만 있는 특징이다.

마치 정령을 보는 듯한 착각을 일으키기에 충분한 인어는 그 자체만으로도 불멸의 존재라고 불렸다. 대륙에도 인어의 전설이 있긴 했다. 하지만 실제로 본 적은 없다.

세이렌이 몬스터에 가까운 것이라면 인어는 정령에 가까운 존재. 하지만 일반 정령과 달리 육체를 가지고 있고 수천 년에서 수만 년까지 살아간다고 전해지는 게 인어다.

테른처럼 순수한 마족은 몬스터와 정령을 정확하게 구별하는 특징을 가지고 있기에 100% 테른의 말을 신뢰하는 현중이었다. 그러면서 현중이 문득 테른을 바라봤다.

'만약에 테른이 대륙에 남겠다고 하고 데려오지 않았다면? 후후훗, 어쩌면 난 치열한 삶을 보내고 있을지도 모르겠군.'

그냥 불현듯 테른으로 인해 지구에 와서도 대륙에서와 별

다를 거 없이 편안하고 마음 내키는 대로 살아가는 자신을 돌아본 것이다.

씨익~

현중의 생각을 알기라도 하듯 테른은 말없이 현중을 보면서 웃었다. 작은 미소에도 색기가 흘러넘치는 것을 보면 확실히 혈족이 특이하긴 한 모양이다.

"뭘 그렇게 두 분이서 마주 보며 웃는 거예요?"

마리아는 아직도 금속 캐비닛 속에 포장되어 산소 발생기에 의지해 잠들어 있는 인어를 보면서 둘이 히죽거리는 모습에 한마디 했다. 그러자 현중과 테른이 동시에 마리아를 보면서,

"남자들의 비밀입니다."

─남자들의 비밀입니다.

"…두 분… 혹시 쌍둥이는 아니죠?"

씨익~

글자 토시 하나 틀리지 않고 똑같이 대답하는 모습에 마리아가 한마디 했지만 역시나 웃을 뿐이다. 그보다 지금 눈앞의 저것이 세이렌이 아니라면 반인반어(半印班魚)의 존재, 인어라고 단정 지어야 했다. 하지만 마리아와 베이스퍼는 눈으로 보면서도 어리둥절해했다.

"우선 제가 한 가지 제의를 하고자 하는데요."

마리아가 뭔가 결심을 한 듯 베이스퍼와 현중을 보면서 말했다.

"이 생물에… 아니, 우선 인어라고 하죠. 인어를 저희 영국에 가져가서 조사를 했으면 해요. 스승님께는 죄송하지만 미국은 솔직히 믿음이 가지 않거든요."

"흠, 그렇겠지."

베이스퍼도 뒤통수를 강하게 얻어맞은 마당이라 솔직히 내키지 않았다. 그래서 그런지 아직 작전 경과 보고도 올리지 않고 있는 상황이었다. 베이스퍼가 보기에는 미국 정부에 보기 좋게 배신당한 것이나 다름없기 때문이다.

하지만 마리아가 가장 걸리는 건 바로 현중이었다. 그의 끝을 알 수 없는 능력은 적으로 두기에는 너무나도 위험했고 친구로 하기에는 속을 알 수 없었다. 그래서 지금도 어중간한 아는 사이로 유지되고 있는 것이다. 거기다 이번 작전에서 현중의 비중이 너무 높다는 것도 부담이 되는 듯했다.

"음, 조사라……."

마리아와 베이스퍼는 현중이 혹시라도 반대를 하면 어떻게 해야 되나 고민하고 있었다.

하지만 그런 고민의 주인공인 현중은 오히려 다른 걸로 고민 중이었다. 바로 자신에게 도와 달리고 했던 목소리가 계속 걸리는 것이다. 물론 생면부지의 존재를 무조건 도와줄 만큼 인정이 흘러넘치는 현중은 아니지만 이상하게 뇌리에서 떠나지 않아서 고민하게 하는 것이다.

"마리아 스핀 바로슈 백작에게 묻겠습니다."

딱딱한 음성으로 마리아의 풀네임을 말하면서 현중이 입을 열자 마리아도 덩달아 긴장했다. 본래 풀네임을 대면서 질문을 한다는 것은 공적으로 뭔가를 하는 경우가 대부분이기 때문이다.

"믿을 수 있는 곳인가요?"

베이스퍼의 경우를 보면 이번 작전 자체가 이 인어를 차지하기 위한 작전이나 마찬가지였다. 현중이 중간이 끼어드는 바람에 델타포스까지 움직이긴 했지만 스페셜 포스와 델타포스는 군에서도 아주 핵심의 특수부대였다. 그들을 움직일 수 있는 사람은 미국 정부에서도 고위층이나 가능했다.

특히 델타포스는 미국 내 대 테러만 담당하기로 유명하고 실제로 그렇게 해왔다. 그런데 오늘같이 인어를 회수하기 위해서 파견된 것만 봐도 그레이 파튼의 마수가 얼마나 뻗어 있는지 알 수가 없었다.

베이스퍼는 단독으로 지금껏 움직였다. 실제로 베이스퍼의 존재를 아는 사람은 미국 정부에서도 열 명도 되지 않는데, 베이스퍼를 이번 작전에 동원한 것만 봐도 얼마나 권력의 정점에 있는지 알 수 있기에 미국은 아예 처음부터 빼버렸다.

“MI—6도 배신자가 있다고 판단이 되어서 템플재단 자체 조사단과 왕실의 협력을 얻을 생각이에요.”

마리아가 말한 왕실은 당연히 영국 왕실일 것이다. 템플재단의 존재 이유가 바로 영국 왕실을 유지하기 위한 것인데 당연했다. 하지만 현중은 인상을 찡그리면서,

“과연… 왕실을 믿을 수 있을까요?”

현중은 체질적으로 귀족을 믿지 않는 주의였다. 특히나 대륙에서 정말 귀족이 어떤 종류의 인간인지 알고 있었고, 어떤 사고방식을 가진 인간들인지 겪어보지 않았던가? 마리아가 왕실의 힘을 빌린다고 할 때 반사적으로 거부감이 드는 건 어쩔 수 없었다.

“현중 씨.”

“말씀하세요.”

“현중 씨는 왕실을 믿지 않는군요.”

마리아의 물음에 당연하다는 듯 고개를 끄덕이면서,

“인간은 적응의 동물이라고 하죠. 하지만 적응하면서 진화하는 동물이라고도 합니다. 권력에 적응한 인간들이 진화했을 때 어떻게 변하는지 누구보다 잘 알고 있거든요.”

인간의 모든 추악한 본성과 본능만이 남아서 저지르는 짓을 두 눈으로 똑똑히 보고 잊지 않았다. 자신의 안녕을 위해 마족과도 손을 잡고 인간을 향해 칼을 겨눌 수 있는 게 바로

귀족이라는 특정 집단이다.

"물론 그렇죠. 하지만 현중 씨가 잘못 알고 있는 게 있어요. 저희 탬플재단은 영국왕실의 명령을 받는 조직이 아니에요. 부탁을 들어줄 뿐이에요. 그리고 저희는 오직 하나, 영국 왕실의 존재를 유지시키기 위해서 있을 뿐이죠. 그리고 탬플재단의 이사장이자 책임자로 있는 제가 인정하지도 않은 왕실을 향해 고개를 숙일 거라고 생각했나요?"

마리아는 오히려 현중이 자신과 영국 왕실을 같은 취급하는 것에 기분이 나쁜 듯 쏘아붙이며 설명했다. 세간의 소문으로는 탬플재단은 영국 왕실을 뒤에서 지키는 검이라고 알고 있기에 어느 정도는 현중과 같은 생각을 하는 사람이 있을 수밖에 없었다.

"……."

여전히 현중이 대답도 없이 조용하자 마리아는 자신은 그런 왕실 귀족과 다름을 몰라주는 것에 답답했는지,

"그럼 현중 씨도 같이 가죠. 영국으로. 그리고 현중 씨가 보는 앞에서 모든 조사를 하면 어때요?"

"마야, 그건……."

베이스퍼가 오히려 마리아의 돌발적인 행동에 제동을 걸려고 했지만 마리아는 단호하게 현중만을 바라보면서,

"어때요? 현중 씨도. 궁금하지 않나요? 저 생명체가 정말 인

어인지 아니면 다른 돌연변이인지 말이에요. 학교는 제가 교환학생으로 해서 영국에 몇 개월 머물 수도 있게 당장 해드릴 수 있어요."

베이스퍼는 갑자기 흥분해서 현중을 향해 밀어붙이는 마리아를 보면서 당황했지만 뭔가 어색하다는 것을 느끼고 있었다. 마리아는 베이스퍼가 자신의 모든 걸 쏟아부어 가르친 제자이자 마스터가 아니던가?

그리고 평소 자신이 알던 마리아의 성격은 저렇지 않았다. 차분하면서도 냉정하고 쉽게 흥분하지 않는 성격인데 지금 마리아는 누가 봐도 성격이 급한 사람으로 보였다.

"괜찮은 조건이군요."

한참 만에 입을 연 현중은 마리아가 원하는 대답을 했다.

"좋아요. 당장 영국으로 갈 수 있게 조치를 취하죠."

벌떡!

그대로 일어난 마리아는 누가 쫓아오기라도 하듯 곧바로 방을 나가 버렸다. 베이스퍼는 그런 마리아를 보면서 고개를 흔들었다.

"마리아의 연기가 좀 서툴더군요."

"알고 있었는가?"

"마스터란 자신의 감정을 다스리는 사람이기도 하지요. 안 그런가요?"

현중이 처음부터 마리아가 무슨 생각으로 저렇게 밀어붙였는지 알고 있다고 하자 베이스퍼도 씁쓸하게 웃으면서,

"뭐 자네가 알면서도 넘어가 준 것을 보면 자네도 궁금했나 보군. 인어의 정체가 말이야."

"뭐 물론 그런 것도 있지만 그냥… 목소리가 뇌리에 맴돌아서 말이죠. 계속."

"목소리?"

뜻 모를 말을 하는 현중은 그대로 입을 닫아버렸다.

그 후로 현중의 교환학생에 대한 문제는 일사천리였다. 현중이 교환학생으로 영국으로 간다고 하자 N대 측에서 적극적으로 도와주기까지 했다. 덕분에 단 몇 시간 만에 마리아는 현중 앞에 다섯 장의 서류를 내놓을 수 있었다.

"이게 영국 저희 U.C.L대학으로 현중 씨가 교환학생 온다는 증명 서류예요. 성적부터 모든 게 현중 씨는 결격 사유가 없어서 쉬웠어요. 그리고 N대학에서도 적극적으로 도와줘서 오히려 쉽게 해결했네요."

"잘됐군요."

N대학에서 적극적으로 도와줬다는 말에 현중은 순간 김주현이 생각났다. 자신도 왜 갑자기 그 녀석이 생각이 났는지는 모르지만 그냥 막연히 떠올랐던 것이다.

그런데 실제로 현중을 영국으로 교환학생으로 보내주길

원한다는 마리아의 요청이 곧바로 김주현의 귀에 들어갔고, 현중이 눈엣가시 같은 존재였던 상황에 멀리 가준다니 싫어할 이유가 없었다.

어떻게 보면 외압이 있긴 했다. 물론 지금의 현중에게는 좋은 일이지만 말이다.

"현중 씨, 미안하지만 한 가지 부탁을 드리고 싶어요."

"뭐죠?"

"이걸 영국에 있는 탬플재단의 연구소로 옮겨주셨으면 해요."

"제가 말입니까?"

현중은 마리아가 하는 부탁에 왜 그러는지 영문을 몰라 하자 마리아는 다시 설명을 이었다.

"현중 씨도 알다시피 상대는 미군을 움직일 수 있어요. 그리고 여긴 유럽도 아니고 영국도 아니지요. 저희 탬플재단은 아시아에는 일본과 중국, 한국 외에 아직 지부도 없는 상황이에요. 그에 비해 주한미군은 이미 저희의 몇 배나 넓게 퍼져 있는 상태예요."

가만히 듣던 현중은 마리아의 말에 슬쩍 끼어들면서,

"즉, 안전하게 연구소까지 가져가는 것이 힘들 수도 있다는 말이군요."

"맞아요. 페이토의 정보에 의하면 이미 벌써 공항과 외국으로 빠져나갈 수 있는 모든 교통편에 미군이 퍼졌다는 정보가 들어왔어요."

끄덕끄덕.

현중은 마리아의 말에 고개를 끄덕이면서 충분히 수긍했다. 이미 델타포스가 쳐들어온 상태다. 그들이야 현중이 천심통으로 정체를 알고 있음을 모를 것이다. 아무런 표식도 남기지 않고 증거도 없을 테니까 말이다.

그리고 보기 좋게 현중 때문에 작전이 완전히 실패했다. 한 번이야 기습에다 내부에서 신호를 보내준 다니엘과 미첼 때문에 가능했지만 두 번은 힘들었다. 상대는 국가 공인 마스터였다. 거기다 베이스퍼까지 있는 게 아무래도 부담이 될 것이다.

그렇다면 아예 한국에서 빼내는 것을 막겠다는 결론만 남는다.

미국은 한국을 누구보다 잘 알고 있는 나라다. 말로는 동맹이니 뭐니 하지만 실제로 미국의 입김이 강하게 작용하는 아시아 국가 중 하나이다. 그 증거로 미군이 강간에 살인을 해도 현행범으로 잡히거나 완벽한 증거가 없으면 구속조차 못하는 나라가 바로 대한민국이다.

"영국이라……. 쉽진 않겠군요."

"무슨 문제라도 있나요?"

현중의 축지법을 생각하고 부탁한 마리아는 현중이 난색을 표하자 얼굴이 굳어졌다. 몇 초 만에 인도까지 이동했던 현중이기에 믿고 있었기 때문이다.

"그게… 제가 가본 적이 있거나 제가 아는 사람이 있어야 저도 그쪽으로 이동할 수 있거든요"

"네? 그런 제약이 있었나요?"

"저도 만능은 아니거든요."

씨익~

물론 방법이 없는 건 아니다. 하지만 우선 한 번에 영국의 템플재단의 연구소로 이동하는 건 힘들다는 것을 사실대로 말했다. 굳이 숨길 이유도 없고 어차피 축지법에 대해서 이해도 못할 테니 말이다.

"몰랐네요. 그런 제약이 있는 줄은. 어떻게 한다?"

"그렇게 걱정하지 말아요. 좀 번거롭긴 하지만 몇 군데를 경유해서 가면 되니까."

좀 귀찮지만 우선 가본 적이 있는 인도까지 간 다음에 인도에서 움직이면 미국의 눈을 피할 수 있었다.

─바로슈 백작님, 혹시 영국 연구소 주소나 위치를 제게 알려주실 수 있습니까?

"네? 비서… 아, 이름이 어떻게 되시죠?"

순간 테른을 비서 씨라고 부르려다 이름을 모른다는 생각

이 들어 묻자,

—테른이라고 부르시면 됩니다.

"테른 씨, 무슨 방법이 있나요?"

—제가 먼저 그곳에 가고 마스터가 저를 찾아오면 간단하게 해결될 것입니다. 영국은 이미 한번 가본 적이 있거든요.

"그래요?"

테른의 말에 다시 입가에 미소가 번진 마리아는 현중을 보면서 동의를 구했다. 본래 계급사회에 익숙한 마리아는 테른에게 명령을 내릴 수 있는 현중에게 물어보면서도 동의를 동시에 구하는 것이다. 귀족이라는 게 본래 이런 예절은 기본이라 어쩔 수 없었다.

"그렇다면 그렇게 하죠. 테른."

—네, 마스터.

"차라리 네가 저걸 가지고 가는 것은? 아, 깜빡했군."

현중은 테른이 차라리 인어를 가지고 가면 굳이 자신이 움직일 필요가 없다는 생각을 말하려다가 입을 다물었다. 인어의 몸에서 뿜어져 나오는 저 엄청난 양의 마나 때문에 테른의 공간이동 마법이 비틀릴 수가 있기에 곧 정정했다.

테른은 현중을 향해 살짝 웃어 보이고는 곧바로 고개를 돌려 마리아를 향해 말했다.

—주소나 근처에 유명한 건물만 말하시면 됩니다.

이미 조사 차 전 세계를 무대로 움직인 테른이다. 특유의 공간이동 마법으로 좌표를 만들어두었기에 필요한 것만 말했다.

"대영박물관에 저희 템플기사단의 연구소가 있어요. 물론 지하에 있지만요."

—…….

"왜 그러죠?"

갑자기 테른이 마리아를 똑바로 보면서 입을 다물어 버리자 궁금해서 물었다.

—대영박물관이라는 명칭은 누가 지은 건가요? 제가 알기로 영국박물관(British Museum)이라는 이름은 있지만 대영박물관이라는 이름은 없는 걸로 알고 있습니다.

웃으면서 마리아에게 또박또박 말한 테른은 정중하게 한 발 물러나면서 앉아 있는 현중의 옆에 섰다.

조용히 물러선 테른을 보던 마리아가 방금 테른이 한 말이 무슨 뜻인지 모를 리가 없다.

"그냥 이곳 사람들이 대영박물관이라고 부르기에 무심코 실수를 했군요."

대영박물관이라는 말은 한국을 낮춰 부르고 영국을 높여 부르는 이름이다. 지금이 무슨 옛날도 아니고, 대영제국이라는 명칭 자체가 사라진 21세기가 아닌가? 그런데 대영박물관이라니 웃기지도 않는 말이다. 영국 사람들도 그냥 영국박물 관이라고 부르는데 아시아의 대한민국에서 대영박물관이라 고 부르는 게 얼마나 웃긴 일인가? 테른이 그걸 날카롭게 꼬 집은 것이다.

"괜찮습니다. 그리고 테른."

—네, 마스터.

"주제넘게 나서지 마라."

—죄송합니다, 마스터.

"용서는 한 번이다."

—알겠습니다, 마스터.

90도로 허리를 숙여 마리아에게 말했다.

—죄송합니다, 바로슈 백작님.

"아니에요. 제가 실수한 걸요."

현중은 슬쩍 테른을 나무라는 척하면서 마리아가 이번 일 로 다른 말이 나오지 못하도록 쐐기를 박아버렸다. 거기다 마 리아는 이제 대영박물관이라는 단어를 쓰지 않을 것이다. 귀 족의 자존심을 테른이 건드렸으니 당연했다.

현중은 그런 테른과 마리아를 보면서 아무도 몰래 살짝 웃 다가 표정을 풀고는,

"테른, 출발해라. 내가 뒤따라가마."

—네, 마스터.

테른은 그 길로 조용히 현중의 뒤로 물러나더니 문을 열고 방을 나갔다. 테른이 완전히 방을 나간 것을 확인한 마리아는 현중을 보면서 의미심장한 웃음을 보였다.

"현중 씨는 마치… 위에서 내려다보는 사람 같다는 느낌을 받을 때가 있어요."

마리아가 말하는 것이 뭔지 현중은 단번에 알아챘다. 바로 왕을 말하는 것이다. 대륙에서 영웅이었고 드래곤과 친구로 지내면서 80년을 살았던 현중이다. 어쩌면 지금 이런 모습이 현중에게는 더 자연스러웠다.

"뭐 경험이 없는 건 아니니까요."

"후후훗, 그렇겠죠."

마리아는 현중이 말하는 것을 의심하기보다는 그냥 우선 믿는 걸로 생각을 바꾼 지 오래였다. 너무나 불가사의한 능력과 그 끝을 가늠할 수 없는 무력이 때론 백 가지 진실을 말하기보다 더 설득력이 있는 법이다. 특히나 무력을 추종하는 마스터에게는 더욱더 그랬다.

"하지만 현중 씨는 똑똑한 부하를 두셨네요."

"후후훗, 그런가요?"

"지금까지 테른처럼 딱 부러지게 저에게 말했던 사람은 없었거든요. 그리고 현중 씨도 미리 알고 있다는 듯 부하를 나무라면서 사과를 시켜 다시는 제가 대영박물관이라는 말이

나오지 못하도록 한 것도 그렇고요. 혹시 미리 말을 맞춘 것은 아니죠?"

　템플 재단의 연구소가 영국박물관의 지하에 있다는 것은 이 자리에서 처음 말했으니 당연히 미리 테른과 현중이 말을 맞췄을 리는 없다. 그렇다면 오직 하나, 서로의 느낌만으로 이런 해프닝을 만들어냈다는 것인데 이건 귀족인 마리아가 보기에도 샘이 날 정도였다.

　절대적인 신뢰를 주는 주인과 그런 주인에게 절대적인 충성을 하는 부하, 어떤 귀족이든 꿈을 꾸는 관계가 아니던가?

　씨익~

　현중은 대답 대신 그냥 웃어버렸다. 그리고 이런 일에 뭐라 말하는 것도 우습기도 했다.

　"괜찮아요. 제가 실수한 것이니까요. 그냥… 테른과 현중 씨의 관계가 부러울 뿐이에요."

　마리아도 산토스와 페이토라는 부하가 있긴 했지만 제자라는 성격이 더 강했다. 물론 테른보다 그들이 못하다는 말은 아니다. 뭐랄까, 현중과 테른을 보고 있으면 굳이 말이 필요 없는 사이랄까? 눈빛과 느낌만으로도 손발이 척척맞아 떨어지게 통하는 관계가 부러울 뿐이다.

　"한국에 이런 말이 있죠. 인재란 결코 멀리 있지 않다. 다만 자신이 높이 보기에 보이지 않는다."

"한국에 내려오는 속담인가요?"

"속담이라기보다는 격언이죠."

"괜찮은 말이네요, 주위를 살피라는 말로 들리면서도 왠지 말에 뼈가 있는 것이."

"어떻게 받아들이느냐가 다를 뿐, 인간은 누구든지 잘하는 것이 있을 테니까요."

스르륵.

현중은 말을 마치고 일어서더니 인어의 곁으로 가 금속 캐비닛을 닫았다.

철컥! 따딱!

"먼저 영국박물관 구경하고 있을 테니 가능하면 빨리 왔으면 좋겠네요, 마리아 스핀 바로슈 백작님."

웃으면서 정중하게 오른손을 배로 당겨 허리를 숙였다. 전형적인 귀족의 인사였다. 마리아도 반사적으로 드레스도 입지 않았는데 드레스 치마를 잡은 것처럼 양손을 펼치면서 허리를 숙였다. 완전히 인사를 마친 후에야 마리아는 현중이 장난을 쳤다는 것을 알아채고는 웃는 얼굴로 일어서며,

"의외로 장난을 좋아하시네요."

"전 본래 유쾌한 사람입니다. 그럼 이만."

인어가 든 캐비닛을 오른손에 잡자 금속 캐비닛을 닫았는데도 새어 나오는 마나가 현중의 눈에 선명하게 보였다. 하지

만 상관없었다. 현중이 사용하는 축지법은 마나를 배열해서
하는 마법이 아니라 선술이었으니 말이다.

사뿐～

현중의 오른발이 한 걸음 내딛는 순간,

슥～

마리아는·보는 앞에서 인어가 들어 있는 캐비닛과 함께 공
기에 녹아들 듯 사라져 버린 현중을 봤다. 그녀는 차분하게
무전기를 꺼내더니,

"나다. 현중 씨의 위치는?"

[치익～ 현재 저희 템플재단의 연구소가 있는 영국박물관
에서 신호가 잡힙니다.]

페이토는 미리 언질을 받았는지 곧바로 현중의 위치를 말
했다.

"훗, 당연한 건가?"

이제는 혹시나 페이토가 다른 곳이라고 보고하면 놀라지
않을까 하는 잠깐의 딴생각을 했다.

"페이토, 연락해서 그분에게 불편함이 없도록 하고, 우리
도 곧바로 출발한다. 준비는?"

[치익～ 이미 끝난 상태입니다.]

"모든 기밀 자료는 폐기한다."

[치익～ 이곳을 버리는 겁니까?]

"전진을 위해서 후퇴도 할 줄 알아야겠지. 배신자와 이 번… 수모를 준 값은 반드시 받아낸다."

현중 앞에서야 웃으면서 좋은 사람인 척했지만 본래 마리 아는 냉정하면서도 맺고 끊음이 확실한 성격이었다. 버릴 때 는 버리고 원한은 결코 잊지 않는다.

[치익~ 넷, 알겠습니다, 마스터.]

딸각!

페이토와의 통화를 끝으로 마리아는 가볍게 마나를 활성 화시켜 무전기를 손에 쥔 채로 부숴 버렸다.

콰직! 턱턱턱!

완전히 가루가 되어버린 무전기의 파편이 카펫의 바닥을 어지럽힐 때 마리아의 눈빛도 차갑게 가라앉았다.

"빚은 갚는다, 반드시. 그레이 파든."

빠지직, 빠직!

부서진 무전기의 가루를 밟으면서 그대로 방을 나가 버린 마리아의 뒷모습은 금방이라도 폭발할 듯 마나가 일렁거리고 있었다.

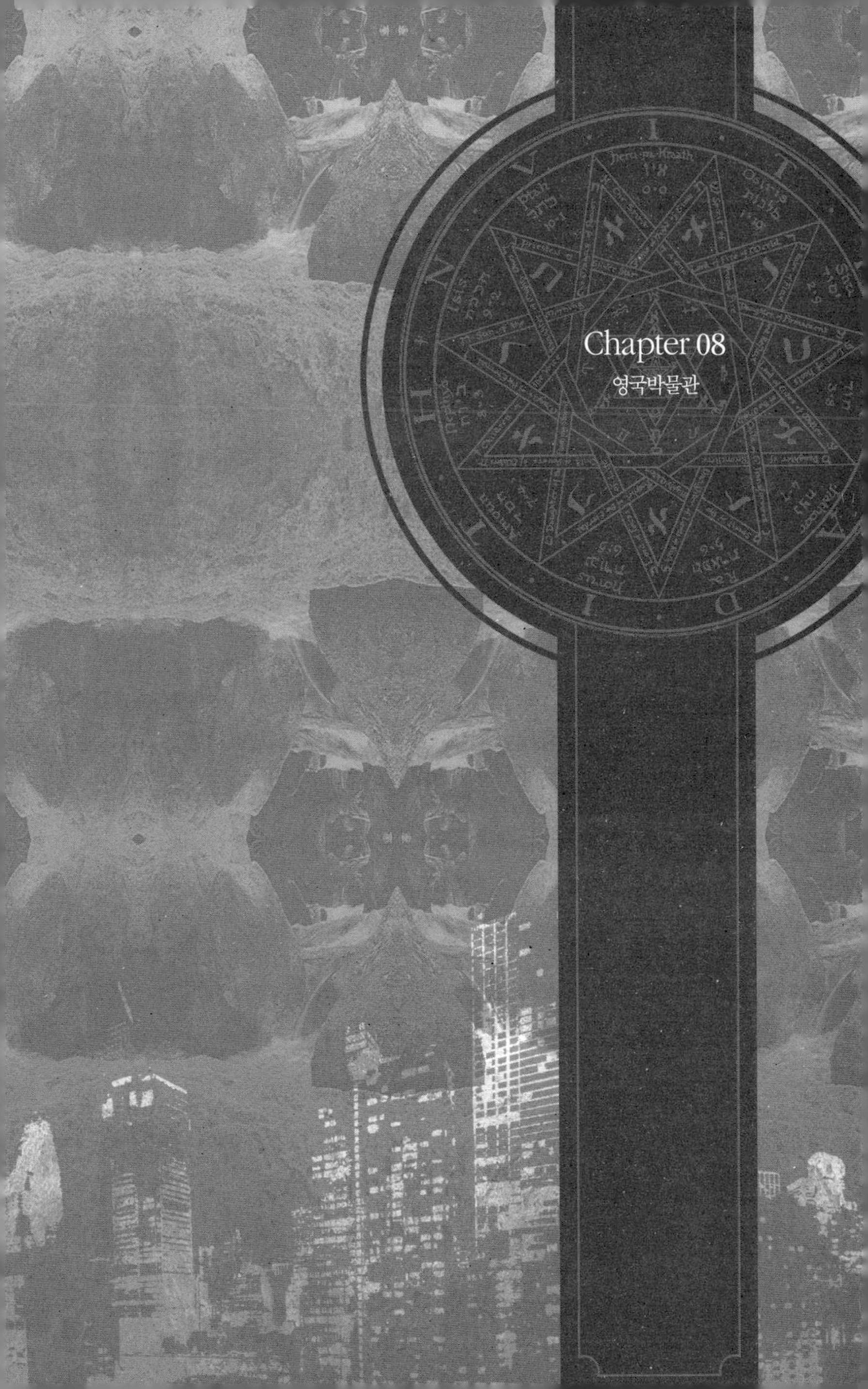

Chapter 08

영국박물관

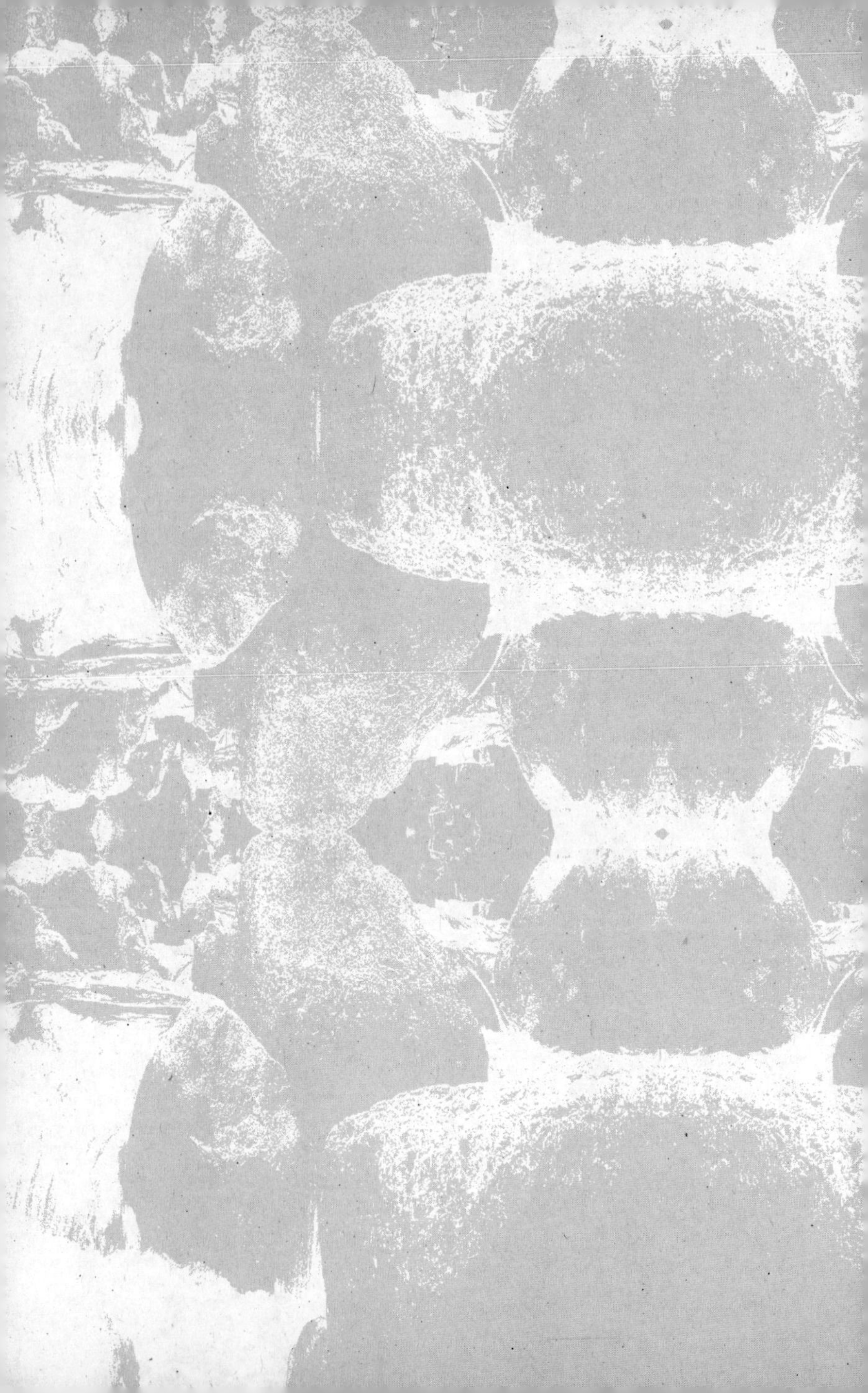

영국박물관.

세계적으로 희귀한 고고학 및 민속학 수집품을 소장한 박물관이다. 위치는 런던의 블룸스버리 지역에 있다. 왕립학사 원장을 지낸 의학자 한스 슬론 경(Sir Hans Sloane)의 6만여 점에 이르는 방대한 소장품을 1753년 정부가 매입할 것을 의회에서 의결하고, 로버트 코튼 경(Sir Robert Cotton)의 장서와 옥스퍼드의 백작 로버트 할리(Robert Harley)의 수집품들을 합하여 1759년에 설립, 일반에게 공개하였다.

세계 최초의 공공박물관이고 루브르 박물관, 메트로폴리

탄 박물관과 함께 삼대박물관으로 불린다. 그 규모는 현재 너무나 커서 하루에 박물관을 전부 둘러본다는 것은 거의 불가능하다. 대신 규모가 크고 진귀한 것은 1층에 거의 모여 있기에 시간이 급한 여행객들은 보통 1층만 구경해도 어느 정도 구경하는 편이었다.

가장 큰 영국박물관의 자랑거리는 그리스 신전을 본뜬 본관 건물의 회랑이었다. 이오니아 양식의 총 44개 기둥이 관람객을 맞이한다.

"크군."

영국박물관 입구에 있는 그리스 신전을 보는 듯한 모습에 현중의 평가는 의외로 간단했다.

평일인데도 사람이 제법 많았고 안으로 들어가면 수만 가지의 진귀한 물건이 전시되어 있다. 사람들이 말하길, 영국에 온다면 꼭 한 번은 들러야 하는 곳이라고 소개하는 이유도 어느 정도 납득이 되는 현중이었다.

하지만 이 수많은 것이 과연 영국에서 만들어지고 지켜온 것일까? 아니었다. 모두 전쟁과 약탈로 만들어진 것이 대부분이다. 오죽하면 '영국박물관에는 영국의 유물이 있는가?'라고 질문하면 선뜻 대답하는 사람이 없을 정도라고 한다.

"건물이 또 있군. 특이해."

영국박물관의 입구를 지나 안으로 들어오자 특이하게 박

물관 안에 또 다른 건물들이 즐비하게 늘어서 있는 것이다. 마치 집 안에 집이 또 있는 것 같았다. 무료라서 그런지 관람객이 엄청 많고 마치 전 세계의 모든 인종이 다 모인 듯한 착각을 불러일으켰다. 하지만 현중은 그런 사람들에게는 시선도 주지 않고 주변을 둘러보기만 할 뿐이다.

역사.

인간의 역사는 생각보다 그리 길지 않다. 대륙은 카일라제라는 신의 보살핌을 받아 벌써 수십만 년을 마법과 검으로 살아온 곳이다. 그에 비하면 지구의 역사는 참 짧을 수도 있지만 신이 조율하는 곳과 신이 없는 곳이 어떻게 역사가 발전하는지 명확하게 보여주는 결과가 바로 이곳 영국 박물관의 유물들이었다.

둘러보는 데 결코 지루해할 틈도 없는 엄청난 양의 유물이 모든 이의 시선을 빼앗기에 충분하다.

그렇게 현중이 유물을 구경하는 과정에서 뭔가 이상한게 눈에 띄었다.

바로 북두칠성에 관한 내용이었다.

알파:국자 오른쪽 윗부분, 큰곰자리 등 부분, 별 이름 도우베, 밝기 1.8등급.

베타:국자 오른쪽 아랫부분, 큰곰자리 허리 부분, 이름 메라크, 밝

기 2.4등급.

감마:국자 왼쪽 아랫부분, 큰곰자리 엉덩이 부분, 이름 페크다, 밝기 2.4등급.

델타:국자 손잡이 시작 부분, 큰곰자리 꼬리 시작 부분, 이름 메그레스, 밝기 3.3등급.

엡실론:국자 손잡이 중간, 큰곰자리 꼬리 중간, 이름 아리오또, 1.8등급.

제타:국자 손잡이 중간, 큰곰자리 꼬리 중간, 이름 미자르, 2.0등급(알코르).

에타:국자 손잡이 끝, 큰곰자리 꼬리 끝, 이름 베나도나슈. 밝기 1.9등급.

현중이 잘 알고 있는 북두칠성의 외국식 이름이기에 우연히 봤는데 6번째 별이라고 쓰인 미자르의 이름 옆에 알코르라는 이름이 붙어 있는 것이다.

"알코르?"

현중이 알고 있는 여섯 번째는 무곡성(武曲星)이었다. 치우천왕이 무슨 생각으로 만들었는지 모르지만 북두칠성은 죽음을 관장하는 별이었다. 당연히 치우천황무는 거의 일격필살 기술이 많은 편이다. 그중에서도 무곡은 현중도 자주 사용하지 않는 편이다. 간단하게 말하자면 암경, 침투경과 같은 특성을 가진 기술이었기에 대륙에서도 지구에서도 크게 쓸 일이 없었다.

그런데 무곡성의 이름 옆에 알코르라는 이름이 이상하게 현중의 신경에 거슬렸다.

"뭐지? 알코르… 알코르……."

치우천황무에도 없는 내용이다. 비급서엔 총 7단계가 끝이라고 쓰여 있었다. 뒤에 여백의 장이 제법 많았지만 발리스터가 이미 마법으로 검사해서 아무것도 쓰여 있지 않음을 확인했다. 그래서 그냥 7단계가 끝이겠지 하고 생각했던 현중은 우연히 영국박물관에서 북두칠성의 6번째 별에 숨겨진 이름 같은 것을 발견한 것이다.

하지만 의문은 곧 풀렸다. 세계3대박물관답게 알코르가 어떤 종류의 별인지 친절하게 설명해 놓은 것이다. 설명을 읽어 본 현중은 쓴웃음을 지었다.

"알코르는 사조성(死兆星)이었군."

사조성(死兆星).

보면 죽는다는 전설이 전해지는 별이다. 그래서 이름도 죽을 사자가 들어가는 것이다. 북두칠성의 별 이름 중에 유일하게 죽음을 직접적으로 암시하는 이름이기도 했다. 로마시대 병사들의 시력 검사 때 사조성을 볼 수 있는지 없는지로 판단했다는 설명을 보고는 웃을 수밖에 없었다. 그 시대는 시력이 좋으면 병사가 되고, 병사가 되면 죽을 확률이 높다는 것이다. 즉, 여기서도 사조성은 죽음의 별을 의미하는 듯했다.

그런데 여기서 현중은 한 가지 의문이 생겼다. 과연 치우천왕이 치우천황무를 만들 때 사조성의 존재를 몰랐을까? 아니다. 분명히 알고 있었을 것이다. 스스로 무공을 만들어 완성해 극의를 이뤄 신의 반열에 오른 사람이 바로 치우천왕이다. 그렇다면 치우천황무에서 사조성의 이름이 없던 것은 한 가지 이유뿐이다.

"치우천왕이 뺐군."

치우천왕이 치우천황무를 기록으로 남길 때 쓰지 않았다는 것이 가장 간단하면서도 확률이 높았다. 하지만 왜, 무슨 이유로 사조성에 관한 무공을 뺐을까 의문이 생겼다.

치우천왕을 찾아야 하는 이유가 시간이 지날수록 하나씩 수면 위로 드러나기 시작하자 현중도 치우천황무와 치우천황의 관계, 과연 치우천황무가 완성된 무공일까 하는 의문이 들기 시작한 것이다. 물론 그 시작은 사조성의 존재였다.

의외로 사조성을 아는 사람은 그리 많은 편이 아니다. 보면 죽는다는 속설 때문에 아무래도 입소문만 타다 보니 아는 사람만 아는 것이다.

"뜻밖의 정보군."

원치 않았지만 현중은 중요한 정보를 영국박물관에서 얻

었다. 그리고 막 고개를 돌려서 다른 곳으로 움직이려던 현중은 익숙한 물건에 또다시 발길이 멈췄다.

"훗, 역시 있군."

유리관 안에 전시되어 있는 다마스쿠스의 검이 현중의 눈에 띈 것이다. 물론 테른의 아공간에 잠들어 있는 진본처럼 날카로운 예기를 가지고 있진 않고 모양도 단검에 가까웠지만 다마스쿠스의 검이 가지는 특유의 무늬가 있었다.

그 무늬는 절대로 흉내낼 수도 없고 인공적으로 만들 수도 없는 것이다. 아무리 검의 모양이 달라도 그 특유의 무늬 때문에 현중도 한 번에 알아본 것이다.

그 외도 구경할 것은 정말 많았지만 현중의 눈에는 그저 약탈당한 약소민족의 상처로만 보일 뿐이었다.

"나가야겠군."

약소민족의 유물 중에 대한민국도 포함되어 있기에 씁쓸한 기분에 더 이상 이곳에 있기 싫어져 나가기로 마음을 바꾸었다.

저벅저벅.

마치 홀로 모든 것을 보면서 걷는 듯 현중의 걸음걸이는 느렸다. 하지만 존재감을 살짝 죽인 현중을 알아보는 사람은 아무도 없었다. 어쩌다 보니 밖으로 나갈 때는 존재감을 조금씩 죽이는 게 습관이 되어가는 듯했다.

타타타타타타.

"……?"

거의 입구로 다가왔을 무렵 현중의 뒤에 곧장 자신을 향해 달려오는 발소리가 들렸다. 멈추고 돌아보니 우람한 체격에 눈빛만으로도 사람을 주눅 들게 할 정도의 거구가 달려와 현중에게 인사했다.

"현중 씨 되십니까?"

"네."

"찾고 있었습니다. 저희 마스터께서 현중 씨를 정중하게 연구소로 모시라는 명령이 있었습니다."

"그래요? 가도록 하죠."

그런데 현중을 데리고 간 곳은 사람이 거의 없는 영국박물관의 뒤편 허름한 창고 같은 건물이었다. 문을 열고 들어가자 네 명의 무장경호원이 지키고 있고 들어가는 순서도 까다로웠다. 망막 스캔은 기본이고 엑스레이를 통과해서 지문 감식에 목소리 인식까지, 완전 최첨단 장치는 다 나오는 것 같았는데, 마지막으로 얼굴 인식까지 하는 것을 보고는 정말 무슨 미션 임파서블 영화 속에 들어온 것 같았다.

그렇게 첫 번째 창고를 통과하고 나서야 겨우 엘리베이터로 갈 수 있었고, 엘리베이터를 타고 지하로 내려갔다.

"……."

“…….”

경호원도 아무 말이 없었고 현중도 입을 열지 않자 오직 조용한 고요만이 엘리베이터에 맴돌았다. 지하로 얼마나 내려가는지 엘리베이터에 표시가 되지 않아서 정확하게 알 수는 없지만 대충 지하 9~10층은 되는 듯했다.

스르럭.

생각보다 부드럽게 엘리베이터를 나오자 현중의 눈에 가장 먼저 보인 것은 정원이었다.

크기는 그리 크지 않지만 일자로 뻗은 길 양쪽으로 자그마한 나무와 정원수가 심어져 있었고, 무엇보다 마치 대낮에 밖으로 나온 듯 너무나 환했다. 형광등? 인공적인 불빛은 아니었다. 따스한 느낌까지 피부로 느껴지는 것이 순간 지하가 아니라 영국박물관 옥상으로 나온 걸로 착각될 정도였다.

“이 길로 쭉 걸어가시면 됩니다.”

할 말을 마친 경호원은 그대로 엘리베이터에 탑승해 올라가고 현중만 덩그러니 남아버렸다.

“영국 사람들은… 본래 이렇게 무뚝뚝한가?”

굳이 친절을 바란 것은 아니지만 왠지 좀 섭섭한 맘도 들었다. 하지만 우선 전해줘야 할 것도 있으니 현중은 여유롭게 걷기 시작했다. 공원을 산책하는 듯 가벼운 발걸음이다.

“훗, 숲으로 눈을 가린다?”

현중이 그냥 걸어 다녔느냐? 그건 아니었다. 걸으면서 이미 마나 영역과 기감 영역을 퍼뜨려 이미 이 공간을 현중의 공간으로 만들어 버렸다. 그러자 잘 꾸며진 정원과 같은 모습과 달리 수많은 기계 움직이는 소리와 사람들이 움직이거나 숨어 있는 기척까지 고스란히 현중에게 전달되었다.

얼핏 보면 영국이 자랑하는 MI−6보다 이곳이 더 비밀요원들의 본부 같다는 생각이 들었다.

대략 5분 정도 느긋하게 걸었다. 어차피 일자로 뻗은 길이라 다르게 돌아갈 것도 없었으니 오히려 거리를 생각하면 현중이 도착한 시간은 엄청 느린 편이었다.

딸각.

현중이 정확하게 도착 지점으로 보이는 반구형의 건물에 도착하자 사람이 들어갈 만한 공간이 열렸다. 그 안에서 금발의 초로한 노인이 나와 현중을 빤히 바라보았다.

"……"

"……"

둘은 누가 먼저랄 것도 없이 시선을 피하지 않고 똑바로 눈동자를 직시했다. 그러기를 몇 분 지났을까?

"킬킬킬킬, 이렇게 긴장감이 없는 녀석은 처음 보겠군."

씨익~

현중은 노인의 말에 입가에 미소를 지으면서,

"제가 긴장해야 되나요, 어르신?"

"아니야. 그냥 마야에게 듣던 것과 너무나 똑같아서 말이야. 그리고 나를 상대로 눈동자를 돌리지 않는 녀석은 네가 처음이다."

현중은 눈을 마주 보고 있는 게 뭐가 대단하다고 저러는지 이해를 할 수 없었지만 굳이 묻고 싶은 생각도 없었다.

"음, 몸도 튼실하고 얼굴도 괜찮군. 키도 맘에 들고. 뭐 성격이 좀 그렇지만 그건 마야가 알아서 하겠지."

"……?"

"안 들어올 건가?"

자기 할 말만 하면서 오히려 자신을 따라 들어오지 않는 현중을 나무라는 노인을 보고는 순간 떠오른 게 괴짜였다. 그리고 현중의 그런 예상은 적중했다. 반구형의 건물이 바로 탬플 재단의 핵심 연구소였던 것이다.

겉에서 보는 것과 달리 안으로 들어가자 수십 개의 방으로 나누어진 듯 양쪽으로 늘어선 방들이 보였고, 그 방 하나하나마다 모두 뭔가 열심히 연구하고 고민하는 사람뿐이었다.

"이곳이네."

노인을 따라 도착한 곳은 가장 끝에 있는 방으로, 막다른 골목의 벽에 임시로 문을 달아놓은 듯 엉성했다. 하지만 다른 방에 비해서 그렇다는 거지 부실하거나 약해 보이는 건 아니었다.

지이잉~

자동으로 열리는 문을 따라 들어가자 가장 먼저 현중의 눈에 뜨인 것이 있었다. 높이 2미터에 넓이 10미터 정도는 되어 보이는 비어 있는 커다란 물통이었는데 투명한 유리라서 속이 훤히 들여다보였다.

"그럼 이제 자네가 가져온 것을 보여주게나. 마야가 하도 이상한 소리를 해서 급하게 준비는 했지만 난 눈으로 보는 것만 믿거든."

"그러죠. 테른."

현중이 나직하게 부르자 현중의 그림자에서 테른이 쑤욱 튀어나오더니 커다란 인어가 들어 있는 커다란 금속 캐비닛을 들고 걸어나왔다. 근데 순간 노인의 눈동자가 번쩍이더니 급히 현중에게 다가와 여기저기 살펴보는 것이다.

"흠… 분명히 여기서 나왔는데 말야. 자네… 혹시 마술사인가?"

대답 대신 그냥 웃어버린 현중은 테른에게 건네받은 금속 캐비닛을 곧바로 열었다.

"오~ 이게 정말… 인어란 말인가!"

테른이 갑자기 나타난 것은 이미 노인의 머릿속에서 사라지고 없었다. 솔직히 과학자에게 인어를 발견했으니 어항을

준비하라고 했던 마리아의 말을 따라준 것만 해도 다행일지
도 몰랐다. 과학자는 공통적으로 한 가지 특징이 있는데, 모
두 눈으로 본 것만 믿는 고집이다.

부시럭.

"얼른 불러야겠어."

그대로 방문을 열고 나가 버린 노인이 돌아온 것은 겨우 몇
분이 지나서였다. 노인 혼자가 아니었다. 수십 명의 흰색 가
운에 검은 바지, 줄무늬 와이셔츠를 통일해서 입은 과학자들
이 몰려들어 오더니, 현중은 아예 거들떠도 보지 않고 캐비닛
속의 인어에 집중하면서 서로 자기들만의 수다를 떨기 시작
했다.

"과학자가 오히려 여자보다 더 시끄럽군."

현중은 한 발짝 뒤로 물러서서 잠시 그들을 지켜보는데 하
나같이 눈동자에서 레이저가 튀어나올 듯 집중하고 있었다.

"내가 이제 이곳에 있을 이유는 없는 건가."

인어도 무사히 가져다주었겠다, 굳이 이곳에 있을 이유를
느끼지 못했다. 그리고 이미 과학자들은 현중이 있었는지도
기억하지 못할 것이다.

"훗."

조용히 몸을 돌리던 현중이 오른발을 살짝 내딛자 그 자리
에서 사라져 버렸다. 그리고 현중의 예상대로 이미 그들은 현

중이 있었는지도 기억하지 못했다. 곧바로 수조에 물을 채우고 온갖 기계가 들어오더니 순식간에 캐비닛에서 인어를 떼어내 미리 준비해 둔 투명 물통에 넣고는 조사를 시작한 것이다.

한편 다시 밖으로 나온 현중은 대영 박물관 입구 쪽에 슬쩍 모습을 드러냈다. 존재감을 지우고 이동했기에 아무도 현중이 갑자기 나타난 것을 인식하지 못했다.

"뭘 하지."

막상 나오긴 했는데 딱히 할 게 없었다. 다른 관광객들이야 세계삼대박물관 중에 하나이니 구경하기 바쁘지만 현중은 그것도 그리 내키지 않았다. 그러다 문득 사조성이 생각났다.

"알아봐서 나쁠 건 없겠지."

결국 현중은 사조성을 좀 더 알아보기 위해 박물관으로 들어갔다. 하지만 얻은 수확은 없었다. 한 시간 이상 자세하게 살펴보고 테른까지 동원해서 알아봤다. 하지만 의외로 사조성에 대해서 알려진 것이 거의 없었다.

"사조성이라……."

사조성은 어쩌면 치우천황무의 마지막일지도 모른다는 생각이 든 것이다. 현재 치우천황무를 완성했다고 생각하고 있는 현중이다. 하지만 그건 혹시 자신만의 생각이 아닐까 하는 의심이 들기 시작했다.

통.

"……?"

세계에서 알아준다는 곳에서도 사조성에 대해서 찾을 수가 없자 그냥 밖으로 나와 햇살을 받으면서 앉아 있는데 발 앞에 축구공 하나가 굴러와 현중의 발을 건드렸다.

"형, 공 좀 차줘요!"

이제 열 살 겨우 넘었을 법한 어린 소년이 긴 금발을 질끈 묶은 채 현중을 향해 손을 흔들고 있었다.

"훗."

갑자기 공을 보자 장난을 치고 싶어져 현중은 그냥 차주려다가 축구공을 발에 올려놓고는 드리블을 시작했다. 마치 스케이트보드를 타듯 지면을 미끄러지며 드리블을 해서 잔디밭에서 손을 흔들던 소년의 곁으로 다가가 가볍게 힐킥으로 가슴을 향해 공을 올려주었다. 그러자 소년은 현중이 보낸 공을 가볍게 받아서 무릎으로 트래핑을 하고는 능숙하게 발로 공을 잡았다.

"형, 축구했어요? 드리블 솜씨가 좋던데, 어디서 축구했어요? 혹시 선수예요?"

현중의 드리블을 만약 전문 구단의 스카우터가 봤다면 난리 났을 테지만 안타깝게 지금 눈앞에 소년을 제외하고는 본 사람이 없었다. 그런데 오히려 눈을 반짝거리면서 현중에게 질문을 쏟아붓는 모습에 현중은 순간 자신이 괜한 장난을 친 것 같다는 생각이 들었다.

"형, 나랑 한번 어때요?"

방금 처음 만난 사이인데도 전혀 스스럼없이 축구 한판 하자고 말한다. 현중에게 다가와서 공을 몇 번 던졌다 잡는 행동을 하는 모습에 현중은 웃을 수밖에 없었다.

"잘생긴 형, 어때요? 어리다고 무시 마요. 나 이래 봬도 멘체스터 유나이티드 유소년 팀의 정식 선수예요."

그리고 공을 잡고 발재간을 보여주는데 현중이 봐도 세계적으로 배운 솜씨였다.

"어때요? 잘하죠?"

"그래, 잘하는구나."

현중은 소년의 머리를 쓰다듬으면서 말했다.

"하지만 난 공놀이할 시간이 없어서 말이야."

탁!

"……?"

갑자기 소년이 현중의 손을 거칠게 뿌리치고는 현중을 향해,

"공놀이 아니에요. 축구예요, 축구!"

현중은 영국 사람들의 축구 사랑이 어느 정도인지 대충 들어서만 알고 있지 얼마나 강렬한지는 모르고 있었다. 훌리건

이라는 말도 영국에서 생겼다. 그만큼 축구에 자신의 인생을
거는 사람들이 가장 많은 나라가 바로 영국이었다. 오죽하면
영국은 월드컵을 나가는 국가대표팀이 무려 네 개나 있었다.

　일반 사람들은 월드컵 경기는 국가와 국가 간의 축구 겨룸
이라고 생각하는데 실상은 그게 아니었다. 일본은 일본 축구
협회에서 국가대표를 내보내고 한국도 대한축구협회에서 선
수를 선발, 출전시키는 형식이다. 그러니 축구협회만 있으면
얼마든지 월드컵에 내보낼 국가대표를 선발할 수 있다는 말
이다.

　영국은 실제로는 네 개의 나라가 합쳐진 나라였다. 잉글랜
드, 스코틀랜드, 웨일즈, 북아일랜드로 나눠져 있고, 각각 나
라마다 축구협회가 있다. 특히나 잉글랜드와 북아일랜드 간
의 축구 경기는 라이벌전으로 전 세계 사람들이 관심을 가질
만큼 엄청난 열기에 휩싸이는 경우가 많았다.

　그리고 훌리건을 만들어낸 최초의 경기도 바로 잉글랜드
와 북아일랜드의 경기였다. 영국도 따지고 보면 미국처럼 연
합국가인 셈이다. 단, 올림픽은 영국 국기를 쓰는 만큼 월드
컵처럼 네 개 팀이 출전하지는 못한다.

　"그래, 미안하구나."

　대충 사과하고 다시 박물관 쪽으로 돌아가려고 했다. 지금
현중의 머릿속에는 사조성이 꽉 차 있기에 처음 보는 소년과

입씨름할 생각도 없었다. 하지만 그런 현중의 옷자락을 강하게 움켜잡은 소년은 눈에서 불타는 안광을 뿜어내면서,

"나랑 한판해요!"

"공놀이라고 한 것은 미안하다만 난 축구를 좋아하지 않아. 좋아하지 않는 사람에게는 축구는 공놀이가 될 수도 있지 않겠어?"

냉정하면서도 객관적으로 현중이 말했지만 그건 어른에게나 통할 말이다. 이제 열 살 겨우 넘어 보이는 소년에게 그런 어려운 말이 통할 리가 없다. 거기다 일이 안 좋게 풀리려고 하는지 소년의 부모로 보이는 남자가 다가왔다.

"폴린, 무슨 일이냐?"

공차면서 잘 놀던 자식이 갑자기 동양의 이방인과 이야기를 하는데 멀리서 보기에도 분위기가 이상하자 결국 부모가 다가온 것이다.

"아빠, 저 형이 축구를 공놀이라고 했어."

"뭐야!!"

무슨 설명이나 자초지종을 들을 새도 없이 소년의 부모는 곧장 눈에 쌍심지를 켜고 현중을 향해 윽박지르기 시작했다.

"감히 축구의 종주국인 우리 땅에서 축구를 공놀이 취급해?"

"……"

현중은 한숨만 나왔다. 솔직히 현중이 크게 상대를 배려해서 말을 하는 편은 아니다. 그냥 몸에 배인 것이 있기에 존댓말은 하지만 굳이 자신이 좋아하지도 상대에 대한 배려까지 신경 쓰는 편이 아니었다. 그리고 축구를 비하한다는 생각도 없었다. 그저 무심코 나온 말인데 설마 상대가 이렇게 민감하게 반응할 줄은 몰랐던 것이다.

영국은 축구의 종주국이라는 자존심이 아시아에서 살던 현중이 생각하던 것 이상이었다. 상대 팀이 이겼다고 살인을 저지르고 대규모 폭력 사건을 일으키는 곳이 영국이었다. 솔직히 한국과 일본의 축구 경기도 라이벌전이라 시끄럽지만 영국에 비하면 새 발의 피인 것이다.

자신이 응원하는 팀이 경기가 있으면 그 시간대 열차를 통째로 빌려서 원정 응원을 가는 곳이 바로 영국인이었다. 종주국이라는 자존심과 세계에서 가장 최고로 치는 프리미어리그가 열리는 곳, 이 두 가지가 지금의 영국 축구를 말해주는 것이다.

단, 현중이 그걸 몰랐다는 게 지금 상황을 이렇게 꼬이게 만들었다.

"이봐!! 여기 동양 녀석이 감히 영국 축구를 공놀이라고 하네!!"

급기야 같이 온 친구까지 불러들였는데, 일이 꼬이려고 하니 정말 요상하게 꼬이는 듯했다.

"뭐야!!"

"감히 동양 녀석이!!"

무려 여덟 명의 남자들이 들이닥치더니 현중을 둘러싸고 무섭게 노려보기 시작했다. 이런 상황에 다들 현중이 겁먹었다고 생각하겠지만 현중은 오히려 자신의 실수를 자책할 뿐이었다.

'그냥 공 한번 차주고 말 걸, 괜히 건드렸군.'

삽시간에 일이 커져 버려 이제는 그냥 도망갈 수도 없었다. 거기다 실제 선수로 뛰고 있는 사람도 포함되어 있다 보니 일이 커져 버렸다.

그때 소년의 아버지가 당당하게 외쳤다.

"그렇게 축구를 공놀이로 취급한다면 우리를 한번 이겨봐라!"

쿵!

소년이 현중의 손목을 꼭 쥐고 떨어지지 않는 상황이라 축지법으로 사라지는 것도 곤란했다. 그러다 보니 얼떨결에 현중은 그들에게 둘러싸여서 근처 인근 축구장으로 갔고, 어느새 현중은 축구공을 만지고 있었다.

그런데 지금 이런 상황에도 현중은 동네 흔한 축구장 같은 데도 자연 잔디가 깔려 있고 정돈이 깨끗하게 된 모습에 놀라고 있었다. 그리고 의외로 축구하는 사람이 많은 것에 또 한 번 놀랐다. 이제 걷기 시작하는 아이부터 머리가 백발의 노인까지 자신만의 축구 유니폼을 입고 공을 차는데 한국에서는 조기축구회를 빼고는 이런 모습을 거의 보지 못하기에 신선했다.

"뭘 보지, 동양 놈?"

동양 녀석에서 동양 놈으로 현중이 격하되는 순간이었다. 영국을 가보면 흔하게 볼 수 있는 축구장이다. 하지만 현중이 주변을 보면서 가만히 서 있자 왠지 녀석들의 기가 살았고, 그 모습에 현중은 그냥 사라질까 하던 마음을 바꿨다. 뭐랄까, 심통이라고 해야 할까? 종주국이라는 저 끝없는 자존심을 내세우는 녀석들이 갑자기 얄미워지기 시작한 것이다.

통통! 통통!

발끝으로 축구공을 살짝 튕겨 현중이 가볍게 볼 트래핑을 하자 처음에는 영국 녀석들도 그저 허세를 부리는 거라고 생각했다. 하지만 그게 열 번이 넘어가고 스무 번이 넘어가도록 단 한 번도 몸이 기울거나 흐트러짐없이 발만 가볍게 놀려, 마치 공에 끈이라도 달아놓은 듯 볼 트래핑을 계속하자 현중을 향해 야유를 퍼붓던 녀석들의 입이 다물어졌다.

"뭐야? 저 동양 놈, 혹시 선수 아니야?"

"아니야. 내가 동양 쪽 선수를 제법 아는데 처음 보는 얼굴이야."

"그리고 저 몸을 봐. 축구선수로 훈련받은 몸은 아니잖아?"

솔직히 그렇긴 했다. 축구선수라면 필연적으로 하체가 눈에 띄게 튼튼할 테니 말이다. 그렇지만 현중은 그냥 조금 말랐다고 보일 정도로 샤프한 몸매였고, 특별하게 근육이 많아 보이는 몸매도 아니었다.

볼 트래핑이 끝나고 가볍게 발바닥으로 공을 제압한 현중의 움직임이 멈췄다가 다시 움직였을 때 그들은 자신들이 무슨 일을 당했는지 깨닫기도 전에 상황은 끝나 있었다.

0—5

현중의 압승이었다.

그것도 현직 프로선수가 포함된 아홉 명과 현중의 9대 1 대결에서 나온 스코어였다.

그리 길지도 않은 10분 동안 뛴 시간이었지만 잔디 위에 멀쩡하게 땀 한 방울 흘리지 않고 서 있는 현중과 달리 상대편 아홉 명은 다들 잔디 위에 몸을 눕힌 채 가쁜 숨을 몰아쉬고 있었다.

"재미있군."

현중은 축구는 농구와 달리 재미있다는 생각이 들었다. 물론 축구를 하는 것도 이번이 처음이다. 그리고 10분 동안 짧다면 짧은 시간이다. 하지만 그동안 태클부터 차징까지 온갖 수로 달려들던 아홉 명의 적을 상대로 했지만, 비겁하게 뒤에서 반칙을 하거나 심하게 행동을 하지 않고 오직 정정당당하게 덤벼드는 모습도 나름 괜찮게 생각되었다.

축구를 너무 좋아하고 사랑하기에 맹목적일 뿐이지, 경기장에서 실제로 축구를 할 때는 그 맹목적인 자존심과 축구를 향한 마음 때문에(실제로는 9대 1 경기에서 반칙을 하는 것도 이상했다) 순수함이 느껴진 것이다.

"헉헉헉! 거기 동양인."

동양 녀석, 다음은 동양 놈, 방금은 동양인. 참 빨리도 변하는 호칭이었다. 하지만 그렇게 패배를 당했는데도 모두 웃고 있었다.

"크크큭, 이렇게 시원하게 당한 게 얼마 만인지……. 이름이라도 알고 싶은데……."

"코리아에서 온 현중."

"현중? 코리아? 아, 이번에 월드컵을 일본이랑 같이 치른다는 그 나라 말이군."

축구의 광팬답게 2002년에 한일 월드컵이 열리는 것을 알고 있었다. 현중이 한국 사람이라고 말하자 함박웃음을 지으면서 힘겹게 일어섰다.

"난 볼룸이라고 하네. 미첼 볼룸. 자네는 그냥 마크라고 불러도 되네.”

　방금 전까지 죽자고 축구로 싸우던 모습은 어느새 사라지
고 웃으면서 악수를 내미는 모습을 보고는 현중도 마주 잡았
다. 확실히 한국과 다른 문화였다.

　“현중, 김현중입니다.”

　“크크큭, 이봐, 여기 코리아에서 왔대. 내년에 월드컵 열리
는 나라 말이야.”

　“그래? 어쩐지. 쩝, 설마 선수는 아니겠지?”

　마크의 뒤를 이어서 일어선 남자가 다가와 현중에게 한마
디 하자 현중은 고개를 저으면서,

　“현재 교환학생으로 와 있는 학생입니다.”

　“대학?”

　“네, UCL대학이죠.”

　“오! 이거 학교 후배구만!”

　마크가 갑자기 현중을 와락 끌어안으면서 자신이 UCL출신
이라고 말하자 분위기는 순식간에 바뀌었다. 마치 현중을 오
래전부터 알고 지내던 친구처럼 대하기 시작한 것이다. 뒤끝
이 없다고 해야 하나?

　현중이 축구가 재미있다는 말과 함께 사과하자 그들은 시
원하게 웃으면서 받아들이더니 자신들이 가져온 피크닉 도시
락까지 나눠 먹자면서 억지로 현중을 데리고 전망 좋고 나무

그늘이 괜찮은 곳으로 이동했다.

한편 현중이 이렇게 있는 사이 템플재단의 연구소에서는 한바탕 난리가 났다.

"왜 저러지?"

과학자들이 인어를 큰 물통에 옮기고 노력 끝에 인어를 깨우는 데는 성공했다. 그런데 인어는 깨어나자마자 곧바로 몸을 웅크리더니 마치 누에가 실을 뽑아 고치를 만들 듯 주변의 물을 마음먹은 대로 조종해서 커다란 물방울을 만들고 그 속으로 들어가 버렸다.

그렇게 인어가 자신이 만든 물방울 속으로 들어간 뒤에는 그 어떤 것도 통하지 않자 과학자들은 애태우면서 발만 동동 굴렸다.

"약한 전기 충격도 소용이 없고, 마취제도 저 겹겹이 둘러싼 물방울 사이에 공기층 때문에 소용이 없으니 어찌해야 된단 말인가."

이럴 때 마리아가 있다면 방법을 강구해 보겠는데 마리아는 아직 영국을 향해 날아오는 중에 있다. 그렇다고 마냥 기다리자니 과학자의 특성상 참고 기다리기도 힘들고 별수 없이 커다란 CT 기계를 쏘고, 이동용 엑스레이 기계도 이용해서 찍고, 어떻게든 조금이라도 더 알아내려고 노력했지만 모두 소용이 없었다.

“저 물방울 때문에 아무것도 통하지 않는구만. 젠장.”

엑스레이조차도 물방울 때문에 통과하지 못하는 것이다. 당연히 일부러 공수해 온 초대형 CT 기계도 소용이 없었다. 인식 불가라는 화면만 계속 떠 있을 뿐이다.

이렇게 모든 과학자들이 애를 태우는 상황에 문득 가장 앞서서 진두지휘하던 노인 과학자가 문득 현중을 생각해 냈다.

“인어를 가져온 현중을 찾아야 해.”

막연한 기대였다. 하지만 지금은 그거라도 기대야 하는 상황이었다.

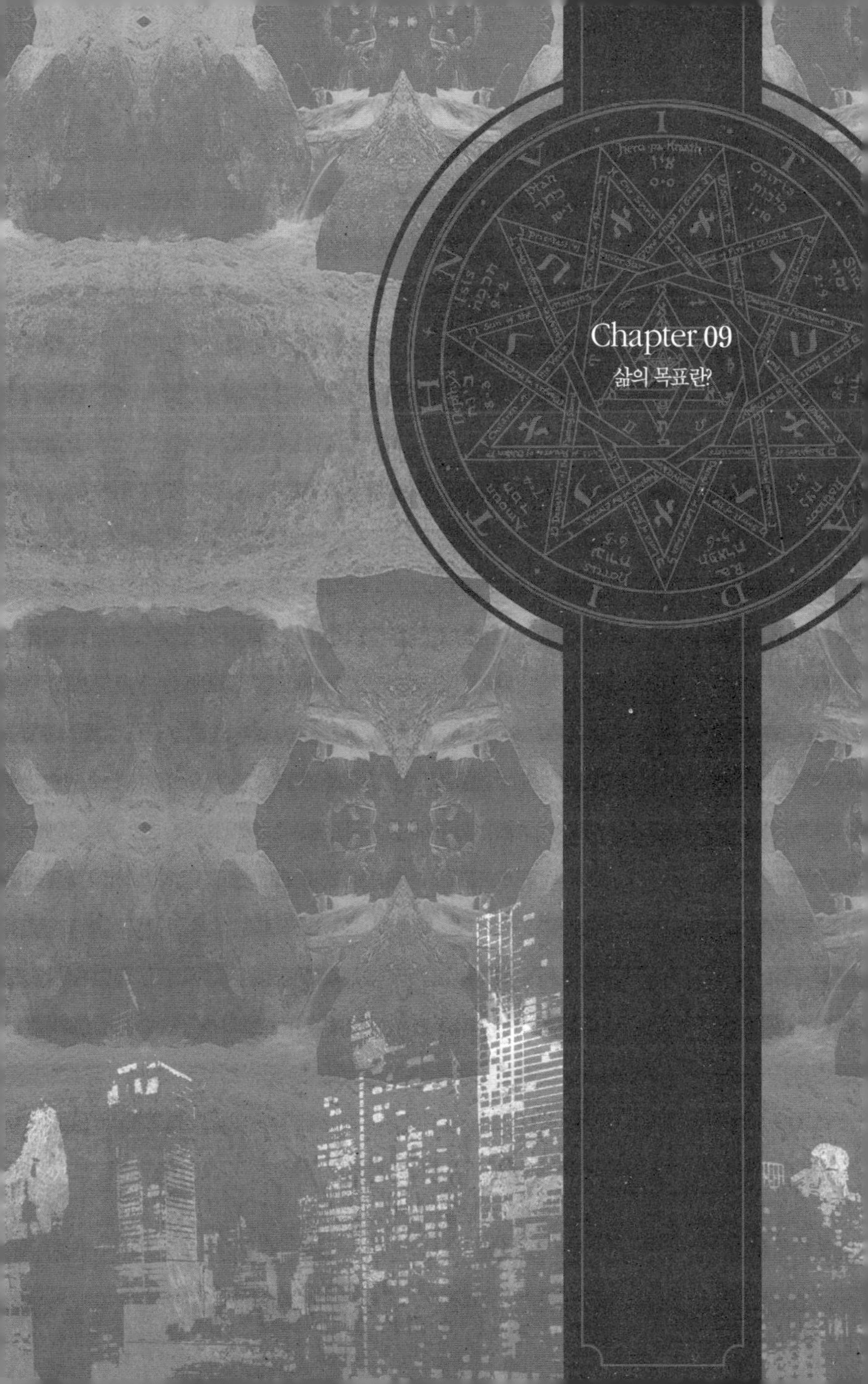

Chapter 09
삶의 목표란?

　　현중은 광적으로 축구를 좋아하는 이들과 헤어졌다. 다시 박물관으로 들어가려고 할 때 전화기가 울렸다.

　　"응? 과대표가 왠일이야?"

　　[선배, 어디 계세요? 뮤직비디오 촬영이 앞당겨지는 바람에 오늘 선배 차가 좀 필요하게 되었는데요]

　　"그래?"

　　[선배 집으로 제가 갈까요?]

　　"아니 내가 학교 앞으로 갈테니 거기서 만나도록 하지."

　　[넷, 선배! 감사합니다!]

딸각~

전화를 끊고 현중은 잠시 영국박물관을 바라보면서 뭔가 고민하는 듯하더니 이내 몸을 돌렸다.

"내가 없어도 알아서 잘 하겠지. 내노라 하는 천재들이니."

현중이 본 템플재단 연구소의 박사들은 정말 골수까지 호기심과 탐구, 그리고 연구에 미친 사람들이었다. 그런 사람들은 믿고 맡기면 알아서 잘하는 것도 알고 있기에 한국으로 우선 돌아가기로 했다. 짐도 정리하지 않은 상태고 어차피 한국에 가긴 해야 했다.

하지만 현중의 예상과 달리 영국박물관 내부에서는 보안요원들이 총출동해서 현중을 찾기 위해 박물관을 이잡듯 뒤지고 있었다. 워낙에 큰 박물관이라 시간이 걸렸는데, 결국 찾지 못했다.

저녁때쯤 마리아가 도착했지만 그녀도 어떻게 할 수 없었다.

결국 현중이 필요하다는 말이다.

"현중을 마지막으로 본 게 언제죠?"

마리아의 질문에 보안요원이 녹화된 CCTV 자료를 보여주었다.

"로마전시관에서 한참을 머물다 밖으로 나간 것까지 기록이 되어 있습니다. 그리고 우연히 알게 되었는데, 주민과 잠시 축구 시합을 하고 나서 헤어졌다고 합니다."

“축구요?”

마리아가 지켜본 현중은 쉽게 사람들과 어울릴 것 같지 않았다. 하지만 방금 보고를 보니 꼭 그렇지만도 않은 듯했다.

“그런데 그게 좀…….”

“왜 그러지?”

“맨유 소속의 정식 선수가 포함된 아홉 명과 현중 씨 혼자 시합을 했다고 합니다.”

마리아는 그말을 듣고는 오히려 웃으면서 다른 설명보다 한 가지만 물었다.

“결과는?”

“10분 경기 종료 후 0대 5라는 점수 차이로 현중 씨가 이겼다고 합니다.”

“후후훗. 역시나 예상대로네.”

마리아는 현중이 오히려 진다는 게 납득가지 않았지만 보고를 하고 있는 보안요원은 어리둥절했다. 실제로 영국인들의 축구 사랑은 광적이었다. 그리고 의외로 축구도 잘하는 편이었다. 축구만 전문적으로 가르치는 과정이 있는 학교가 수십 개가 있을 정도였다.

그런데 현중과 시합했던 아홉 명의 숫자도 숫자지만 실제 맨유에 등록된 정신 선수가 포함된 상대를 상대로 0대 5 스코어는 도저히 납득이 되지 않는 것이다.

축구는 단체 운동이었다. 실제로 열한 명이 뛰다가 한 명만 퇴장당해도 급속히 사기가 떨어지는 것이 축구였다. 특히나 축구 경기의 특성상 공 하나에 모든 것이 집중되는 만큼 한명이라도 빠지면 그 구멍은 컸다.

그런데 9대 1로 축구시합을 했는데 0대 5로 이겼다? 그것도 10분 만에? 그걸 누가 믿겠는가, 그래서 보고하지 않으려다 모든 것을 보고하라는 명령 때문에 말했던 것이다.

"그럼 그들이 현중을 마지막으로 본 사람이겠군."

"네."

"별수 없군. 페이토."

"네, 마스터."

"현중의 현재 위치를 파악해 봐. 가능하면 뒤를 캐는 것 같아서 하고 싶진 않지만 박사님들이 목을 빼고 기다리니 별수 없잖아."

"알겠습니다, 마스터."

페이토는 그대로 사라졌다.

탬플재단의 박사들은 물방울로 온몸을 감싸 버린 인어가 들어 있는 수조를 떠나지 못하고 있었다. 그모습을 가만히 바라보던 마리아는 옆에 남아 있던 산토스를 보면서,

"인어의 출처에 대한 조사는?"

"우선 러시아 북쪽 부근에서 발견되었다는 것만 알아냈습

니다."

"러시아 북쪽이라……. 그럼 북극권인가?"

"그리고 중국과 일본의 움직임이 심상치 않습니다."

"중국과 일본이?"

"네. 러시아를 시작으로 점차 북쪽으로 활동 반경이 넓어
지는 것을 확인했습니다. 그리고 마스터가 움직였다고 합니
다."

마스터가 움직였다는 말에 마리아도 잠깐 놀랐지만, 베이
스퍼도 그렇고 자신도 국가의 의뢰를 받아 움직이는 일은 자
주 있는 일이었다. 그런데 그 뒷말이 마리아의 심경을 어지럽
히고 있었다.

"일본의 마스터가 움직였습니다."

"웬만해서는 엉덩이가 무거워서 발걸음을 하지 않던 사람
이 움직였다라……."

사무라이 특유의 자존심으로 유명한 마스터로 일본에서도
무사를 존중하는 풍습이 남아 있었다. 그래서 국가 공인 마스
터이면서도 국가의 일에 웬만해서는 움직이지 않았던 그가
움직였다는 것이 마리아의 호기심을 자극하기 시작했다.

"현재는 러시아에 머물고 있는 것으로 판단되지만 곧 한국
으로 이동할 것 같습니다."

"한국으로? 그럼 그들의 목표는 당연히… 인어겠지?"

마리아가 한마디 하자 산토스도 고개를 끄덕였다. 한국으로 향할 것 같은 이동 조짐이 보이는 순간 누구라도 알 수 있는 사실이었다.

혹시라도 현중이 한국에 가 있다면 필연적으로 일본의 카이쇼 무사시와 현중이 부딪칠 수 있었다. 그렇다고 마리아가 현중을 걱정하느냐? 그건 아니었다.

현중이 정도껏 강해야 걱정이라도 하지, 이건 오히려 필연적으로 부딪칠 일본의 마스터를 걱정해야 할 판이었다.

간단하게 일본의 마스터가 움직였다는 것에 흥미가 있을 뿐 현중에 대한 걱정은 애초에 마리아의 뇌리에서 사라졌다. 그러자 또다시 불현듯 드는 생각이 있었다.

"음… 이러다 북극에도 가봐야 하는 거 아닌가 몰라."

추운 걸 그리 좋아하지 않는 마리아는 인어 때문에 왠지 북극에 가봐야 할지도 모른다는 예감에 몸서리쳤다.

거기다, 저 인어의 존재를 미국이 어떻게 알고 있느냐가 지금 마리아의 머릿속에 가득했다. 영국의 MI-6도 모르고 있던 정보를 미국은 정확하게 알고 베이스퍼까지 동원해서 마피아의 손에서 탈취했다는 것은 다른 걸 떠나서 자존심이 구겨지는 일이었다.

그리고 무엇보다 마리아가 분노하는 것은 바로 속았다는 사실이다. 정말 인어가 불로불사의 능력이 있는지 마리아는 솔직히 관심도 없었다. 불로불사? 말도 안 되는 소리였다. 옛날 시대나 통했을 이야기지 지금은 인간의 유전자 지도까지 만들어내는 시대가 아니던가?

치익~

딸각!

주머니에 있던 작은 무전기를 손에 집어 든 마리아가 스위치를 누르자 페이토의 목소리가 흘러나왔다.

[마스터. 현재 신호가 잡힌 곳은 한국입니다.]

"…한국?"

[네.]

"에휴, 그래. 알았다. 내가 직접 연락하지."

마리아는 결국 박사들에게 아직 못 찾았다고 말하고는 직접 연락을 하려다가 그만두었다.

이상하게 최근 현중에게 의존한다는 생각이 문득 든 것이다. 인어가 어디 도망가는 것도 아니고 죽은 것도 아니기에 잠시 상황을 지켜보기로 결론을 내렸다.

"짐이라도 가지러 갔나 보지."

뭘 챙길 사이도 없이 인어를 먼저 옮기기 위해 영국으로 넘어왔던 현중이 아니던가? 그냥 짐을 가지러 갔을 거라고 생각하고는 최대한 현중에게 먼저 연락하거나 귀찮게 하는 것을 피하기로 했다.

물론 박사님들에게는 미안하지만 현중에게 너무 의존하는
것도 왠지 자존심이 상하기 때문이다. 어차피 영국으로 온다
고 했고 순간이동하는 능력이 있으니 시간적으로 크게 힘든
것도 없다는 판단이었다.

한편 베이스퍼는 지금 미국을 향해 가는 중이었다.
국가외교관 자격은 기본이고 국가 공인 마스터이기에 모
든 비행기 요금은 무료다. 어디를 어떻게 움직이는지 나중에
보고만 올리면 되는 위치가 바로 국가 공인 마스터였다.
"흠……."
비행기 창밖으로 구름을 보면서 생각에 잠긴 베이스퍼는
비행기를 타기 전 CIA 국장으로부터 받은 정보를 생각하는
중이었다.
이번 러시아 작전 자체가 미 정부 몰래 이뤄졌다는 정보였
다. CIA에서도 베이스퍼가 전화를 하기 전까지 전혀 모르고 있
었다. 하지만 베이스퍼는 100% CIA도 믿지 못하고 있는 상황이
었다. 군대를 움직였다. 그것도 스페셜포스와 델타포스를 움직
인 것이다. 그런데 CIA에서 모른다? 이건 말이 안 되는 것이다.
"그레이 파든……."
솔직히 베이스와 그레이 파든은 아직 일면식도 없는 사이
였다. 베이스퍼는 미 정부의 어둠 속에서 움직이는 역할이고,

그레이 파든은 다음 대통령에 당선이 유력시되는 정치 거물인 것이다. 그리고 러시아 마피아의 금고에서 나온 인어까지 생각하면 도저히 뭔가 연관점이 없었다.

사이언톨로지라는 종교도 이상하게 걸렸다.

알아보니 사이비 냄새가 심하게 풍기는 종교인 것이다. 생긴 것도 얼마 되지 않았고 사이언톨로지의 창시자가 SF 소설가라는 것에서 베이스퍼는 자신도 모르게 인상을 찡그렸다.

"……."

말없이 베이스퍼가 창밖을 바라본 지 얼마나 되었을까?

부스럭.

뭔가 다가오는 소리에 고개를 돌려보니 연한 갈색머리를 말끔하게 올린 스튜어디스였다.

"혹시 와인 한 잔 어뗘시겠습니까?"

유창한 영어로 물어보는데 베이스퍼는 고개를 저으면서 손을 내밀었다. 거절의 표시다. 그런데 스튜어디스는 또 다시 물었다.

"레드로 하시겠습니까? 화이트로 하시겠습니까?"

"……."

두 번째 질문에서 베이스퍼의 눈빛이 살짝 바뀌더니 스튜어디스를 가만히 바라보고는,

"몽블랑, 화이트."

“알겠습니다.”

그리고 스튜어디스가 내민 것은 정말 화이트 와인이었다. 와인 받침까지 해서 정중하게 베이스퍼에게 건네 주고는 스튜어디스는 조용히 사라졌다. 베이스퍼는 주변에 깨어 있는 사람이 없다는 것을 확인하고는 와인을 집어 들고 와인 받침을 손에 쥐었다.

손에 쥔 와인 받침을 슬쩍 뒤집어보니 급히 쓴 듯한 단어 하나가 쓰여 있었다.

Betray.

배신(Betray)이었다. 글자를 본 베이스퍼는 한숨을 쉬면서 와인 받침을 그대로 마나를 끌어올려 불꽃이나 연기 하나 없이 순간적으로 태워 버렸다. 거기다 타고 남은 찌꺼기도 완전히 손으로 가루를 만들어 버리고는 다시 창밖을 보더니,

“생각보다 뭔가 복잡하겠군.”

방금 와인 받침에 글자는 베이스퍼가 따로 알아본 정보였다. 홀로 다니긴 하지만 베이스퍼는 국가 공인 마스터였다. 당연히 아는 사람이 적을 뿐이지 아주 없진 않았다. 대부분 CIA 쪽에서 정보를 베이스퍼에게 넘겨주고, 베이스퍼는 그 정보를 기준으로 작전을 실행했었는데, 이번 일로 인해서

CIA조차도 신용을 잃어버린 것이다. 그러다 보니 직접 인맥을 통해 알아본 것이고 그 결과가 바로 배신이었다.

하지만 오히려 그레이 파든이 배신을 했다는 게 더욱 이해가 되지 않았다.

권력의 정점에 다가가고 있고 다음 대선의 당선이 유력한 정치 거물이 아니던가? 그런데 배신이라니? 머리만 아파오는 베이스퍼였다.

그렇게 복잡한 생각으로 비행기에서 내리는 끝까지 창밖만 보던 베이스퍼가 공항을 나오자 큰 키에 날렵한 몸매를 가진 흑인이 다가와 90도로 고개를 숙여 인사했다.

"많이 기다렸구나."

"아닙니다, 마스터."

베이스퍼를 보고 마스터라 부른 흑인은 제자 중 하나로, 첫 번째 제자이자 수제자인 마리아 스핀 바로슈가 마스터의 경지를 이룬 다음에 키운 제자였다. 마리아를 가르치면서 뭔가 재미랄까? 가르치는 것이 어떤 것인지 알게 된 베이스퍼는 미국을 돌아다니면서 나름 괜찮은 녀석들을 골랐고, 그중에 한 녀석이 오늘 마중 나온 것이다.

"젝슨, 미행은?"

"아직은 없습니다."

"그래. 우선 가자."

젝슨과 베이스퍼는 공항에서 유유히 사라졌다.

아주 간발의 차이로 세 대의 검은색 밴이 급히 공항에 멈추더니 사람들이 쏟아져 나왔다. 그리고 곧바로 공항으로 들어가 뭔가 찾는 듯 한참을 뒤졌지만 찾을 수 없었는지 그냥 나와 버렸다.

"제법 반응이 빠른 것 같습니다."

"그렇겠지. 그렇게 가지고 싶던 것을 내가 가지고 있다고 생각할 테니까 말야."

그 모든 모습을 공항 건너편의 작은 건물 옥상에서 지켜보던 베이스퍼는 확신했다. 그레이 파든이 CIA까지 좌우할 수 있는 힘을 가지고 있다는 것을 말이다.

그와 동시에 골치가 아파왔다. 그레이 파든을 상대한다는 것은 미국 군대와 CIA를 동시에 상대해야 한다는 결론이 나온 것이다. 물론 그레이 파든을 죽이거나 그럴 생각은 없다. 굳이 죽여야 할 이유도 없었다. 하지만 배신을 한 번 당했다면 두 번 당할 수 있고, 결정적으로 미국 정부를 믿을 수 없게 된 것이 가장 큰 문제였다.

국가 공인 마스터가 국가를 믿을 수 없다는 것은 심각한 문제였다. 물론 베이스퍼가 마음만 먹는다면 어디 숨어버릴 수도 있고 국가를 버릴 수도 있다. 그만한 능력과 힘도 있었다. 하지만 그러기는 싫었다.

"젝슨."

"네, 마스터."

"내가 조사하라 지시한 정보는?"

젝슨은 베이스퍼의 말에 지체없이 품에서 서류 하나를 꺼내 넘겨주었다. 서류를 읽어보던 베이스퍼는 갑자기 인상을 와락 구기더니 서류를 강하게 움켜쥐고는,

"이게 사실이냐?"

"네, 마스터. 이미 그레이 파든 외에도 중국과 일본에서도 움직였다는 보고입니다."

"……."

한숨만 나오는 보고였다.

이미 인어의 존재는 그레이 파든만 알고 있던 게 아니었다. 벌써 일본과 중국에서도 러시아로 특수부대가 파견이 되었고 첩자들도 활동을 시작했다는 것이다. 거기다 불로불사라는 타이틀이 걸린 인어의 문제는 생각보다 심각했다.

특히 일본은 인어의 살이나 간을 먹으면 영원히 늙지도 죽지도 않는다는 전설이 공공연히 전해져 내려오는 나라였다. 중국도 별 다를 게 없었다. 유럽처럼 소원을 들어준다든지 뱃사람을 공격하는 공포의 대상이 아니라 용과 같은 신비의 동물로 여겨지고 있는 것이다.

특히나 보고서에는 일본과 중국이 활발하게 북극권까지

움직이고 있다는 것을 보고는 그레이 파든 혼자가 아니라는 판단을 내린 베이스퍼였다.

아무리 권력이 강해도 군사 작전을 몰래 실행할 순 없다. 분명히 뭔가 뒤에 세력이 있다는 걸로밖에 보이지 않았다.

그리고 베이스퍼가 마지막에 가장 분노한 것은 일본의 마스터가 움직였다는 것이다.

어찌 보면 이번 러시아 마피아 작전에서 베이스퍼는 운이 좋은 것일 수도 있었다. 그레이 파든이 욕심을 부려 먼저 움직였기에 일본의 마스터와 직접 대결하는 것을 피한 것이다.

하지만 이상하게 어떻게든 일본의 마스터와 부딪칠 것 같은 느낌이 강하게 들었다.

국가 공인 마스터끼리의 대결은 암묵적으로 금지되어 있지만 그건 평화로울 때나 가능한 이야기다. 국가의 이익이 걸리고 정부에서 압력이 온다면 마스터도 어쩔 수 없었다. 자국의 이익을 위해서 움직이고 싸워야 하는 것이다.

"현중군이 부럽구만."

복잡한 생각으로 머리가 아파오던 베이스퍼는 문득 현중이 생각나자 마냥 부러웠다. 마스터를 가지고 놀 수 있는 능력에다 무엇보다 혼자라는 것이 가장 부러웠다. 원래 뭔가 혜택이 많을 때는 생각나지 않지만 일이 이 지경이 되니 막연히 현중의 지금 상태가 부럽기만 한 베이스퍼였다.

하지만 이런 생각도 곧 머릿속에서 지우고는 알려야 했다. 몰랐으면 몰라도, 알게 된 이상 정부에 이 사실을 알려야 했다. 그레이 파든이 독단적으로 군을 움직였고 협력 관계에 있던 탬플재단의 건물까지 급습해서 총격을 가했다는 것은 심각한 문제를 일으킬 수도 있는 것이다. 거기다 양국의 마스터가 한자리에 있는 곳을 급습하기도 했다.

"먼저 그분께 간다."

"알겠습니다."

베이스퍼가 말한 그분이란 현직 미국 대통령을 말했다. 아직 임기가 2년 남은 상태였고 베이스퍼가 직접 보고할 수 있는 최고 책임자가 바로 미국의 현직 대통령이기도 했다.

*   *   *

―주인님, 오셨습니까.

오피스텔에 현중이 들어서자 시리는 기다렸다는 듯 현중을 맞이했다. 이미 백화점에서 샀던 옷은 정리가 끝난 상태였다.

"시리, 한동안 영국에서 살아야 한다. 준비하도록."

―네, 주인님.

"나갔다 올 테니 준비가 끝나는 대로 테른과 잠시 기다리도록 해."

─네, 주인님.

할 말만 하고 다시 밖으로 나온 현중은 맥라렌에 올라타 시동을 걸고 출발하려는데, 뭔가 이상한 게 전면 유리에 찍혀 있었다.

"손자국?"

희미하지만 손자국이 남아 있는데 크기를 보면 여자인 시리는 아니었다.

벅벅~

아무렇지 않게 대충 닦아낸 현중은 그대로 맥라렌을 몰고 약속 장소인 N대 입구로 갔다. 과대표가 웃는 얼굴로 그를 맞이했다.

"선배~"

"오래 기다렸니?"

"아니요. 무슨 그런 소리를~ 그보다 선배, 얼른 가야 해요. 원래 촬영이라는 게 시간과 싸움이라 좀 서둘러 달라고 전화가 왔거든요."

과대표는 웃으면서 뒷자리에 앉은 다음 최대한 현중의 기분을 맞춰주려고 했다. 하지만 현중은 이미 과대표가 뭣 때문에 저러는지 잘 알고 있었다.

"연예인이 보고 싶은 게 아니고?"

"무슨 그런 섭섭한 말씀을. 전 선배가 보고 싶은 거죠. 그리고 이 슈퍼카 맥라렌도 보고 싶었구요."

"어련하겠니."

씨익~

웃어버린 현중은 그대로 시동을 틀었고 과대표의 길 안내에 따라 서울 외곽을 벗어나 뮤직비디오 촬영장 소까지 도착했다. 그리고 이번에 현중은 확실히 느꼈다.

'내비게이션이 필요하겠어.'

특히나 곧 영국에서 잠시 지낼 것이다. 당연히 맥라렌도 가져갈 생각이고 오피스텔은 잠시 비워 놓을 계획이었다. 얼마나 영국에 있을지 모르지만 그래도 누군가 자신이 모르는 사람이 자신의 공간에서 지낸다는 것이 꺼려지기 때문이었다. 현중은 자기 사람한테는 잘해주지만 타인에게는 지독하게도 냉정했다.

아무튼 지금까지 살아온 한국에서도 이렇게 모르는 길을 찾아갈 때 힘든데 영국은 오죽하겠는가? 자신이 생각해도 비디오처럼 길을 헤맬 것이 뻔히 보였다. 그리고 순간적으로 이걸 꼭 타고 다녀야 하나 하는 생각도 잠시 했지만, 이미 현중도 드라이브의 매력에 어느 정도 빠진 상태라 곧 지워 버리고는 뮤직비디오 촬영하는 모습에 집중했다.

"후후훗."

현중은 옆에서 입이 오리 주둥이만큼 튀어나온 과대표를

보면서 작은 소리로 웃었다.

"선배, 웃지 마세요. 전 지금 정말 괴로우니까요."

"그래서, 걸그룹이 안 왔다고 입이 그렇게 튀어나와 있는 거냐?"

"아, 말하지 마세요. 정말 실제로 보고 싶었는데, 그리고 사인 받아온다고 이미 약속까지 했는데. 이것 보세요, 메모지 와 펜도 챙겼다구요."

포장도 벗기지 않은 손바닥만 한 크기의 메모지와 만년필 로 보이는 펜을 꺼내 보였다. 하지만 그모습을 본 현중은 웃 을 뿐이다.

촬영은 생각보다 그리 복잡하거나 어려운 건 아니었다. 그 냥 맥라렌을 세워 놓고 그 옆으로 뮤직비디오 촬영 중인 신인 여배우가 눈물을 흘리고는 먼 곳을 바라보는 장면과 대기하고 있던 남자 배우가 다가와 뜨겁게 안아주는 장면이 전부였다.

"아… 지루해."

"후후훗. 녀석하고는."

옆에서 지루해하는 과대표를 보고는 현중은 웃으면서 주 변을 둘러보았다. 촬영이라고 해서 뭔가 특별한 게 있을 걸로 생각하지만 실상 와보니 그냥 촬영 장비가 바쁘게 움직이고 연기하고 그게 전부였다.

단 한 가지 다른 점이라면 뮤직비디오의 여배우는 신인이라 그런지 자기 촬영이 아닐 때는 가만히 플라스틱 의자에 앉아 눈치만 보고 있었다.

그리고 남자 배우는 현중도 몇 번 TV에서 얼굴을 본 적이 있는 배우로 나름 이름 좀 알려진 배우였다. 다만 신인 여배우는 주변에서 크게 신경을 쓰지 않는 반면 남자 배우는 촬영이 끝날 때마다 코디부터 매니저까지 달라붙어서 부산해 보이기도 했다.

그러다 신인 여배우와 현중의 눈이 딱 마주쳤다.

씨익~

현중은 그냥 습관적으로 살짝 웃으면서 고개만 숙여 인사했고 신인 여배우도 엉겁결에 현중을 따라 했다. 그리고 곧바로 다시 촬영에 들어가는데 그 모습을 가만히 보고 있던 과대표는,

"선배."

"왜?"

"설마 저 신인 여배우 마음에 드신 거예요?"

"응?"

"방금 웃으면서 인사했잖아요. 그리고 저 여배우도 인사 받아줬구요."

의미심장한 눈빛을 보내면서 점점 다가오는 과대표를 보던 현중은 그대로 손가락을 살짝 튕겨 이마를 때렸다.

딱!

“아얏! 왜 때려요, 갑자기!”

“말이 되는 소리를 해라. 그냥 어쩌다 눈이 마주쳤기에 인사했을 뿐이야.”

“치~ 이, 그걸 누가 믿어. 학교에서도 이미 선배가 웃으면서 지나가면 다 자기 보고 웃었다고 난리치는 빠순이들이 널리고 널렸는데.”

“헛소리 그만하고, 지겨우면 먼저 갈래?”

“아, 지겹긴 하지만 그래도 사촌형이 있으니 못 가요. 끝나면 인사하고 가야죠. 저도 나중에 이쪽 일을 할 생각인데 미리미리 안면 익혀 둬야 좋을 것 아니에요.”

“너 연예인 할 생각이냐?”

솔직히 과대표는 연예인할 얼굴은 아니라고 생각하던 현중이었다.

“무슨 그런 소리를. 스태프를 하려구요. 천천히 단계를 밟아서 PD까지 올라가는 게 제 목표거든요”

방금 말하는 순간 과대표의 몸에서 살짝 열정의 오라가 나타났다 사라지는 것을 본 현중은 웃었다.

하지만 방금 그 모습에서 현중은 곰곰이 생각했다. 자유롭게 자신이 하고 싶은 것을 향해 나아갈 때 열정의 오라는 그 진짜 위력을 발휘하는 것이다. 그리고 열정의 오라가 진화해서 변하면 장인의 오라로 변하는 것도 이선정을 통해 확인했었다. 그런데 문득 이런 생각이 든 것이다.

 '나는 뭘 위해 살아가야 할까?'

 대륙에서는 집으로 돌아가기 위해서 노력했는데, 막상 지구로 돌아오니 뭔가 하고 싶다는 게 없는 것이다. 아니, 해야 할 이유를 찾고 있을 지도 몰랐다.

 지금 뮤직비디오를 촬영하고 있는 신인 여배우도 가만히 보니 대기하면서 주눅이 들어 있는 모습은 사라지고 없었다. 카메라가 돌아가기 시작하면 그녀는 카메라 안의 여주인공이 된다. 그것이 그녀가 살아가는 이유일 것이다.

 "인생은 살아가는 방법에 따라서 많이 달라지는 것이지."

 옆에서 조용히 혼자 중얼거리는 현중의 말을 들은 과대표는 그를 물끄러미 바라보다가 고개를 흔들었다.

 "도통 속을 알 수 없는 사람이라니까, 선배는."

 오죽하면 신(新) N대 미스터리로 알려진 몇 가지 소문 중에 현중이 당당히 올라가 있겠는가. 알려진 것도 별로 없고 친한 사람도 없고, 그렇다고 평범하지도 않다. 현재 현중이 사는 오피스텔을 아는 사람도 N대 안에는 한 명도 없었다.

 보기에는 돈이 참 많아 보이는데 옷이나 행동을 보면 그렇지도 않았다. 거기다 성격까지 예측 자체가 불가능한 성격이니 당연했다. 여자를 하루에 몇 번씩 바꾼다는 소문부터 시작해서 신문부에서 현중을 가지고 일부러 흥미 위주의 소문을 더욱 퍼뜨리다 보니 소문만 무성한 것이다.

"잠시 촬영 중지~!! 밥 먹고 하자! 다 먹고 살자고 하는 건데."

한참 동안 촬영에 집중하던 감독이 일어서면서 밥 먹자는 말을 하자 다들 그제서야 한숨을 쉬면서 늘어졌다. 그리고 각자 알아서 밥차로 가거나 도시락 싸온 것을 먹으면서 뿔뿔이 흩어지는데, 유독 신인 여배우는 가만히 앉아 있는 것이다.

스태프 누구도 그녀를 챙기거나 하지 않았다. 신인이지만 그래도 여주인공인데 아무리 이곳의 생리를 모르는 현중이 봐도 저건 아니다 싶은 것이다.

저벅~

현중이 한 10분 정도 지켜봤지만 역시나 신인 여배우에게 신경 쓰는 사람이 없었다. 그러자 현중이 먼저 일어서서 그녀에게 다가갔다.

"아무도 없나 보죠?"

"네? 아, 네."

어색하게 현중의 말에 대답은 했지만 살짝 피하는 모습이었다.

"다 먹고 살자고 하는 건데 식사하시죠."

"아, 그게… 전 다이어트 중이라……. 죄송해요"

꼬르륵~ 꼬르륵~

그녀의 말이 끝나기가 무섭게 배에서 꼬르륵 소리가 들렸
고, 그녀는 급당황했는지 귀까지 빨개진 얼굴을 숙였다.

"남자 둘이서 먹는 곳이지만 초대하고 싶은데 거절하실 건
가요?"

혀에 기름을 끼얹은 듯 매끄럽고 부드럽게 말하는 현중의
말투는 카사노바를 연상시켰다. 하지만 지금 그녀는 부끄러
움에 그걸 구분할 청신이 없었다.

"원하시면 제가 안고 갈 수도 있는데요."

"헛, 무슨 그런 말을. 갈게요, 갈게요."

어떻게 보면 무례할 수도 있고 어떻게 보면 느끼할 수도 있
는 현중의 모습을 과대표가 봤다면 소문이 사실이라고 당장
학교에 떠벌렸겠지만 안타깝게 그는 자리에 없었다.

그리고 그녀를 데리고 과대표와 있던 곳에 돌아오니 과대표
가 이미 밥차에서 현중의 몫과 자신을 몫을 가져온 상태였다.

"어라? 선배……."

"가서 숙녀분 몫도 좀 가져와 주겠어?"

"아, 네, 뭐 어려울 건 없으니까요. 잠시만요."

커다란 접시에 밥과 반찬이 가지런히 있다. 얼핏 보면 참
단순한 모습이었다.

"저기, 성함이?"

그녀는 현중을 보면서 슬그머니 이름을 물었다.

"현중, 김현중이라고 합니다. 오늘만 잠시 이곳에 온 거죠."

"현중 씨군요. 알아요, 저 맥라렌 F1이라는 차 주인이시라고 들었어요."

"음. 저 차가 그렇게 유명한 차인가……."

현중은 여전히 자신이 타고 다니는 맥라렌 F1의 가치를 그저 등하교용, 드라이브용 자동차 그 이상으로 보지 않고 있었다.

"후훗. 일부러 그러시는 거예요? 아니면 작업하시는 거예요?"

그녀가 웃으면서 현중에게 말하자 현중은 오히려 그런 그녀를 똑바로 보면서,

"차라리 작업이면 이렇게 밥차에서 가져온 밥으로 하지 않겠죠."

다시 현중이 웃자 그녀도 얼굴이 살짝 붉어지더니 뭔가 어색했는지,

"이, 이효성이에요."

"네. 효성 씨. 그보다, 연기 쪽인가 보군요."

"뭐, 그렇죠. 매니저도 없고 코디는커녕 아무것도 없이 저 혼자 오늘 촬영하러 왔거든요. 그것도 급히, 대타로요."

효성의 말에 현중은 가만히 객관적으로 살펴봤다. 미인이었다. 대타라고 하지만 충분히 여주인공을 할 만했다.

현중은 그런 그녀가 아무리 신인이라고 해도 밥 시간에 혼자 있는 것이 이상해서 현중은 여기까지 데리고 온 것이다.

물론 과대표가 보기에는 현중이 효성에게 100% 작업 거는 걸로 보였다.

"이제 신생 기획사라서……. 뭐, 이런 일은 흔해요. 후후훗."

웃고 있지만 표정은 왠지 슬퍼 보이는 효성의 모습을 보던 현중은 다시 주변을 둘러봤다. 정말 현중이 효성과 함께 있는데도 그 누구도 신경 쓰지 않았다. 남자 주인공은 자기 식구들끼리 모여서 밥을 먹고 있었다. 스태프도 마찬가지였다. 정말 그 누구도 효성이 있는지 없는지 신경 쓰지 않고 있었다.

"원래 이런가요?"

현중이 슬쩍 물어보자 대답 대신 효성은 고개를 끄덕이면서,

"사실 이거 통째로 들어낼지도 몰라요."

"……?"

"…제가 찍은 장면을 모두 잘라서 편집할지도 모른다는 말이에요."

"왜 그런 거죠?"

애써 힘들게 찍은 것을 통째로 편집하다니? 현중은 이해할 수가 없었다. 그리고 이제 곧 영국으로 갈 현중이기에 편집이 된다고 해도 또 차를 빌려줄 생각도 없었다.

"전 땜빵이에요. 한마디로 본래 출연하기로 했던 사람이 오면 전……."

양손을 집게 모양으로 만들더니 탁 잘라내는 시늉을 해 보

이고는 웃었다.

"인지도 없는 신인이니까요."

그런데 이런 말을 하면서도 그녀는 웃고 있는 것이다.

현중의 눈에 효성의 몸에서 활활 타오르는 불꽃과 같은 열정의 오라가 보였다. 분한 것이다. 이렇게 말해야 하는 자신의 분한 마음을 속으로 삼키면서 점점 더 앞으로 나아가려고 하는 의지를 넘어 오기를 부리고 있었다.

"강하군요, 효성 씨는."

"네?"

현중의 뜻 모를 말에 효성이 반문했지만 그는 조용히 고개를 들어 주변을 보면서 말했다.

"그냥, 제가 보기에는 강해 보여서요. 오뚜기처럼 말이죠."

"……."

현중의 말에 효성은 무슨 뜻인지 이해할 수는 없지만 왠지 힘이 났다.

"고마워요. 나중에 정말 제가 대스타가 되면 그때 오늘 받은 식사 초대 기억했다가 멋진 곳으로 초대할게요."

"기대하겠습니다. 이효성 씨."

"서둘러! 다시 촬영해야지~!"

멀리서 감독의 촬영을 시작한다는 말이 울려 퍼지자 효성은 곧바로 일어났다. 그녀는 현중을 향해 살짝 웃어 보이고는 곧장 자신의 플라스틱 의자에 앉아 촬영을 기다리기 시작했다.

"선배~"

"응?"

"선배는 역시 눈이 높아요."

"?"

"그리고 가면서 선배를 향해 웃는 그녀의 얼굴 봤어요? 캬~ 사랑에 빠진 소녀의 얼굴이었어요."

과대표가 생각하는 그런 게 아니었다. 그냥 현중은 궁금했다. 열정의 오라를 아무렇지 않게 뿜어내는 사람들은 어떤 생각을 가지고 있는지 말이다. 막연한 호기심 때문에 효성에게 다가갔던 것뿐이다.

효성과 이야기 나눈 후에 현중은 오히려 한 가지가 머릿속을 떠나지 않았다.

'난 무엇을 위해 살아가야 하지?

갑자기 생긴 궁금증은 순식간에 현중의 생각을 지배한 것이다.

이렇게 현중이 뮤직비디오 촬영을 보면서 고민하고 있을 무렵, 인천국제공항에 일본인으로 보이는 열두 명의 건장한 남자가 입국했다.

일본 전통 옷차림을 한 남자들은 모두 도검 소지 허가증을 내밀고 자신의 검을 찾자마자 공항을 벗어났다.

"지금부터 김현중을 찾는다."

"하잇! 카이쇼 마스터!"

카이쇼 무사시의 명령을 받은 부하들은 곧바로 흩어졌고 남은 것은 카이쇼 무사시와 그의 수제자 세 명뿐이었다.

"무슨 일이 있어도 인어를 가져와야 한다."

"하잇!!"

정확하게 세 명이 동시에 대답했는데 들리기는 한 명이 우렁차게 대답한 것 같았다.

지금 현중을 찾는 사람, 그는 바로 일본이 자랑하는 국가 공인 마스터, 카이쇼 무사시였다. 방계 혈족에서 태어나 스스로의 힘으로 미야모토 무사시의 검술을 익히고 깨달아서 마스터의 경지에 오른 인물. 다른 말로는 '소태도의 신'이라고 불릴 정도로 소태도를 능숙하게 다룬다.

일본 국가의 의뢰를 거절하고도 마스터로서 오히려 숭상받는 사람이 바로 카이쇼 무사시였다. 그런 그가 이번 인어 문제로 직접 나선 것이다.

『현중 귀환록』 5권에 계속…

2011년 대미를 장식할
준.비.된. 작가 정민교의 신무협이 온다!
『낭인무사(浪人武士)』

"죄수 번호 사천이백삼, 담운!"
"……!"
"출옥이다."

만두 하나.
고작 그 하나에 이십 년 옥살이를 한 소년, 담운.
그 답답하고 억울한 마음을 풀어낸다!

무림맹! 구대문파! 명문세가!
겉만 번지르르한 놈들은 다 사라져라!
겉과 속이 다른 너희들을 심판하러 내가 왔다!